D1087099

Fleurs de
baies sauvages

DU MÊME AUTEUR

NEIGE, Éditions pour tous, 1994 ; réédition, Libre Expression 1998.
ENTRE MER ET LAGUNE, Libre Expression, 1997.
LE RETOUR DES PERCE-NEIGE, Libre Expression, 1998.

FLORENCE NICOLE

Fleurs de baies sauvages

Libre Expression

Données de catalogage avant publication (Canada)

Nicole, Florence

Fleurs de baies sauvages

ISBN 2-89111-881-2

I. Titre.

PS8577.I358F53 2000   C843'.54   C00-940165-2
PS9577.I358F53 2000
PQ3919.2.N52F53 2000

Maquette de la couverture
FRANCE LAFOND
Infographie et mise en pages
SYLVAIN BOUCHER

Libre Expression remercie le gouvernement canadien
(Programme d'aide au développement de l'industrie de l'édition),
le Conseil des Arts du Canada et la Société de développement
des entreprises culturelles du soutien accordé à
ses activités d'édition dans le cadre de leurs programmes
de subventions globales aux éditeurs.

Éditions Libre Expression
2016, rue Saint-Hubert
Montréal (Québec) H2L 3Z5

Dépôt légal :
1er trimestre 2000

ISBN 2-89111-881-2

1

Lᴀ ᴘʟᴜɪᴇ était tombée durant une bonne partie de la nuit sur la région du Saguenay. Au nord de la grande rivière, les clochers des églises, sporadiquement teintés de bleu argenté, avaient vaillamment affronté la sourde colère du tonnerre. Le jour se levait et, mine de rien, le soleil saluait ce premier jour du mois d'août.

Étendue dans son lit, le drap tiré sur son visage, Laurence Auclair s'imprégnait du parfum subtil du coton séché au soleil et savourait la joie d'un retour à la maison paternelle. Lorsque enfin elle émergea des couvertures, la pièce l'abritant lui parut lumineuse, étrangement semblable à ses souvenirs. C'était à croire qu'un peu de sa jeunesse flottait encore dans l'air, car, mis à part le lit de fer qu'on avait remplacé par un plus grand, tout était à sa place dans cette chambre qui avait été la sienne pendant près de vingt-cinq ans. Le petit meuble à la tête du lit, le grand, collé au mur, les cadres et le crucifix au-dessus de la porte, tout y était, même les murs de planches de bois peint.

Le visage offert aux premiers rayons du soleil, Laurence Auclair restait suspendue entre le temps passé et les dix dernières années de sa vie. Quelle différence y avait-il entre le monde de son enfance, de son adolescence, de sa jeunesse, et celui de la grande ville, du travail et de la compétition ? L'établir maintenant équivalait à refuser leur droit de survie à ses rêves d'adolescente.

Une sensation de bien-être l'habitait encore quand un bruit lui parvenant du rez-de-chaussée vint mettre fin à ses réminiscences. Le sourire aux lèvres, Laurence écouta en laissant son imagination s'activer à sa guise. Camille s'affairait à la préparation du petit déjeuner. Chacun de ses gestes, comme sa course entre les armoires et la table, entre la table et la cuisinière, lui était familier. Sa manière de faire avait vraisemblablement très peu changé depuis que sa grande maison s'était transformée en oasis silencieuse. Se lever tôt, exécuter les mêmes tâches effacées, mais combien indispensables, n'avait-il pas toujours été le lot de la femme de Georges Auclair?

L'envie de rejoindre sa mère se manifestant, Laurence repoussa ses couvertures et s'assit sur le bord du lit.

Un moment magique la retint ainsi, immobile, les pieds sur le parquet ciré.

Pointé depuis peu à la fenêtre, le soleil caressait l'abat-jour de la lampe. Il allumait les pierreries de son voile de mariée, le couronnant somptueusement; une féerie montée sur diadème. Les murs se couvraient d'étoiles scintillantes et un spectacle souvent imaginé frisait maintenant la réalité. Laurence Auclair se voyait au bras de son père, avançant vers l'autel, où Marc Olivier l'attendait. Les premières notes de la marche nuptiale remplissaient l'église. Radieuse, la fiancée souriait aux invités occupant les premiers bancs, ainsi qu'aux autres, qui longeaient les murs en espérant apercevoir cette célébrité de la mode qu'ils avaient vue grandir.

— Quelques jours, murmura-t-elle en se regardant dans le miroir de la commode. Plus que quelques jours!

La porte de la cuisine grinça, puis Laurence entendit un bruit de pas sur la galerie de bois. Camille tenait sa promesse. Il y aurait des fleurs sur la table du petit déjeuner. Des fleurs fraîches encore imprégnées de rosée.

Laurence alla à la fenêtre. Derrière le rideau de dentelle, quel spectacle attendrissant l'attendait! Munie d'un panier d'osier et de son sécateur, Camille Auclair avançait lentement, oubliant le vent qui soulevait sa robe fleurie. Elle choisissait l'endroit où poser le pied. L'évidence était là, dans ce geste et dans toute sa nudité. Le temps ne l'avait pas épargnée, elle non plus. Il avait, au contraire, cruellement fait son œuvre.

Laurence ouvrit plus largement la fenêtre et le bois du cadre gémit. Le bruit attira l'attention de Camille. Elle était revenue à une époque antérieure où, chaque matin, elle s'entretenait avec la dernière de ses filles à travers cette même fenêtre. Incorrigible, Laurence y flânait toujours un moment avant de descendre.

Des images se superposaient dans son esprit. Trop de souvenirs s'y avivant, elle baissa la tête. La jeune fille qui les avait quittés dix ans plus tôt n'existait plus. La femme qui se retrouvait là aujourd'hui était une autre, mais elle demeurait sa fille. Quand elle releva la tête, elle était revenue dans le présent et un large sourire illuminait son visage.

– Tu as passé une bonne nuit? s'enquit-elle.

– J'ai dormi comme une fillette, répondit Laurence.

– Tant mieux! Il y a eu un orage et j'ai eu peur que le tonnerre te tienne éveillée, toi aussi.

– Vraiment? Il y a eu un orage?

– Bon! Il n'y a pas de doute, tu as très bien dormi! Tu descends bientôt?

Laurence acquiesça d'un simple signe de tête et referma le rideau. Sa décision était prise; il faudrait qu'elles se parlent, et le jour même, car tout restait à dire au sujet de son mariage et trop de malentendus persistaient dans cette maison. Le comportement de son père depuis son arrivée le confirmait : il s'était isolé dans sa chambre pour regarder la télévision et il était allé au lit sans lui adresser la parole. Sa présence ne représentait donc rien de spécial pour lui?

Sa réflexion au sujet de cet homme qui ne disait plus rien depuis longtemps se poursuivit un moment. Ce qui arrivait était tellement dommage. Tellement imprévisible.

Elle finit par se convaincre qu'il valait mieux réagir à la situation et enjamba ses valises qui encombraient encore l'espace entre le mur et le lit. Elle retira de la plus grosse un peignoir bleu et blanc et l'enfila négligemment avant d'ouvrir la porte de sa chambre sur un corridor sombre, trop sombre pour un matin si ensoleillé. Les portes closes des chambres de l'étage occultaient toute lumière venant de l'extérieur. Cela l'indisposa tellement qu'elle eut envie d'ouvrir partout pour que la vie retrouve sa place dans ce lieu désert. Toutes ces portes closes étaient d'une telle tristesse.

Ouvrir celles des chambres de ses sœurs Pierrette et Martine ne lui poserait aucun problème, mais il en serait autrement pour la porte du fond. Cette pièce abritait toujours un vide infini, le vide de la mort. Ouvrir la porte de la chambre de Jacques, c'eût été courir le risque d'y retrouver quelques vêtements encore souillés ayant appartenu à son jeune frère et combien d'autres objets troublants, conservés intacts par Camille après son décès.

Un courant d'air s'engouffra dans son vêtement. Cet afflux de vent devait accompagner le retour de Camille, se dit-elle. L'excuse en valait une autre pour remettre à plus tard la visite de l'étage. Laurence s'engagea dans l'escalier. Quatre marches plus bas, elle s'immobilisa à cause d'un son rauque qui lui était parvenu d'en bas. Au pied de l'escalier, Camille l'attendait. Dans son regard, il y avait toute sa détermination à défendre Georges qui cherchait son souffle après avoir imposé une nouvelle dose de nicotine à ses poumons malades. Laurence devina ce que sa mère n'osait dire et descendit le reste de l'escalier en silence.

Il fallait que quelqu'un dise quelque chose. Ce ne serait pas Georges, et ce ne serait pas Laurence non plus. La situation était suffisamment claire pour que Camille engage la conversation sur un sujet complètement en dehors de leurs préoccupations. Elle vanta les bienfaits de la campagne, parla abondamment de la récolte, de ses fleurs, de ses plates-bandes débordantes.

– J'espère que tu ne m'en voudras pas d'avoir décidé de confectionner moi-même ton bouquet de mariage, dit-elle en déposant son panier sur le comptoir de la cuisine.

Les propos de Camille avaient finalement capté l'attention de sa fille et fait oublier Georges et sa quinte de toux qui se prolongeait. Le stratagème, d'une telle évidence, obligea Laurence à jouer le jeu. Elle se rapprocha. S'étant emparé d'un glaïeul saumon, elle le porta à sa joue. Georges avait jeté un regard furtif du côté des femmes. Se disant qu'elles étaient occupées, il en profita pour se réfugier dans sa chambre. Son départ ne passa pas inaperçu. Camille le suivit du regard jusqu'à ce qu'il fût près de leur lit. Regardant sa chaise berceuse qui continuait de bouger, Laurence avait l'impression que cette vieille complice excusait sa fuite.

– Il a déjà mangé? s'enquit-elle sans détourner le regard.

Camille respira bruyamment. Ce souffle s'éternisant faisait aussi partie de sa réponse.

– Si on peut appeler ça manger, dit-elle. Il a pris une ou deux bouchées de cette brioche. À vrai dire, c'est déjà plus que bien des matins.

Le cas de Georges était si délicat que Camille jugea préférable de passer immédiatement à autre chose. Elle déposa ses fleurs dans un vase et désigna une place à Laurence de l'autre côté de la table.

– Viens! Assieds-toi là. Tu dois avoir faim. Je sais que les émotions creusent l'appétit, dit-elle en replaçant ses ustensiles.

Le regard de Laurence allait de la table à la porte de la chambre de ses parents. L'espoir de voir revenir son père persistait car elle refusait de croire que cet homme n'avait vraiment rien à lui dire. Touchée par la tristesse de son regard, Camille chercha un prétexte pour la ramener à une réalité plus simple et surtout plus heureuse.

– Tu manges toujours ton pain bien rôti avec beaucoup de beurre juste au centre? demanda-t-elle.

La diversion fonctionna et Laurence lui sourit. Les mères se souvenaient donc toujours des habitudes de leurs enfants, songea-t-elle.

Un moment de silence suivit. Le bruit sec du pain rompu et celui du bavardage de la cafetière remplissaient à eux seuls toute la maison.

Georges devait s'être rendormi.

Laurence refusa la seconde tranche de pain que lui offrait sa mère. Elle repoussa sa tasse de café encore à demi remplie et se cala au fond de sa chaise. Un air grave était subitement apparu sur son visage.

– Maman, il faut que tu me dises le fond de ta pensée, dit-elle.

Le ton de sa voix indiquait qu'elle s'aventurait sur un terrain glissant. Immobile, impassible, Camille attendait que sa fille s'explique. Elle ne ferait rien pour la brusquer, rien pour amener le sujet qui la hantait.

– Crois-tu que j'ai bien agi en revenant ici ? demanda Laurence.

– Pourquoi cette question ? Commencerais-tu à douter de ta décision ?

– Peut-être bien. J'aurais peut-être dû laisser les choses comme elles étaient et suivre le plan initial. Marc et moi aurions pu faire un mariage intime à Montréal, à l'automne ou à Noël... Je le pensais déjà avant de venir et maintenant... Papa me désarme, et je remets tout en doute. Est-ce que j'ai eu tort de vous imposer tout ça ?

– Que veux-tu entendre, ma fille ?

– J'ai besoin que tu me rassures, mais, d'un autre côté, à quoi ça servirait de se raconter des histoires ? Mon retour à la maison ne pourra pas faire autrement que de déranger et de réveiller des choses. Sans compter que...

Elle jeta un regard vers la chambre où se trouvait Georges pour ne pas avoir à préciser sa pensée. Camille avait déjà compris.

– Si ça peut te rassurer, dis-toi que Georges n'aurait pas été assez bien pour faire le voyage à Montréal maintenant, et qu'il le sera probablement encore moins à l'automne. Personne ne connaît l'avenir, mais, par moments, j'ai peur, Laurence ! J'ai peur qu'à l'automne Georges ne soit plus là pour personne.

Camille fixait la porte de la chambre à son tour. Elle écoutait Laurence lui parler de Georges, cet homme avec qui elle avait partagé quarante-cinq années de sa vie. Sa fille lui disait son réel désir de recréer des liens. Trop de temps avait été perdu, gaspillé, avant leur réconciliation. Compte tenu de l'attitude de Georges, les mots «réconciliation» et «temps perdu» prenaient un sens nouveau. Camille fit semblant de ne pas en saisir toute la portée et ramena Laurence à sa décision de se marier.

— Si tu es vraiment décidée à épouser Marc Olivier, il faut te dire que tout est bien ainsi, dit-elle.

Le sous-entendu exigeait des explications, mais, plutôt que de les donner, Camille s'affairait inutilement. Chercher une cuillère dans le tiroir, alors qu'il s'en trouvait déjà deux devant son assiette, était devenu une priorité. Elle était toutefois consciente du doute qu'elle avait semé et de l'obligation qui en découlait. Deux petites taches rouges apparurent sur ses joues et son front; l'émotion causait toujours ces rougeurs indésirables au visage de Camille.

Elle posa la main sur le bras de Laurence.

— Tu me connais, dit-elle. Tu sais comme je m'inquiète quand il s'agit du bonheur de mes enfants. J'aimerais tellement que tu me dises que tout va assez bien dans ton cœur pour que tu songes à faire ta vie avec ce garçon.

— J'ai trente-cinq ans, maman! Le temps passe et la vie ne fait pas de cadeaux. Pour l'instant, tout ce que je peux dire, c'est que Marc est un homme bien. C'est le gars le plus exceptionnel que j'aie rencontré depuis très longtemps, le premier homme avec qui j'ai eu le goût de faire des projets. Nous avons notre carrière. Une belle carrière. Marc possède son atelier et je suis sa principale dessinatrice. Nous formons une bonne équipe. Nous avons ce bel appartement dans le Vieux-Montréal et nous voulons y vivre longtemps ensemble. Qu'est-ce que je pourrais te dire de plus?

— Bien sûr. Il n'y a pas grand-chose à ajouter. Ce sont toutes d'excellentes raisons pour épouser Marc.

Elle avait prononcé les paroles justes, mais le cœur n'y était pas. Camille fixait la nappe, droit devant elle. Laurence s'était avancée sur sa chaise, ce qui signifiait que sa réaction ne tarderait pas à venir.

– Toujours ta manière de dire les choses. Tu sais encore comment amener un sous-entendu et te retirer ensuite. Qu'est-ce que je pourrais ajouter à ça? Il y a si longtemps que je suis partie, maman. Sais-tu combien de fois nous nous sommes vues en dix ans?

Le nombre exact des visites de sa mère depuis son départ pour la grande ville ne permettait aucune méprise. Lui rappeler ces deux visites totalisant moins d'une heure, en compagnie d'étrangers pressés de repartir, était inutile. Des moments sans effusions, sans vraie conversation, deux visites ayant laissé un vide énorme et provoqué une nouvelle dispute avec Georges.

Camille n'eut pas à réagir. Lentement, comme à regret, la porte de la chambre venait de s'ouvrir et Georges y était apparu. Le visage hermétique, l'air renfrogné, le vieil homme leur parut davantage décharné, vêtu d'un ensemble de jogging marine et chaussé de souliers de course qui doublaient le bruit de ses pas sur le prélart. Le regard qu'elle posa sur lui portait une interrogation à laquelle Georges se crut obligé de donner une réponse.

– Je sors promener le chien, annonça-t-il.

– Le chien? demanda Laurence. Quel chien? Elle est bonne, celle-là. Il n'a jamais voulu d'un chien à la maison! Vous vous êtes enfin décidés à avoir une bête de compagnie?

Camille lui fit signe que les explications viendraient après le départ de Georges, mais, lorsqu'elles se retrouvèrent seules devant le dernier morceau de pain devenu immangeable, le climat demeura lourd malgré les fleurs et malgré l'arôme du café qui embaumait toute la maison. Il était clair que Camille ne tenait pas à parler de ses ennuis. Que Georges se soit inventé une histoire de chien pour s'obliger à sortir chaque matin ne regardait que lui et ne devait inquiéter personne. Qui avait dit qu'il était interdit de s'accrocher à une chimère?

Georges Auclair étant devenu une silhouette s'éloignant lentement sur la route, Laurence revint à leur discussion.

— Tu sais, maman, que bien des gens que je connais aimeraient se retrouver dans ma situation. Nous menons une vie tellement désordonnée. Si mon expérience ne m'avait pas appris que la volonté est gagnante là où le cœur échoue, je ne pourrais pas miser sur mon bonheur avec Marc, lança-t-elle, songeuse.

Cette fois, Camille réagit. Le ton de sa voix et l'expression de son visage appelaient une précision.

— La volonté? répéta-t-elle.

Surprise de ses propres paroles, Laurence continua sur sa lancée en vantant les mérites de Marc. Plaidoyer inutile car Camille disait ne pas avoir à juger de son choix. Pour ce qu'elle savait de lui, Marc Olivier lui avait semblé très correct, quoiqu'il fût difficile de se faire une idée juste après une seule rencontre.

Laurence sourit intérieurement. Elle ne se laisserait pas berner de la sorte. Camille avait déjà porté un jugement sur Marc, d'où sa certitude que ses inquiétudes ne mettaient aucunement les qualités de son futur époux en cause. Depuis le début de l'entretien, une autre silhouette masculine était présente dans leurs pensées. Un sentiment indéfinissable s'étant emparé d'elle, Laurence se leva et se dirigea vers la porte arrière donnant sur les champs fraîchement rasés.

— Les plaies finissent par guérir, mais elles laissent des cicatrices, si c'est ce que tu veux entendre, dit-elle sans se retourner.

Des paroles empreintes de tant de tristesse! Tout convergeait donc dans le même sens. Sa présence ravivait des souvenirs et provoquait déjà des réactions. Ne fallait-il pas finir par nommer les choses maintenant qu'on s'entendait pour dire que le malentendu avait assez duré? Georges avait fait les premiers pas. Le temps qui fuyait, la maladie qui le rongeait n'avaient-ils pas priorité sur le reste?

Laurence oublia totalement la présence de sa mère. Les voix de son enfance répondaient à son appel. Une vision devenait claire. Pierrette, sa sœur aînée, revenait des champs. Debout sur une planche retenue au vieux chêne par une corde, Jacques se balançait en sifflant. Martine arrivait en courant. Elle était pieds nus, la robe maculée de boue.

– Martine! dit-elle, ahurie.

– Bonjour, Laurence. J'espère que je ne suis pas venue trop tôt. J'étais tellement malheureuse de ne pas être à ton arrivée, hier.

La vision s'était estompée. À présent, la réalité avait elle aussi le visage de Martine Auclair. Reculant d'un pas, Laurence céda le passage à sa sœur qui traînait avec elle l'arôme du foin humide.

– Tu m'as fait peur! dit-elle. C'est extraordinaire! J'étais justement en train de penser à toi, à nous, à notre famille, et voilà que tu m'apparais. Comme je suis heureuse de te voir! Regarde-toi! Tu n'as pas changé. Tu te promènes encore les pieds nus?

Ses orteils aux ongles vernis dépassaient de son pantalon. Ce qui, les autres jours, était acceptable lui sembla tout à coup déplacé. Martine eut un geste timide et vérifia son apparence en regardant son reflet dans la vitre de la porte.

– Je viens toujours à travers champs, et quand mes chaussures sont trempées, je les laisse en bas de l'escalier comme une fille bien élevée. C'est ce que notre mère nous a appris, n'est-ce pas?

Laurence n'avait pas oublié que sa sœur vivait à deux pas de là, sur un bout de terre ayant appartenu à leurs parents. Il était donc normal qu'elle apparaisse à l'improviste pour venir aux nouvelles. Soudain embarrassée d'être encore en robe de chambre et en pantoufles, elle s'excusa de sa tenue. Camille ne fit rien pour la mettre à l'aise. L'esprit ailleurs, elle observait ses filles, leurs différences et leurs traits communs. Les longs cheveux bruns de Laurence, ses yeux vifs et perçants, sa silhouette souple et racée différaient totalement de la stature athlétique de la blonde Martine, qui portait ses cheveux insolemment courts, selon sa propre expression. Il y avait cependant chez elles ce petit quelque chose les identifiant à la même famille.

Les deux sœurs se touchaient timidement quand un élan de tendresse aurait dû les projeter dans les bras l'une de l'autre. Leur malaise persistait encore quand Camille les invita à prendre place à table pour le second café de la matinée.

Martine regardait si intensément sa sœur cadette qu'on aurait cru qu'elle craignait de la voir disparaître d'un instant à l'autre. Mais Laurence était vraiment là, en chair et en os, et tellement jolie, même sans artifices.

– Alors, tu te maries! Je n'aurais jamais pensé voir cela avant d'être grand-mère, la taquina-t-elle.

C'était sa manière de minimiser l'effet ressenti, mais, croyant être confrontée aux extravagances de sa sœur, Laurence prit sa mère à témoin. Martine exagérait comme dans le temps! Elle, grand-mère! Allons donc!

Martine exagérait à peine. Laurence oubliait que sa nièce aurait dix-neuf ans dans quelques semaines et qu'à cet âge sa sœur était déjà en ménage avec Paul et à la veille d'être maman. Sa réflexion eut l'effet d'une bombe. Interdite, Laurence se demanda si le temps lui avait à ce point échappé.

– Qu'est-ce que j'ai fait de ma vie ? Dix-neuf ans ! Mélanie aura bientôt dix-neuf ans. Elle a dû se métamorphoser en femme. Eh bien… J'en ai perdu un bout ! Et maintenant, est-ce que je dois m'attendre à retrouver ton mari avec une barbe blanche ? lança-t-elle.

Martine se mit à rire. L'image était farfelue. Paul avait pris un peu de ventre et peut-être perdu quelques cheveux, mais il restait le même, dit-elle avec une lueur dans le regard qui témoignait de ses sentiments pour l'homme qu'elle avait épousé. Laurence en était à se demander si les petits bonheurs ne résistaient pas mieux que les grands, tellement fragiles. La question ne se posait pas. Pas en ce moment, surtout.

– Il est toujours à la mine ? demanda-t-elle.

Martine ne cacha pas sa répugnance à voir son mari descendre sous terre chaque jour, mais elle n'allait pas se plaindre outre mesure d'une situation inéluctable. Le temps pour refaire connaissance avec cette sœur qui l'impressionnait par ses allures, par la désinvolture de ses gestes, lui était compté. Si elle venait manger chez elle, elles reparleraient de ça et d'autres choses, lui dit-elle.

– Tu verras Paul et Mélanie aussi, ajouta-t-elle avec un soupçon de fierté dans la voix.

Laurence jeta un coup d'œil en direction de Camille, jusque-là très discrète. Son approbation lui était nécessaire.

– Tu avais projeté quelque chose pour moi ? demanda-t-elle.

– Rien en particulier, dit Camille. Tu fais ce que tu veux.

L'atmosphère se détendit. Personne n'en était cependant venu à penser que le retour de Laurence allait tout arranger, tout effacer. Tous avaient changé. La vie les avait projetés en avant, confrontés à leurs limites. Des murs s'étaient élevés, d'autres étaient tombés, depuis son départ. Résumer dix années d'une vie en quelques phrases, par quelques attitudes, sans passer à côté des vraies choses, tenait de l'impossible. De cela, les trois femmes étaient parfaitement conscientes.

Martine consulta sa montre, puis l'horloge de la cuisine. Il lui fallait déjà partir, annonça-t-elle. Elle avait des choses urgentes à faire dans les heures suivantes. Déçue, Laurence protesta. Martine venait tout juste d'arriver.

— Je sais que c'est embêtant, mais nous aurons encore du temps, demain et les jours qui viennent, dit Martine. Avant de m'en aller, j'ai quelque chose à te demander, Lau ! Si tu étais gentille…

Ce diminutif la ramenait à une époque où son utilisation faisait fondre toute résistance. Laurence sourit. Martine avait-elle trouvé le point qui les rallierait toutes ? Elle la pria de la laisser deviner ses intentions.

— Ne dis rien. Je crois qu'il y a là-haut quelque chose que tu aimerais voir. Comme ma robe de mariée, par exemple. Est-ce que je me trompe ?

Martine subodorait le moment magique. Sa physionomie changea. Elle était debout et regardait vers l'escalier.

— On ne peut rien te cacher, dit-elle.

Les deux sœurs montèrent en croyant que Camille les suivrait, mais elle resta derrière. Laurence revint sur ses pas.

— Il ne faut pas te laisser prier comme ça. Allons, monte ! dit-elle.

Laurence retira l'enveloppe de polythène recouvrant le vêtement de soie blanche. Lorsque Camille se pointa dans la porte de la chambre, elle leur présenta une robe d'une grande simplicité.

– Voici la dernière création signée Laurence Auclair, dit-elle.

Martine ne cacha pas sa déception. Camille s'avança, toucha le tissu. Sa qualité devait à elle seule servir le modèle, pensa-t-elle. Mais le jeu avait assez duré. Laurence retira du sac une double jupe brodée qu'elle ajusta sous le buste.

– Vous préférez avec ça? demanda-t-elle.

Martine s'exclama. La supercherie avait définitivement détendu l'atmosphère. Laurence sembla soudain heureuse en leur confiant qu'elle avait créé ce modèle à l'insu de Marc et qu'il ne verrait pas cette robe avant le grand jour. Camille l'interrompit.

– Ce serait contre les règles, rétorqua-t-elle vivement.

Maintenant introduit dans la conversation, Marc Olivier tenait toute la place. Soudain intimidée à la seule pensée de rencontrer un homme d'une telle notoriété, Martine se sentit idiote. La chaleur de la pièce et son exiguïté l'incommodèrent subitement.

– Je retourne chez moi. J'ai beaucoup à faire pour recevoir les mariés à la maison samedi, prétexta-t-elle.

– Je me sens coupable de te donner autant de travail. Tu veux que je t'aide? dit Laurence.

Martine la rassura aussitôt. Les tâches partagées, tout se passerait à merveille. Laurence n'avait pas à s'en faire, et ne devait surtout pas oublier qu'elle était attendue pour le souper.

– J'ai hâte de te présenter ma fille. Est-ce que maman t'a dit que Mélanie va travailler en ville durant toutes les vacances ? dit-elle en descendant l'escalier devant Laurence.

Parce qu'il lui était difficile d'imaginer Mélanie occupant un quelconque emploi, la question de Martine parut laisser Laurence indifférente.

* * *

Après le départ de Martine, Laurence et Camille restèrent seules dans la chambre. Laurence ne semblait pas pressée de ranger sa robe de mariée. Elle avait davantage besoin de poursuivre la conversation interrompue. On avait si peu parlé de Georges, de sa maladie, de sa peine, de sa rancœur. Quelqu'un n'avait-il pas affirmé un jour que des sentiments refoulés ou violemment entretenus provoquaient les pires maladies ? Un rapprochement involontaire se fit dans son esprit. Le cancer du poumon qui allait emporter Georges ne provenait-il pas de son incapacité de respirer à fond depuis la mort de Jacques ?

De la fenêtre devant laquelle elle s'était postée, Laurence vit son père qui revenait de sa promenade.

– Il arrive, dit-elle en supposant que sa mère allait la quitter pour aller vers lui.

Partagée entre l'envie de rester et celle de courir porter assistance à son mari, Camille choisit enfin de ne pas bouger. Le comportement de Georges était imprévisible s'il se savait observé. Elle n'allait pas courir le risque d'être repoussée. Georges se débrouillerait seul. Ainsi en avait-elle décidé pour l'instant ; décision qu'elle était toutefois prête à remettre en question si le besoin s'en faisait sentir.

– Tu ne trouves pas ça risqué de le laisser partir seul comme ça ? Tu sais au moins où il va ? demanda Laurence.

– Risqué? Peut-être. Crois-tu que j'y puisse quelque chose? Georges préfère être seul quand il marche dans le rang. Il va sans aucun but. Il dit que ça lui change les idées.

– Il est si faible. Il pourrait avoir une défaillance ou faire une chute…

– Georges dit qu'il peut toujours se reposer quelque part s'il en a envie. Les voisins sont au courant de son état.

– Comment va-t-il?

Le ton commandait une réponse franche et sans détour. Georges n'allait plus tarder à entrer maintenant et Laurence se prévalait de son droit de connaître la vérité.

– C'est encore plus difficile depuis qu'il connaît son état, commença Camille. Ton père n'était déjà plus que l'ombre de l'homme que j'ai connu, depuis la mort de Jacques. Ensuite… Je n'exagère pas en disant qu'après ton départ, notre vie n'a été qu'un enfer froid et silencieux.

– Après mon départ! Aurait-il oublié qu'il était pour quelque chose dans ma décision de m'en aller loin d'ici?

Camille haussa les épaules. Le doute qui souvent habitait son esprit l'assaillait de nouveau. Comme Laurence ne voudrait pas entendre sa version des faits, il valait mieux se taire ou peut-être tenter de disculper Georges.

– Ton père n'a rien oublié. Raison de plus pour qu'il soit malheureux, dit-elle simplement.

– Pour qu'il soit malheureux! Parlons-en, de ce malheur. Il croit peut-être que je n'ai pas eu ma part? Il imagine que ma rupture avec Gabriel n'a pas laissé de traces? Tout ça s'est fait par enchantement, peut-être?

– Il me semblait que tout avait été dit lorsque nous sommes allés chez toi à Montréal. Georges t'a demandé pardon, Laurence.

– À le voir agir, on a l'impression qu'il ne s'est rien passé du tout à Montréal. Je te jure que je m'interroge sérieusement. A-t-il levé les yeux sur moi depuis que j'ai mis les pieds dans la maison ? J'en doute. Maintenant, il faudrait que je croie à sa sincérité ?

– Laurence ! Ne le juge pas si durement. Laisse-lui le temps. Tu ne vois pas qu'il étouffe. Et là, je ne te parle pas de son insuffisance pulmonaire. Georges est malheureux.

– Malheureux pour lui ou pour moi ?

– Ah ! ce que c'est difficile, Laurence. Georges ne dira jamais clairement ce qui se passe dans sa tête, mais si tu veux connaître mon avis, il voudrait être certain que tu as oublié Gabriel Dorval avant de te voir t'engager ailleurs.

– Après tout ce temps, il fallait bien finir par prononcer son nom, n'est-ce pas ? J'ai été bien sotte de penser que je pouvais venir me marier ici sans que tout le monde fasse un rapprochement avec mon mariage raté et celui de samedi.

Elles s'étaient assises sur le lit, tout près l'une de l'autre. Le silence observé les rapprochait, puis les éloignait. Des images défilaient dans leurs têtes. Laurence ouvrit la bouche mais aucune parole n'en sortit. Camille revint à la charge.

– Tout à l'heure, quand nous parlions de ta décision de te marier, ma question était aussi en rapport avec Gabriel Dorval. Tu m'as dit que Marc était l'homme le plus gentil que tu aies connu depuis ton départ. Ça ne me dit pas si tu as oublié Gabriel. Laurence, moi aussi, j'aimerais en être certaine.

Avec des gestes calculés, Laurence replaça sa robe de mariée dans son sac d'emballage. Elle caressa son voile. Une éternité lui semblait s'être écoulée depuis que quelqu'un avait prononcé ce nom si doux à son cœur. Elle avait presque oublié la manière particulière qu'avait sa mère d'appuyer sur la finale. Avant de répondre, elle avait besoin de faire silence, d'écouter ce qui montait en son cœur. Un nouveau langage, une nouvelle situation, et tout était à réévaluer. Avait-elle oublié Gabriel Dorval?

– Je crois que je peux vivre sans lui, sinon je ne me serais jamais engagée auprès de Marc, dit-elle. L'oublier complètement, c'est une autre affaire. Ce n'était un secret pour personne que Gabriel et moi, nous pensions que c'était pour la vie.

– C'est justement la vie qui en a décidé autrement.

– C'est ça et rien d'autre! dit sèchement Laurence. C'est la vie qui en a décidé autrement, et samedi Laurence Auclair convolera en justes noces avec Marc Olivier. Et Gabriel Dorval sera quelque part dans le monde. Tout est bien qui finit bien.

Un fond de révolte habitait encore Laurence. Le ressentant fortement, Camille posa sa main sur la sienne, mais Laurence refusa d'être touchée et se leva. Une fausse indifférence teintait ses paroles quand, profitant du fait que le sujet était ouvert, elle s'informa de Gabriel. Quelqu'un savait-il où il vivait, ce qu'il était devenu? Avait-on de ses nouvelles de temps en temps?

Mal à l'aise, Camille évaluait la pertinence de dire la vérité. Laurence avait-elle besoin de savoir que, deux jours auparavant, Gabriel Dorval avait été de passage dans sa paroisse natale? Feindre l'ignorance s'avérait plus simple, surtout moins embarrassant.

– Je sais peu de choses de lui. Il paraît qu'il voyage dans le monde, à cause de son emploi pour une compagnie de recherches minières. Une compagnie de Toronto, à ce qu'on m'a dit.

– Est-ce qu'il a l'occasion de venir chez ses parents ou à la mine? demanda encore Laurence.

Elle semblait ignorer que les parents de Gabriel habitaient maintenant la ville. Camille l'informa de quelques visites que Gabriel Dorval avait faites à son cousin Philippe Gagné, mais, au sujet de son travail, Paul serait mieux informé qu'elle là-dessus.

– Il… il s'est marié?

Visiblement mal à l'aise de répondre à toutes ces questions, Camille demeurait évasive. Gabriel avait vécu avec une femme pendant quelques années. Elle ne savait presque rien de son histoire.

– Tu comprends que, dans ma situation, il est difficile de poser des questions. Même si, dans le temps, mes jugements ont été moins durs que ceux de ton père, ça ne veut pas dire que j'ai oublié pour autant. Jacques est mort à cause de Gabriel. Ça reste un fait.

– Maman, je t'en prie! Pas toi!

Le signal était donné. Il valait mieux ne pas aller plus loin. Les larmes présentes dans les yeux des deux femmes le confirmaient. Mais étaient-elles chavirées à cause du passé ou du présent devenu étrangement lourd? se demanda Laurence.

Un bruit de porte qui claque les ramena à la réalité. Georges était de retour.

– Il faut que je descende, Laurence. C'est le temps de préparer le repas si on veut manger à midi, dit Camille en se dirigeant vers l'escalier.

2

Dᴇʀʀɪèʀᴇ la fenêtre de sa cuisine, Martine regardait en direction de la demeure de ses parents. Elle pensait à ses occupants, à Laurence surtout. Imaginée à plusieurs reprises, cette première rencontre avec sa sœur cadette avait pourtant été différente de tous les scénarios envisagés.

Un rapprochement s'était amorcé sans cependant que soit ouvert un vrai dialogue. Un fait demeurait : Laurence était toujours sa petite sœur malgré les changements, malgré sa maturité, se disait Martine en s'amusant à reproduire son image dans son esprit. Sa souplesse, son élégance, l'harmonie de ses manières, son langage qui conservait juste ce qu'il fallait de l'intonation particulière aux gens de la région faisaient de sa sœur une femme extraordinaire. Malgré une pointe de jalousie, Martine était convaincue de ne rien avoir à envier à Laurence. Son propre rêve était à sa mesure, et autour d'elle. Un mari, une fille et une jolie maison fraîchement repeinte suffisaient à la combler, ce qui ne semblait pas être le cas pour sa sœur, qui, pendant des années, s'était tuée au travail pour oublier son rêve perdu.

Elle en était là dans sa réflexion quand il y eut un mouvement dans son champ de vision. La porte de la cuisine de la grande maison de ses parents venait de s'ouvrir. À sa grande surprise, Laurence arrivait plus tôt que prévu et elle était dans tous ses états.

— Est-il inconscient ou est-ce qu'il le fait exprès ? dit-elle en entrant, sans faire attention ni à Martine ni à ce qui faisait sa fierté.

Il fallait qu'il se passe des choses graves pour qu'elle s'effondre ainsi au bout de la table de la cuisine. En fait, c'était une profonde déception et son besoin de l'exprimer qui amenaient Laurence avant le moment prévu.

— J'avais escompté qu'à midi nous parlerions un peu. Mais non. Quelques minutes autour de la table et tout était fini. Une simple formalité quand un mot de sa part aurait rendu l'air respirable, grommela-t-elle. Il a mangé du bout des lèvres, et a fait semblant de boire son thé en se contentant d'y tremper les lèvres.

Une scène simple à reconstituer. Les yeux de Georges fixés sur la nappe qui accusait le néant de son esprit. Une conversation, presque exclusivement alimentée par Camille, portant sur les préparatifs de dernière minute, sur l'arrivée prochaine de Marc et sur son choix de respecter la tradition en restant loin de sa fiancée avant le mariage, et l'occasion de parler vraiment qui s'était dérobée, comme s'il en avait décidé ainsi. Martine écoutait les propos de sa sœur, des propos s'apparentant à sa propre expérience. L'incapacité de communiquer de leur père était flagrante ; il était inutile de le nier. N'avait-elle pas, elle aussi, à maintes reprises, constaté que Georges ne levait plus les yeux sur le monde extérieur ? Leur père vivait dans un univers clos.

— Papa vivait déjà dans son monde avant la mort de Jacques, dit Martine, un peu hésitante à donner son opinion. Ton départ puis sa maladie n'ont rien amélioré. Quand il a appris qu'il avait le cancer, il a changé. Maintenant qu'il s'est fait à l'idée, on ne peut plus l'atteindre.

— Il est pourtant venu à Montréal. Il a fait un effort.

– C'était au début, Laurence. C'était pendant qu'il avait encore peur et qu'il se disait que le temps était venu de passer l'éponge. Un peu d'indulgence envers ses semblables ne peut pas faire de tort quand on sent venir la fin.

Martine était au courant des événements ayant marqué la visite de ses parents à Montréal. À la suite du diagnostic sévère des médecins au sujet de sa maladie, Georges avait avoué qu'il ne voulait pas partir avec sur la conscience le sentiment d'avoir brisé la vie de sa fille. Il suffisait de demander pardon pour qu'on oublie, avait-il cru. Dans les circonstances, Laurence pouvait-elle exiger davantage de lui ? N'avaient-ils pas tous souffert suffisamment ?

– Ce que j'ai été naïve ! s'écria Laurence. Je désirais tellement que les choses s'arrangent que j'ai pensé qu'il regrettait vraiment. Dire que j'ai cru que tout allait rentrer dans l'ordre par la suite. Et mon mariage ! Quelle belle occasion de célébrer cette réconciliation, n'est-ce pas ? Je me ronge le cœur à me demander pourquoi il s'enferme dans ce silence de mort.

– Imagine qu'il soit incapable de te parler, Laurence. À moins que je ne me trompe, je serais portée à croire que papa continue simplement de se punir. Des fois, j'ai l'impression qu'il le fait exprès pour se couper du bonheur.

– Est-ce qu'il faut lui donner raison ?

– Sûrement pas ! Je n'approuve pas plus que toi son attitude, mais donne-lui du temps. Tu viens d'arriver. Il ne faut pas oublier qu'il souffre.

Souffrir. Souffrir en silence. Être à l'étroit dans son cœur, dans son âme. Garder tout pour soi. Vivre par procuration, parce que le courage manque, parce que les événements te dépassent. La vie, la mort, les ruptures et puis le chemin à rebours. Laurence connaissait bien ces motifs qui portent à regarder le fond de son assiette sans porter à sa bouche son contenu. Elle savait et jugeait pourtant.

Aux prises avec un besoin subit de bouger, elle marcha vers la porte. Croyant l'avoir choquée, Martine la suivit. Sa présence à ses côtés inciterait Laurence à poursuivre la discussion.

— Je m'étais construit une si belle histoire en venant me marier ici, avec vous tous, et voilà que j'ai l'impression d'être une intruse qui vient tout chambouler, dit Laurence tristement.

— C'est vrai que dans un roman la jeune fille serait revenue chez elle et aurait fait un beau mariage en blanc. Son père aurait été heureux et sa mère, comblée. Ses sœurs seraient accourues pour partager sa joie.

— Tu es méchante, Martine.

— Je n'avais pas l'intention d'être méchante avec toi. Je voulais seulement que tu saches ce que j'ai souhaité pour toi en t'attendant. Aussi bien l'avouer maintenant. Je n'ai jamais cru que les choses se passeraient ainsi.

Martine avait la réputation d'être celle qui comprenait toujours tout, qui trouvait insupportable qu'on ait de la peine en sa présence. Maintenant qu'elle lisait mieux dans l'esprit et dans le cœur de sa sœur, elle se permettrait de lui parler sérieusement.

— Si je te disais que, malgré les apparences, tu as bien fait de venir, me croirais-tu ? dit-elle.

Le trouble qui habitait Laurence se traduisait par un tremblement de sa lèvre inférieure. Comme elle ne répondait pas, Martine continua. C'était surtout pour leur mère que ça valait le coup. Car cette femme-là avait suffisamment attendu une petite satisfaction.

– Tu ne sauras jamais à quel point tu lui as manqué, Laurence, ni combien de nuits blanches elle a passées depuis l'accident de Jacques.

Envahie par une grande tristesse, Laurence eut tout à coup besoin d'être rassurée sur les sentiments de sa sœur à son égard.

– Est-ce que je t'ai manqué, à toi aussi ? lui demanda-t-elle à brûle-pourpoint.

Martine sembla demander du temps afin de peser ses mots. Elle se mordit la lèvre.

– Si tu me poses vraiment la question, alors laisse-moi te dire que j'ai commencé par t'en vouloir, par juger ton comportement. Ensuite, j'ai essayé de me mettre à ta place et j'ai compris beaucoup de choses.

– Si tu t'es mise à ma place, comme tu dis, tu as sûrement compris que j'ai choisi de survivre. Il fallait que je sois loin d'ici pour renaître. Je me suis refait une vie pour ne pas toujours penser, pour ne pas avoir toujours des images plein la tête et plein le cœur.

Laurence avait simplement ouvert une porte, sans réelle envie d'aller au fond des choses. Cependant, pour Martine, c'était différent. L'heure était venue de rendre des comptes, lui semblait-il.

– Si seulement tu avais donné régulièrement de tes nouvelles, dit-elle.

– Donner de mes nouvelles ? À qui ? Pourquoi ?

– Quelle question ! Pour montrer que tu nous aimais encore un peu. Laurence, tu n'as pensé qu'à ta peine.

– C'est vrai. J'ai pensé à ma peine parce qu'elle prenait toute la place. J'avais perdu Jacques comme vous tous, mais moi, j'avais aussi perdu l'homme que j'aimais et mon rêve !

— Crois-tu vraiment qu'on a ignoré tout ça? Personne n'a osé te faire de vrais reproches.

— Jusqu'à présent.

— Ce ne sont pas des reproches, Laurence, mais ça vient de ma peine de t'avoir perdue. Tu étais ma petite sœur avec qui j'avais eu tellement de bons moments! Est-ce que je pouvais faire comme si tu n'existais plus? Par contre, c'était ce que tu voulais, toi, n'est-ce pas?

— Je ne sais pas. Je ne sais plus. Je suis fatiguée de penser, d'analyser. Je croyais que tout ça était classé. Si j'avais su que ma venue allait remuer tant de choses, si j'avais su que le passé rebondirait de cette façon…

— Tu serais restée loin de nous pour le reste de ta vie? Dis-le. Ne te gêne pas! Tu serais restée dans un monde qui ne ressemble pas à ta famille?

— Non! Martine, où vas-tu chercher une pareille idée?

— Cherche un peu, lança sèchement Martine.

— Bon! Disons que tu pourrais avoir des raisons de le penser, mais je te jure que j'étais sur le point de faire des démarches pour vous revoir. Mon mariage a précipité les choses, c'est tout. Après la visite de papa, c'était une question de temps, je t'assure.

Sans trop s'en rendre compte, Laurence s'était rapprochée de la porte-fenêtre. Elle était à deux pas de la nature frémissante. De l'autre côté de la plate-bande d'œillets et de glaïeuls, tout était vert à perte de vue. La dernière coupe du foin remontait à quelques semaines. L'herbe nouvelle recouvrait le sol d'une clôture à l'autre et jusqu'à l'orée de la forêt. Ce monde-là était tellement plus joli que celui de ses pensées.

— J'avais oublié combien la nature était belle et combien l'air de la campagne sentait bon, dit-elle simplement.

C'était une manière simple de clore le sujet. Martine vint à ses côtés. Elle aussi offrit son visage à la brise. Elle huma l'air. Sa sœur avait raison d'apprécier cette odeur qui chatouille les narines, qui fait du bien loin au dedans. Elle lui fut reconnaissante de lui rappeler cette réalité devenue trop coutumière.

– On finit par croire que c'est partout pareil. À la ville, il y a le bruit et la pollution, dit-elle sans détourner son regard du paysage.

– Ça aussi, on finit par ne plus y faire attention. Le milieu qui nous entoure nous change bon gré mal gré, affirma Laurence.

Un élan d'énergie transporta Martine. Si seulement il lui était possible de le communiquer à sa sœur ! S'étant appuyée au mur de manière à lui faire face, elle chercha son regard.

– Lau, dit-elle affectueusement, nous nous sommes dit des choses. J'espère ne pas t'avoir fait mal. J'aimerais tellement te sentir heureuse d'être avec nous. Fais-moi plaisir et réagis. Tu te maries dans trois jours ! Pense à ton bonheur et oublie tout le reste.

– Tu as raison, Martine. C'est d'ailleurs contre mes principes de m'apitoyer sur mon sort. Tu m'as connue plus expressive, n'est-ce pas ?

Martine sourit. Elle se souvenait du temps où les éclats de rire de Laurence lui tapaient royalement sur les nerfs. Elle lui avoua que présentement elle se contenterait d'un peu plus d'enthousiasme de sa part. Laurence demeura songeuse. Une petite chose lui enlevait sa capacité de faire preuve de cet enthousiasme dont parlait Martine.

– J'ai envie de me vider le cœur afin qu'on en finisse une fois pour toutes, dit-elle.

– Qu'est-ce qui t'agace encore?

– C'est maman et ses doutes au sujet de mes sentiments à l'égard de Marc. Je t'assure qu'ils me dérangent, ces deux-là. Quelques heures en leur compagnie et je me retrouve en train de remettre ma vie en question. Elle me demande si j'aime l'homme qui viendra me rejoindre et moi je me demande qui est Laurence Auclair. Si tu savais comme j'aimerais être encore la fille qui a déjà habité ici et retrouver ses ardeurs.

– Ma pauvre Laurence! Il a déjà été plus facile d'être heureuse en parlant de son mariage prochain, n'est-ce pas?

– Tais-toi, Martine!

Elles étaient revenues dix ans en arrière, alors que Laurence devait épouser Gabriel Dorval dès la fin de ses études universitaires. Le sujet était si délicat que Laurence chercha à clore définitivement la conversation.

– Ton mari va bientôt arriver, dit-elle. Il faut que je retourne à la maison avant de revenir souper avec vous. Si je veux faire un peu d'exercice aujourd'hui, j'ai juste le temps de monter là-haut.

Laurence avait pointé le doigt vers le Nord, vers les champs qui s'étendaient jusqu'à la forêt. Martine vérifia son intention.

– Tu veux monter en haut du champ?

L'expression employée leur était familière. Monter en haut du champ signifiait marcher sur plus d'un kilomètre à découvert avant d'atteindre la forêt. Pour fuir les discours et les explications, Laurence avait besoin de prendre cette route étroite qui traversait les terres, de laisser le vent la décoiffer et le soleil brûler sa peau; de goûter un instant de solitude et, comme dans le temps, de marcher lentement avec un brin de foin entre les dents.

Elle ouvrit la porte. En constatant le sérieux de sa décision, Martine chercha à la retenir.

– Tu pars comme ça ? Tu ne vas pas changer de souliers ? dit-elle à tout hasard.

– Ce n'est pas nécessaire. La route est en gravelle bien tassée, à ce que je vois.

Laurence partit sans se retourner. Pendant qu'elle la suivait des yeux, Martine regretta de ne pas avoir été invitée à l'accompagner, car il était faux de dire que Paul devait arriver bientôt.

– Ma petite sœur n'a pas changé depuis le temps. Elle se retire pour mieux resurgir, murmura-t-elle.

3

LE CIEL s'était obscurci. Progressivement, les nuages s'étaient ramassés en boules énormes. Les changements du temps confirmaient les prévisions. Des orages étaient attendus pour la fin de l'après-midi.

Depuis qu'elle avait quitté sa sœur, Laurence marchait d'un pas rapide. Les cailloux roulaient sous ses pas. Des grains de sable s'introduisaient dans ses sandales. L'odeur du foin chauffé lui rappelait les jours de récolte pendant lesquels les filles Auclair acceptaient de donner un coup de main à leur père. Jacques n'aurait pas suffi à la tâche. Il était trop jeune et si frêle, disait Camille.

Une sorte de magie l'emportant loin du présent, Laurence fixait la route que la première pente semblait avaler. Que de souvenirs! Que de moments heureux avaient coulé sur les pierres plates, inondées par l'eau du ruisseau coulant juste au pied de la côte rocheuse. Des heures entières à jouer pieds nus dans le tumulte. À l'abri des regards des parents, la jupe haute, assises sur la plus grosse pierre, les filles taquinaient les garçons. Les garçons, c'étaient Jacques et Gabriel, et parfois son cousin Philippe. Les filles? En fait, les autres filles n'y venaient plus quand Laurence s'attardait au ruisseau. Ses sœurs avaient à faire à la maison et les voisines étaient trop vieilles pour ces jeux, selon les dires de leurs mères. Laurence était autorisée à y flâner uniquement si Jacques l'accompagnait.

Le ruisseau était à sec. Pas une seule goutte ne coulait sur les pierres arides. Déçue, Laurence s'approcha de la clôture qui en interdisait l'accès. Elle regarda plus avant, vers l'orée du bois. On avait dévié le cours du ruisseau, venait-elle de constater.

L'envie lui vint de rebrousser chemin, mais il était trop tôt pour aider Martine à préparer le repas du soir. Retourner chez ses parents pour parler encore de son mariage, pour refaire l'inventaire de ses valises, ne l'intéressait pas non plus. Soudain habitée par l'ardent désir de sentir sa jeunesse couler de nouveau dans ses veines, elle continua sa route en s'éloignant de plus en plus des lieux habités, en se rapprochant de l'orée du bois. Jadis ce trajet la menait à un endroit précis : à cette cabane construite par Gabriel et Jacques dans la partie la plus dense de la forêt. Le lien entre ce lieu et le jeune homme qui repoussait constamment la mèche de cheveux couvrant son œil gauche se fit naturellement. Gabriel était présent. Il était pratiquement impossible d'évoquer le souvenir de la petite construction de bois calfeutrée de mousse sans se souvenir aussi de Gabriel Dorval.

La chaleur devenait insupportable. L'humidité ajoutait à la sensation désagréable qu'elle procurait. La sueur perlant abondamment sur son front, sa blouse collée à sa peau, Laurence hâta le pas comme si elle s'engageait dans une lutte à finir entre ses pensées et le présent qui la conduisait sur la route de son passé.

Un bruit sourd parvint jusqu'à elle. D'abord imperceptible, le vrombissement d'un moteur viola le silence. S'étant arrêtée pour écouter, la jeune femme se rendit compte de l'énorme distance parcourue. Elle s'inquiéta. S'être aventurée aussi loin tenait de l'imprudence; les choses avaient tellement changé depuis le temps. Peut-être qu'à présent il était téméraire de se trouver seule à cet endroit. N'osant regarder derrière, se faisant minuscule sur le bord de la route, elle attendit que le véhicule passe.

Le bruit du moteur changea tout à coup. Le quatre-quatre qui allait s'immobiliser à sa hauteur lui rappelait la réflexion de sa mère à son sujet, et surtout son désaccord à propos du comportement de son conducteur. « Philippe roule trop vite. Il ne devrait pas abuser de notre patience», avait dit Camille Auclair.

Il était normal que le cousin de Gabriel Dorval utilise cette route longeant ses terres cultivées. Laurence n'avait rien à craindre, même qu'elle éprouvait déjà une joie certaine à la pensée de revoir Philippe Gagné.

Le vent poussa une traînée de poussière devant le véhicule. Une fine pellicule blanchâtre colla à ses cheveux et s'engouffra dans ses vêtements. Les yeux entrouverts, une main devant pour protéger son visage, Laurence se plaça de manière à faire face à Philippe quand il descendrait. Son imagination s'activant, elle se demanda ce qu'était devenu le petit cousin de Gabriel, qui s'exprimait difficilement et qui parfois utilisait des images surprenantes.

La portière claqua. La silhouette qui apparue n'était pas celle de Philippe, mais une autre, étrangement familière. Laurence baissa les bras. Elle prononça un nom, seulement un nom, qui franchit ses lèvres comme un murmure.

– Gabriel!

Trop de retours en arrière avaient-ils fini par fausser son jugement? Gabriel Dorval ne vivait plus là depuis des années. Comme elle, il avait fui sa paroisse, sa région. Il avait dressé une forêt et une chaîne de montagnes entre son rêve et lui.

Il lui fallut se rendre à l'évidence. Ni la poussière ni la lumière du jour n'étaient capables de jouer d'aussi vilains tours.

– Que fais-tu ici? s'enquit-elle.

Gabriel ne bougea pas. Il avait le temps de répondre à ses questions, d'expliquer que son travail l'avait amené dans la région pour quelques jours. Surtout, il avait encore le choix de dire la vérité ou d'inventer une histoire. Quand il aurait fini de la regarder, il verrait si elle méritait qu'il avoue avoir annulé son billet d'avion aussitôt qu'il avait été informé de sa présence chez ses parents.

– Tu allais à la cabane? demanda-t-il simplement.

– La cabane? Non! Je… je marchais comme ça, sans trop savoir où je m'arrêterais.

– De toute façon, ce n'est plus utile d'aller là-bas. Je l'ai brûlée.

S'il avait voulu provoquer une réaction, c'était peine perdue car Laurence agissait comme si la chose lui était parfaitement égale. Gabriel avait ses raisons pour détruire la petite construction.

– J'ai pensé qu'elle ne devait pas servir à quelqu'un d'autre. C'était notre cabane, dit-il en insistant sur la dernière phrase.

– Dans ce cas, tu as probablement eu raison d'y mettre le feu. C'était peut-être la seule chose à faire.

L'homme avançait. Il lui parlait et, le voyant venir vers elle, Laurence avait la nette impression de regarder un film au ralenti. La sensation d'être toujours victime de son imagination persistait. Gabriel avait été omniprésent dans toutes les conversations depuis le matin, et voilà qu'il apparaissait sans s'annoncer, sans que personne ne l'ait prévenue de la possibilité de se retrouver face à face avec lui. Elle ne rêvait pas. Gabriel Dorval s'approchait d'elle et il était magnifique. Quelque chose avait changé en lui, dans sa démarche. Il traînait la jambe, imperceptiblement, mais suffisamment pour susciter le pincement au cœur qui la fit se ressaisir. Gabriel portait encore des traces de l'accident. Lui non plus n'avait pas oublié. À chaque instant, son corps lui rappelait la tragédie.

Sa voix sembla venir d'un autre monde, profonde et mélancolique.

– Je suis heureux de te revoir, Laurence, dit-il. Tu es encore plus belle que sur les photos des revues.

Elle baissa les yeux. Un malaise indéfinissable lui enlevait de son assurance. Gabriel avait fait allusion à ses silences, à tout ce temps passé depuis leur rupture, et elle détestait qu'il la blâme pour une situation décidée par d'autres.

Il devait lui expliquer le but de sa démarche avant qu'elle ne se referme. Il était venu la féliciter pour son mariage, lui souhaiter d'être heureuse, dit-il.

L'entendant prononcer de telles paroles, elle ne put retenir le petit rire sarcastique qu'elles lui inspiraient.

– Tu es vraiment venu jusqu'ici pour me dire cela? rétorqua-t-elle.

Son visage changea. Le ressentiment avait durci ses traits. Gabriel eut un mouvement hostile qu'il maîtrisa aussitôt.

– Peut-être que j'aurais dû tout bonnement me présenter chez tes parents et dire à ton père que je voulais te parler? Cela aurait été si simple, n'est-ce pas? Si naturel! Allons, Laurence, tu rêves encore!

– Si tu avais tenté l'expérience, peut-être que sa réaction t'aurait surprise.

Il la regarda droit dans les yeux. Laurence se moquait-elle de lui ou avait-elle oublié que la porte des Auclair lui avait été interdite un jour et pour toujours? Il n'allait pas perdre son temps à la contredire; ce moment arraché au destin était trop précieux.

– Tu devais te douter qu'il fallait bien en arriver là un jour ou l'autre, ajouta Laurence. On t'a bien informé. Je me marie samedi, Gabriel.

Sa voix devait être celle d'une autre, car ses paroles ne trahissaient aucune émotion. Malgré les battements de son cœur qui s'emballait, Laurence demeurait impassible. Elle parlait avec réserve, plus froidement que si elle se fût entretenu avec un ami rencontré par hasard.

Gabriel l'interrogeait encore, il désirait savoir si elle était heureuse. Sa réponse ne tarda pas. Il était important que les choses soient claires entre eux, qu'il sache à quoi s'en tenir.

– Oui, Gabriel, je suis heureuse. J'ai beaucoup de succès dans mon travail. Ma vie a de nouveau un sens. Qu'est-ce que je peux demander de mieux?

– L'amour.

– Aurais-tu oublié que je me marie samedi? Est-ce que ça ne veut pas dire que j'aime quelqu'un et que cette personne m'aime?

– Où avais-je la tête?

Le sarcasme de Gabriel l'agaça. Silencieuse, elle se rapprocha de l'énorme véhicule.

– Laurence, reprit Gabriel, plus insistant. Cessons de jouer au chat et à la souris, veux-tu? J'aimerais que nous parlions sérieusement, tous les deux. Ce serait probablement plus facile bien assis là-dedans que debout sur le bord du fossé. Nous pourrions faire un tour et discuter une dernière fois.

– Je regrette, Gabriel, mais je dois retourner à la maison. J'étais sortie pour un moment seulement. Le temps passe. Martine a besoin de mon aide pour préparer le souper. Je mange avec sa famille, ce soir.

Le visage de Gabriel se ferma. Laurence avait peur; peur de lui, de l'opinion des gens, d'elle-même peut-être. Parce qu'elle lui refusait un instant de sa vie, il l'affronta.

– Je ne suis pas un si mauvais conducteur, tu sais, lança-t-il.

L'allusion était grosse, cruelle et indigne de lui. Laurence lui en voulut de se servir de cet argument pour arriver à ses fins.

– C'est ce que tu trouves de mieux à dire pour me convaincre? Tu cherches vraiment à nous faire du mal?

L'homme appuya ses mains à plat sur le capot du quatre-quatre et respira bruyamment. Comment pouvait-il exprimer ses sentiments alors qu'il ignorait comment les nommer? Il éprouvait tantôt de la colère, tantôt un chagrin immense, et, depuis qu'il était en présence de cette femme qu'il aimait toujours, il sentait son cœur se rompre. Une force intérieure demandait à se battre contre un destin implacable.

– Donne-moi une raison valable, une seule raison de ne pas accepter ma proposition, et je ne dis plus rien.

– Gabriel, ça servira à quoi?

– Alors, qu'est-ce qui t'empêche de monter avec moi là-dedans et de m'accorder un moment?

Laurence lui donna raison. Qu'est-ce qui l'empêchait d'accepter son invitation, sinon ses craintes et le malaise qui n'aurait pas dû exister entre eux? S'étant ravisée, elle prit place à ses côtés sur la banquette.

Le moteur émit un bruit sourd, et le véhicule démarra. Silencieuse, Laurence regardait manœuvrer Gabriel en se demandant si ses pensées ressemblaient aux siennes. Elle en eut la quasi-certitude lorsque leurs regards se croisèrent pour la première fois. À cet instant, elle n'aurait su dire si elle était heureuse ou choquée d'être aux côtés de cet homme et de rouler avec lui sur la route qui la ramenait en direction de la maison de ses parents.

À l'embranchement, elle eut un geste pour manifester son envie de descendre, mais il était trop tard, car Gabriel avait mis le clignotant et amorçait un virage sur la droite.

Laurence ne fit plus rien pour empêcher ce qui devait être. Elle s'en remettait aux désirs de l'homme qui jadis avait été toute sa vie. Leur destination importait peu, à condition qu'elle fût revenue à temps pour le souper.

Il restait encore une bonne heure avant que Martine s'inquiète de son absence et, dans la maison de ses parents, Camille fouillait ses armoires à la recherche d'une casserole pour cuire des pommes de terre pour deux.

4

L<small>E TEMPS</small> s'obscurcissait de façon inquiétante. Les nuages défilaient à toute allure en retenant les grondements du tonnerre dans leurs flancs. La fréquence des éclairs annonçait la force de l'orage qui approchait. Martine se promenait de long en large dans la cuisine, chaque aller et retour étant ponctué d'un arrêt devant la porte-fenêtre.

On était sans nouvelles de Laurence depuis qu'un besoin subit d'exercice l'avait conduite sur cette route étroite délimitant les terres voisines. Paul aussi tardait à rentrer et Martine se retrouvait sans personne avec qui partager son inquiétude. Camille était venue aux nouvelles. «Pourquoi ne pas avoir accompagné Laurence?» lui avait-elle dit comme si sa place eût été auprès de sa sœur. Martine s'était défendue et sa mère était repartie en prétextant qu'elle devait retourner auprès de Georges. À présent, elles étaient deux à se tenir devant la porte et à tenter d'apercevoir quelqu'un sur la route.

L'air s'était rafraîchi de quelques degrés. Le temps changeait de minute en minute. Des vents à arracher les toits poussaient les nuages, qui menaçaient de s'éventrer. On aurait dit que la nuit tombait déjà en cette fin d'après-midi.

Martine regarda l'heure pour la dixième fois. Sa décision était prise : si Laurence n'était pas là dans cinq minutes, elle partirait à sa rencontre à bicyclette.

Une forte bourrasque souleva le tourbillon de poussière qui dissimulait la voiture de Paul, arrivée en trombe. La pluie suivit, abondante, en rafales comme le vent, froide comme la grêle qu'elle transportait. D'une pâleur inquiétante, le visage transformé par une vive inquiétude, Martine alla accueillir son mari.

– Paul! C'est Laurence! On… on ne sait pas où elle est, dit-elle en s'agitant.

Accueil surprenant pour qui rentrait d'une dure journée de travail. Paul se battait contre le vent qui lui arrachait la porte des mains. Il avait son humeur des mauvais jours. L'orage dérangeait ses plans.

Martine s'était rapprochée.

– Tu as entendu ce que je t'ai dit? Laurence est partie à l'autre bout du champ. Ça fait deux heures de ça et elle n'est pas revenue. Je suis folle d'inquiétude. Je mettrais ma main au feu qu'il lui est arrivé quelque chose. Tu as vu le temps qu'il fait!

Un doute apparut dans le regard de Paul. Celui qui souvent reprochait à sa femme de tirer trop rapidement ses conclusions lui conseilla le calme. Il l'accusa de s'en faire inutilement. Martine rageait. Paul la prenait-il pour une sotte en supposant qu'elle s'était mise dans cet état sans vérifier si Laurence ne se trouvait pas chez ses parents?

– Qu'est-ce qui lui a pris, à ta sœur? C'était pourtant facile à voir qu'il allait y avoir de l'orage. Même un enfant l'aurait vu. Je ne peux pas croire que Laurence est aussi inconsciente, maugréa-t-il.

Un craquement ébranla la maison. Paul se tut. Ce qu'il apercevait par la fenêtre le terrifiait. Des vents violents agitaient les arbres. Des grêlons de la grosseur d'une bille roulaient sur le gazon, d'autres s'accumulaient dans les rigoles et près des bordures. La pluie occultait ce qui se trouvait à plus de cent mètres. Les maisons voisines apparaissaient comme des ombres immenses, sporadiquement éclairées par un serpentin déchirant le ciel.

Martine le pressait d'agir. Il fallait aller au secours de Laurence, disait-elle, mais sa requête était irréalisable avant une accalmie. Pas très rassuré lui-même, Paul tenta une explication. Laurence avait dû se mettre à l'abri dans la forêt pour attendre la fin de l'orage, avança-t-il.

Cette possibilité devenait l'espoir auquel s'accrocher. Il était tout à fait plausible qu'après avoir emprunté la route du bûcher Laurence se soit réfugiée dans les bois. Les framboises abondaient dans ce coin et, dans la savane, les bleuets commençaient à mûrir. Martine se souvenait que dans sa jeunesse Laurence oubliait tout le reste quand venait le moment de la cueillette des petits fruits. Même qu'à l'époque elle n'éprouvait aucune gêne à enlever sa jupe pour s'en confectionner un sac capable de rapporter son précieux butin à la maison.

La sonnerie du téléphone se fit entendre et Martine répondit. Au bout du fil, c'était Camille, qui se désespérait. L'inquiétude serrait sa gorge au point de provoquer l'enrouement. Celle qui avait tellement besoin de communiquer avec quelqu'un s'obstinait à tenir Georges à l'écart de ses craintes.

La conversation ne s'éternisa pas. Comme on ne savait rien de plus, Camille raccrocha presque aussitôt.

L'orage semblait faire du sur-place. Un éclair ouvrit le ciel. Le bruit du tonnerre suivit immédiatement, comme un coup de fusil résonnant fort et lourd. Une traînée de feu lécha le poteau de téléphone. Il y eut un grand silence et le réfrigérateur cessa de fonctionner. L'inquiétude s'accentuait. Paul se faisait du souci pour une autre femme manquant à l'appel. D'habitude, Mélanie était déjà à la maison quand il revenait de la mine ; sinon, elle le suivait de près. Il interrogea Martine, qui consulta l'horloge de la cuisine. Paul avait raison : Mélanie devrait être là. Martine était perturbée par l'absence de Laurence au point d'en oublier sa fille, dit-elle en proie à un tremblement l'agitant de la tête aux pieds. Paul passa son bras autour de ses épaules.

– Il faut faire quelque chose, dit-il. Je vais à sa rencontre en voiture.

C'était de la folie de sortir par un temps pareil. Ne l'avait-il pas affirmé lui-même quelques instants auparavant ? En le lui rappelant, Martine essuya une objection. Il était le seul capable de porter secours à Laurence, dit-il en saisissant sa veste pour sortir.

– Si au moins je savais où la chercher, dit-il. Si quelqu'un est allé de ce côté après son départ, elle a pu faire une rencontre et être chez un ami. Ta sœur est libre d'aller où elle veut sans rendre de comptes à personne.

Son discours suscitait des images dans l'esprit de Martine. Elle se souvenait du véhicule de Philippe Gagné qu'elle avait aperçu sur la route traversant d'un rang à l'autre.

– Philippe Gagné est allé de ce côté, mais je ne vois pas pourquoi Laurence serait allée chez lui.

Devant l'étonnement de Paul, Martine crut avoir tenu des propos ne concordant pas avec les faits.

– Pourquoi tu me regardes comme ça ? Qu'est-ce qu'il y a de si étrange à ce que Philippe aille à ses terres par cette route ? Il le fait tout le temps.

– Philippe n'est pas allé à ses terres cet après-midi. Il était à la mine. Je l'ai vu tout à l'heure, même que je l'ai taquiné parce qu'il conduisait la vieille voiture de sa femme. Philippe avait prêté son quatre-quatre à Gabriel Dorval. Ce n'est pas lui que tu as vu.

La veste de Paul se retrouva sur une chaise. Ne sachant plus que penser et sentant faiblir ses jambes, Martine prit appui sur son bras.

– Gabriel n'est pas reparti comme prévu. C'était donc lui qui conduisait le quatre-quatre de Philippe et il serait allé rencontrer Laurence au bout du champ! Veux-tu me dire ce qui leur a pris, à ces deux-là? s'écria-t-elle, à bout de nerfs. Ils sont ensemble pendant qu'on est là à se morfondre. Attends que je lui parle. Elle n'a pas le droit de nous faire ça.

Le ton changea. Martine se souvenait d'avoir revu le tourbillon de poussière sur la route et remarqué que le véhicule de Philippe se dirigeait du côté opposé au village. Alors qu'elle regardait dans cette direction, mille scénarios se déroulèrent dans sa tête et tous avaient pour fond le vent, la pluie et le grondement du tonnerre. Son mécontentement se transforma en ressentiment à l'égard de Laurence

– Elle est passée juste à côté. Elle aurait pu nous avertir, maugréa-t-elle.

Le temps s'écoulait et le mystère persistait. Vint enfin une accalmie. On distinguait la route principale. Une petite voiture approchait. Derrière le volant, Mélanie se préparait à garer sa voiture d'occasion à côté de celle de son père. Paul alla au-devant d'elle.

– Tu es trempée, dit-il. Qu'est-ce qui t'est arrivé?

Son chandail très court et sa jupe de coton collaient à son corps. En proie à un tremblement involontaire, Mélanie bafouillait. Un accident. Elle avait failli avoir un accident, disait-elle.

– Où ça? demanda Paul.

– Juste après la carrière. Je ne sais pas comment j'ai pu éviter l'automobile qui est allée s'écraser contre un poteau. Je me suis arrêtée pour secourir le conducteur, mais quelqu'un m'a crié de ne pas y aller à cause des fils électriques tombés au sol. Le gars s'est servi de son cellulaire pour appeler l'ambulance.

Martine posa ses mains devant son visage. Une pensée semblable à la sienne désintéressait Paul des propos de leur fille. Le couple était devenu beaucoup trop silencieux, manifestement préoccupé par autre chose.

– Que se passe-t-il dans cette maison? demanda Mélanie. Vous en faites un air, tous les deux.

Paul ne tenait pas à résumer lui-même la situation ni à entendre Martine le faire. Il préférait disparaître, aller rejoindre Camille. S'il y avait du nouveau, elles n'avaient qu'à lui téléphoner, dit-il en sortant.

Martine n'insista pas pour qu'il reste. Devant la fenêtre, elle le regarda se diriger vers la maison de ses parents. Ce temps de grâce lui permettait de rassembler ses esprits pour décrire une situation ayant tantôt l'allure d'une tragédie, tantôt celle d'un autre épisode de l'existence particulière de sa sœur.

– Nous sommes inquiets au sujet de Laurence. Elle a disparu, finit-elle par avouer.

Mélanie se mit à rire. Cette tante mystérieuse causait déjà des tracas à sa mère moins de vingt-quatre heures après son arrivée. Étrangement, la jeune fille était prête à défendre l'absente. Que voulait-elle dire par «disparue»? Laurence n'avait pu se perdre autour de la maison.

Une bouffée de chaleur assaillit Martine. Le ton de Mélanie venait de faire tomber un silence autour d'elles; un mur isolant les âmes, un fossé séparant les générations. Il signifiait que tout droit d'inventer lui était retiré. Des faits; Mélanie attendait que sa mère lui raconte les faits. Tout dans son attitude laissait deviner que, de toute façon, les suppositions seraient accueillies comme telles.

— Laurence est partie faire une promenade et elle n'est pas revenue. C'est tout ce que je sais réellement.

Le désert à perte de vue qui angoissait tout le monde lui apparut à son tour. Mélanie avait tourné le dos à sa mère pour s'approcher de la porte. Ravagé encore par l'écho de quelques grondements lointains, un paysage inhospitalier se révélait à elle.

— Si ce que tu dis est vrai, tante Laurence en sera quitte pour se payer un bon rhume, lança-t-elle comme si les événements ne la touchaient pas vraiment.

— Laurence aura de la chance si elle s'en tire avec un rhume.

Mélanie comprit qu'on lui cachait une partie de la vérité. Elle secoua ses cheveux humides, replaça sa jupe autour de ses hanches fines et vint se poster devant sa mère, qu'elle dominait d'une tête.

— Bon. Tu fais allusion à quoi en parlant comme ça? Tu n'en as pas assez de te casser la tête pour tout le monde? dit-elle sèchement.

— Mélanie, pourquoi me parles-tu sur ce ton? On ne pourrait pas discuter une seule fois sans avoir l'air de…?

— On parlait de tante Laurence, maman. De tante Laurence!

Martine fit un récit des événements qui activa l'imagination de Mélanie. Celle-ci écouta sa mère lui parler de ce couple réuni quelque part après une longue séparation.

Elle se garda de livrer le fond de sa pensée, de laisser transparaître ce qui montait en elle. Sa silhouette, à contre-jour devant la porte, semblait démesurée. Tout à coup, ce que tous affirmaient était d'une évidence indéniable : Mélanie ressemblait étrangement à Laurence. Un mètre soixante-dix, les épaules droites, la tête haute, une chevelure foncée, abondante, superbe. L'impression qu'il y avait eu fusion entre les deux êtres la poursuivant, Martine se tut. Elle se demandait à qui faire porter le poids de son ressentiment.

– Que comptez-vous faire, maintenant ?

Mélanie la confrontait à son impuissance, ce qui l'irrita davantage.

– Si je le savais ! Si ton père le savait ! On est là à attendre. C'est ce qui me tue.

La silhouette de Paul qui bougeait devant la porte de la cuisine de Camille avait attiré l'attention de Martine. Si sa mère ne l'avait pas invité à entrer, c'était que sa présence risquait d'attirer l'attention de Georges, se disait-elle.

– Je vais rejoindre les autres, annonça-t-elle, soudain préoccupée par ce qui se passait dans la grande maison. Tu viens avec moi ?

Mélanie refusa de la suivre, évoquant la possibilité d'un appel susceptible de fournir des renseignements sur ce qui était arrivé à sa tante pour justifier son envie de rester sur place. Cette possibilité était à envisager, mais la vérité était tout autre. Mélanie ne tenait pas à être témoin des délirantes suppositions de la famille, qui risquaient de provoquer des réactions tout aussi délirantes.

Martine saisit la veste que Paul avait négligé de prendre en sortant et la mit sur ses épaules pour se protéger des dernières gouttes de pluie qui défiaient le soleil couchant. Ça sentait bon dehors. À côté de leurs plates-bandes, des pétales et des feuilles jonchaient le sol. La plupart des fleurs devant servir au bouquet de Laurence étaient cassées, couchées par terre comme le reste de la végétation avoisinante. Sous ses pas se brisaient des grêlons enfouis sous les feuilles, les derniers à ne pas être encore fondus.

Martine courait vers la grande maison.

5

Après les premiers coups de tonnerre, Georges s'était retiré dans sa chambre. L'air manquait dans la cuisine depuis que Camille avait fermé les portes et aspergé les fenêtres d'eau bénite. À cet instant, il avait la certitude que Laurence se trouvait chez sa sœur. C'était normal que ses filles mettent du temps à refaire connaissance, qu'elles discutent d'une multitude de petits détails à mettre au point pour le mariage.

Georges s'était allongé sur son lit sans relever les couvertures, sans se préoccuper davantage, sans poser de questions surtout. Depuis longtemps convaincu qu'il avait assez dérangé tout le monde, il avait décidé de se faire tout petit, de s'enfermer dans le monde étroit du silence. Les dates du calendrier travaillaient déjà contre lui, les événements à venir n'y changeraient rien de toute façon.

Il avait appelé le sommeil pour ne plus avoir à penser, à entendre. Tout à fait à l'opposé, Camille n'avait rien perdu de la scène. Depuis le départ de Laurence, qu'elle avait suivie des yeux jusqu'à ce qu'elle ne fût plus qu'une silhouette se déplaçant lentement sur la route, jusqu'au moment où le quatre-quatre de Philippe avait fait le même trajet. Comme à Martine, il lui avait semblé normal que Philippe Gagné s'engage sur cette route et qu'il s'arrête pour parler à Laurence. Philippe n'avait-il pas été un ami ?

Ce qui était advenu du véhicule de Philippe Gagné ne méritait pas qu'on y attache d'importance tant que la femme ignorait l'identité des personnes se trouvant à bord. Paul détenait cette information difficile à transmettre. Incapable de la lui communiquer, il l'écoutait discourir.

Camille connaissait Paul depuis si longtemps qu'elle lisait dans ses pensées comme dans un livre ouvert. Son trouble, plus apparent qu'il ne l'aurait souhaité, éveilla ses soupçons. Il lui cachait des choses.

— Paul! Tu ne vas pas me faire languir encore longtemps, lui dit-elle en le regardant dans les yeux.

Il n'avait plus le choix de se taire ou de parler. La détermination de Camille était palpable. Aucune résistance n'en viendrait à bout.

— Nous ne savons pas où se trouve Laurence, mais nous savons avec qui elle est, commença-t-il.

— Vas-tu cesser de me prendre pour une vieille femme qu'il faut protéger. Parle! Qu'est-ce que tu attends?

— Laurence est avec Gabriel Dorval. C'était lui à bord de la jeep de Philippe. Ne m'en demandez pas plus. C'est vraiment tout ce que je sais.

Camille se promenait de long en large dans la cuisine. Le souffle court, elle répétait que Georges devait demeurer loin de tout cela. Elle s'assit si brusquement au bout de la table que Paul crut qu'elle allait défaillir. Des gouttes de sueur suintaient sur son front. Au coin de ses yeux, deux larmes. Ses paroles incohérentes rejoignaient tout juste Paul qui se balançait sur une jambe puis sur l'autre, mal à l'aise devant elle. Les mots lui manquaient pour convaincre cette femme qu'il aimait comme sa propre mère.

— Gabriel Dorval ne veut aucun mal à Laurence. Je pense qu'on se fait de la bile pour rien. L'orage est fini. Ils sont à la veille de revenir avec une explication et nous oublierons tout ça dans l'heure qui suivra.

– Que Dieu t'entende, Paul! À quel âge les mères finissent-elles de s'inquiéter pour leurs enfants? À quel âge?

Il y avait dans le ton de la femme cette détresse que vivent les parents impuissants. Une affliction que Paul avait déjà vue sur le visage de Martine. Le teint hâve et le pli creux au front de Camille le portaient à se demander si les parents n'étaient pas tous condamnés d'avance.

Ils étaient redevenus silencieux quand il y eut ce bruit en provenance de la chambre et cet autre venant de la galerie. Camille se leva d'un bond. Devant la porte de sa chambre, Georges sembla indifférent à la présence de sa femme. Il regardait du côté de la porte de la cuisine. Martine arrivait, seule.

– Laurence n'est pas avec toi? lui demanda-t-il sèchement.

Elle reçut ces paroles comme un reproche. Tout était dans le ton de la voix de Georges. Lui aussi donnait l'impression qu'il avait fait de Martine la gardienne de sa sœur. Elle se détestait d'éprouver la sensation d'être prise en défaut et de se croire obligée de révéler ce que les autres cachaient. Cet homme avait trop d'emprise sur tout le monde, pensat-elle en regardant sa mère qui posait un doigt sur sa bouche pour lui imposer le silence.

Georges insistait pour qu'on lui dise où se trouvait sa fille. Martine et Paul se regardaient. Georges éleva la voix :

– Où est ta sœur?

L'effort l'ébranla. Il chancela. Camille le reçut dans ses bras et s'appuya vivement au mur. La chute fut épargnée.

– Georges ! Qu'est-ce qui t'arrive ? Allons ! Je suis là. Nous sommes là avec toi. Cesse de t'énerver comme ça. Tu vas recommencer à tousser.

– Vous n'êtes pas tous là. Qui va se décider à me dire où est Laurence ?

– Laurence est partie faire un tour. Tu sais comment est ta fille. Il ne faut pas s'inquiéter pour elle. Elle est forte et courageuse.

– L'orage…

– Ne t'en fais pas. Laurence n'a jamais eu peur du mauvais temps. Et puis qu'est-ce que ça dérange si elle revient trempée ?

L'humour de Camille sonnait faux. Minimiser la violence de l'orage aussi. Georges savait que la nature avait été malveillante cette fois et que le vent et la grêle avaient dangereusement agressé sa vieille maison. Il refusa de l'écouter davantage et fit quelques pas vers la fenêtre.

Il paraissait trop calme.

– Il faut aller la chercher. Ma fille est en danger, je le sens, dit-il en cherchant son souffle.

Le ton lugubre de sa voix porta davantage que ses précédents cris. Comme un couteau, ses paroles traversèrent l'âme de Camille. Depuis des jours que son mari ne parlait que pour l'essentiel, qu'il ne donnait plus son avis sur rien, voilà qu'il affirmait que sa fille était en danger. Avait-il deviné ce qui échappait aux autres ? S'étant retournée vers Paul, elle le supplia du regard. C'était lui, l'homme de la maison. La sécurité de la famille reposait sur ses épaules, mais Paul n'était toujours pas d'avis qu'il fallait entreprendre de grandes manœuvres pour retrouver Laurence. S'adressant à son beau père, il appuya les dires de Camille. Georges lui tint tête.

– Il faut aller la chercher. Je vous dis que Laurence est en danger, insista ce dernier.

Cette fois, ses jambes refusèrent de le supporter. Respirant à peine, Georges Auclair avait posé sa main sur sa poitrine. Un râlement inquiétant s'échappa de sa bouche. Il s'effondra. Le cri de Martine effraya davantage Camille. Tout allait trop vite. Entre la chambre et la pièce principale, la distance devenait difficilement franchissable à cause de l'inertie du vieillard, de la panique des femmes et de Paul qui ne savait plus que faire ni que dire. On transporta Georges dans son lit, à bout de bras. Sa tête tomba lourdement sur l'oreiller. Il était faible mais conscient.

– Je ne veux pas du médecin, dit-il. Je veux savoir où est Laurence. Est-ce que quelqu'un va se décider à me le dire plutôt que de me regarder comme ça ?

L'obscurité arrivait trop tôt à cause des nuages revenus en masse. La panique qui embrouillait les esprits et la panne d'électricité qui persistait depuis l'orage n'arrangeaient rien. Camille se tenait auprès de son mari, dont elle épongeait le visage. Le nom de Laurence revenait comme une obsession dans son esprit.

Camille blâmait la vie de la secouer aussi sévèrement. Georges semblait leur en vouloir à tous, mais il ne l'interrogeait plus. Son désir de faire diversion poussait Martine à dire n'importe quoi. Elle supposa même que sa sœur pût se trouver à la cabane. Le regard de son mari lui fit comprendre l'inutilité de ses paroles. Personne n'avait oublié que, ce soir de juillet où la forêt avait été mise en péril, la cabane avait brûlé ; surtout pas Georges Auclair, qu'elle espérait duper.

L'électricité revint. On alluma une veilleuse à la tête du lit. Camille était tout près de croire qu'il était inutile de dissimuler la vérité à Georges plus longtemps. Ce qu'il en penserait serait, de toute façon, préférable à l'incertitude.

– Laurence est avec Gabriel Dorval, lui dit-elle sans aucun préambule.

La pénombre dissimula les plis au front de Georges. Le silence qui suivit sembla s'éterniser. On attendait sa réaction, on la redoutait. Quand il se décida à ouvrir la bouche, sa voix rauque leur parut venir de loin, de très loin.

– C'est bien comme ça. Si Laurence est avec Gabriel, tout est bien comme ça, dit Georges, à la grande surprise de tous.

6

Même informée du malaise de son grand-père, Mélanie avait refusé de venir chez ses grands-parents. Le nez collé à la fenêtre, elle regardait les ombres bouger dans la grande maison. Son intuition lui disait de rester là. D'ailleurs, que pouvait-elle pour ce vieillard qui levait à peine les yeux sur elle, sinon pour lui faire sentir combien sa jeunesse et sa santé lui rappelaient sa fin prochaine ?

Des choses avaient changé en elle depuis qu'on parlait des préparatifs du mariage de Laurence et Mélanie se l'avouait volontiers. Ce qu'elle s'expliquait mal, c'était son comportement de la veille, ce retard intentionnel, cette manière de croire que de rentrer à une heure raisonnable allait inévitablement l'obliger à s'arrêter chez ses grands-parents. Aussi inexplicable, son départ à la première heure ce matin-là, dans le but de repousser le moment de la rencontre. L'enthousiasme avait-il fait place à un refus de confronter ses rêves avec la réalité ?

On venait de pousser la porte-fenêtre donnant sur le patio. Sans quitter son poste d'observation, Mélanie s'enquit de l'état de santé de son grand-père. Personne ne répondit à sa question, mais cette présence muette derrière elle la fit se retourner brusquement.

Devant la porte, cette femme qui la regardait avec insistance prononça son nom avec une telle douceur.

– Mélanie ? Tu es Mélanie, n'est-ce pas ?

Mélanie avança lentement vers la femme, prête à recueillir ses paroles, prête à la recevoir dans ses bras si elle défaillait. Elle la regardait intensément.

– Viens t'asseoir, tante Laurence. Viens là. Je vais chercher maman, dit-elle en l'entraînant vers la table en marchant à petits pas à ses côtés.

– Non ! Attends, pas tout de suite. Laisse-moi te regarder. Laisse-moi te…

– Plus tard. Nous aurons le temps plus tard. Tu as besoin d'aide.

– Tout à fait mon portrait quand j'avais ton âge. Mélanie, qu'est-ce que je donnerais pour effacer le temps, pour avoir encore dix-huit ans comme toi !

Prenant sa main froide et écorchée, Mélanie l'entraîna vers la chaise. Elle décodait son message de détresse sans se croire obligée d'y donner la réplique.

– Je vais chercher mes parents, dit-elle.

Laurence s'y opposa fermement.

– Non. Reste là, dit-elle. Je ne veux voir personne. Je ne veux pas que personne me voie. Cache-moi dans ta chambre.

– Ce n'est pas sérieux. Pourquoi te cacher ? Tout le monde te cherche ! Dis-moi plutôt d'où tu viens. Qu'est-ce qui t'est arrivé ?

– Si je le savais ! Si j'étais capable de dire ce qui m'est arrivé ! Tout ça est tellement fou. Complètement fou.

D'un calme déconcertant, la jeune fille observait l'autre femme, sa chevelure en broussaille, sa paupière enflée, la plaie vive juste au-dessus. Elle avait remarqué son bras, collé contre ses côtés, sur ses vêtements souillés.

– Qui t'a fait ça ? lui demanda-t-elle.

– Personne. Tu as cru que… Où vas-tu chercher une idée pareille ? Nous avons eu un accident, Gabriel et moi. La route avait été emportée par l'eau et nous n'avons pas vu la crevasse.

– Où étiez-vous donc ?

– À la montagne. Ne me demande pas comment et pourquoi nous nous sommes retrouvés là. Tout s'est passé si vite. Rien de tout ça n'avait été prévu. J'ai mal, Mélanie, et j'ai peur de vomir.

Laurence allait s'écrouler. Mélanie la retint. Ses cris ameutèrent ses parents qui revenaient vers la maison. Paul entra le premier, suivi de près par Martine.

– Venez vite, tante Laurence est mal en point. Elle est blessée.

« Laurence est en danger », avait dit Georges. Les événements lui donnaient-ils raison ?

– D'où viens-tu ? demanda Martine.

Était-ce donc si important de savoir d'où elle venait ? Sa question, comme un écho lointain, ne trouva aucune réponse dans l'esprit embrouillé de Laurence. La voix de Martine n'appartenait plus au présent. Elle s'était confondue avec celles de son passé. Des craintes anciennes surgissaient ; ses escapades avec Gabriel, les réprimandes dont elles avaient fait l'objet. « Les filles sages ne devaient pas rejoindre les garçons dans les bois ni passer des heures sans surveillance. »

– Laurence ! Allons ! Ouvre les yeux, je t'en prie.

Cette voix de mâle était tellement plus rassurante que celle de sa sœur. Laurence ouvrit les yeux pour voir l'homme qui avait parlé. Penché au-dessus d'elle, Paul la regardait. Il la supplia de reprendre vie.

– C'est toi ? C'est le méchant Paul ! fit Laurence.

Paul sourit malgré lui. Il était revenu à l'époque où courtiser Martine lui avait valu ce qualificatif, au temps où le mot « bonheur » avait encore une signification dans la famille Auclair. Cela n'empêcha pas Laurence de penser que Paul était trop près, qu'il y avait trop de monde autour d'elle. Le calme qu'elle escomptait trouver dans cette maison était absent depuis que Mélanie avait alerté ses parents et fait d'elle le centre d'un va-et-vient étourdissant.

Martine apporta des serviettes et des pansements. Laurence repoussa cet attirail et se remit sur ses pieds. Elle replaça ses vêtements.

– Tout va bien, maintenant, dit-elle en leur tournant le dos comme si elle allait partir.

– Où vas-tu ? Tu ne restes pas un peu ? On devait manger ensemble, ce soir. Tu as oublié ?

À court d'arguments, Martine avait parlé en regardant le comptoir de la cuisine, sur lequel se trouvaient des légumes crus et une marmite vide. Laurence n'avait pas faim. Elle était si fatiguée et il fallait qu'elle parle à sa mère, disait-elle. Il fallait surtout qu'elle dorme.

Martine acceptait mal de voir partir sa sœur sans un mot d'explication. En tentant de la retenir, elle se heurta à un refus catégorique. Laurence reviendrait le lendemain, ou plus tard, quand elle aurait mis de l'ordre dans ses idées. Martine ne céda pas pour autant et l'empêcha de franchir la porte.

– Avant de partir, il y a des choses que tu dois savoir, Laurence. Papa a eu une défaillance et maman est dans tous ses états. Te sens-tu prête à les affronter seule ? Tu ne veux pas que j'aille avec toi ?

Laurence hésita. Elle regarda vers la maison de ses parents. Camille était devant la porte, à se morfondre. Celle qui s'était attribué le rôle de gardienne de Georges l'attendait impatiemment.

– J'y vais toute seule. Je veux dormir, c'est tout.

Les autres questions de Martine restèrent sans réponse. Laurence était partie avec les pourquoi et les comment de l'accident. Les bras ballants, Martine resta un moment avec Paul sur le balcon. Il leur sembla entendre la voix de Camille à travers la porte close de la grande maison.

Mélanie monta à sa chambre. Elle refusait de faire place à une profonde mélancolie qui subitement l'envahissait.

7

D<small>E SA CHAMBRE</small>, Georges vit entrer Laurence. La tristesse de son regard était aussi apparente que ses blessures et ses vêtements maculés de boue et de sang. Il ne laissa paraître ni sa joie ni ses craintes des conséquences de cette escapade.

Laurence répéta simplement ce qu'elle avait dit aux autres : ils avaient eu un accident. Comme elle, Gabriel était légèrement blessé malgré les apparences. Camille était d'avis qu'il fallait faire voir ses blessures, mais Laurence ne voulait pas. Elle demanda de l'eau oxygénée et de l'alcool pour aseptiser ses plaies.

Camille insista en vain.

Laurence avait besoin de silence et de solitude et elle s'enferma dans la salle de bains. Georges comprit ce qui échappait à sa femme et retourna se mettre au lit en invitant cette dernière à en faire autant. Camille refusa de le suivre. Il était beaucoup trop tôt pour aller dormir, et il n'était surtout pas question de se condamner à tourner dans un lit trop chaud. Elle attendrait que Laurence sorte de la petite pièce où elle s'était réfugiée.

Georges maugréa.

– Laisse-la, dit-il. Tu vois bien qu'elle n'a pas envie de parler ce soir. Le principal, c'est qu'elle soit de retour.

À regret et quelque peu déroutée, Camille se rendit aux arguments de son mari. Elle enfila une chemise de nuit et s'étendit auprès de son mari. Elle ne dormirait pas. Pas plus que lui, d'ailleurs, qui savait faire semblant. Le souffle court, elle écoutait les bruits environnants.

La chasse d'eau venait d'être actionnée pour la deuxième fois. Laurence allait sortir de la salle de bains. Camille se dressa dans son lit et Georges posa sa main sur son bras. Il lui enjoignit de rester là. Elle devait attendre au lendemain pour lui parler; laisser venir les choses, lui dit-il.

Camille bondit. Comment pouvait-elle laisser venir les choses? Son mari la connaissait-il si mal? La croyait-il capable de faire semblant que tout tournait rondement et de s'endormir ainsi?

Georges revint à la charge.

— Je te demande de la laisser décider de ce qu'elle a envie de dire ou pas. C'est pourtant simple.

— Tu crois que c'est facile pour moi d'attendre, de rester sans savoir. Georges! Laurence est ma fille!

— C'est la mienne aussi.

La moue de Camille en disait long sur ses pensées. Georges le comprit et respira profondément avant de répliquer.

— Quand tu lui parleras, j'aimerais que tu lui dises quelque chose de ma part.

— Que je lui dise quelque chose de ta part? répéta-t-elle en mordant ses mots. Pourquoi ce serait à moi de lui faire tes messages? Depuis qu'elle est là que cette enfant attend que tu lui adresses la parole, et tu voudrais…? Tu ne cesseras jamais de me surprendre, Georges Auclair.

– Ne pose pas de questions. Promets-moi plutôt de lui dire de ma part qu'elle doit réfléchir encore. Fais cela pour moi, veux-tu ?

Camille s'impatientait. Georges exagérait. Il se servait d'elle comme il l'avait toujours fait depuis le début de leur mariage. Avait-il la moindre idée de ce qu'elle vivait présentement ? N'avait-il pas vu les blessures de sa fille, des blessures difficiles à camoufler le jour de son mariage ? Sa rencontre avec Gabriel ne semblait pas l'embarrasser outre mesure. Des interrogations capables de la tenir éveillée toute la nuit germaient dans son esprit.

Laurence sortit de la salle de bains revêtue du peignoir de sa mère. Elle monta en longeant discrètement le mur de l'escalier et pénétra dans sa chambre sans refermer la porte derrière elle.

Trop de lumière ne ferait que mettre en évidence ce qu'elle ne désirait plus voir. La veilleuse du corridor éclairerait à elle seule la petite pièce, ses murs, le lit, le plancher encombré de ses bagages à peine défaits et, sur la commode, son voile de mariée… En s'approchant du miroir, Laurence vit l'image d'une femme désespérée qui ne cherchait plus à fuir la réalité. Elle voyait la Laurence toujours amoureuse de Gabriel Dorval. L'empreinte de celui-ci était sur elle, sur sa peau. Des larmes coulaient sur ses joues, glissaient jusqu'à sa lèvre supérieure. Comment ignorer ces larmes, se ressaisir, redevenir la femme qui allait se marier dans quelques jours quand il y avait Gabriel dans sa tête et qu'il y prenait toute la place ?

Elle alluma et referma la porte. Son peignoir se retrouva par terre, et elle, presque nue devant la glace. Le regard vide, elle fixa son voile de mariée. Sarcastique, elle haussa les épaules et saisit cette merveilleuse chose qu'elle posa sur ses cheveux encore humides. La situation était aussi ridicule que l'image. Comment pourrait-elle se coiffer ainsi, se revêtir de sa robe blanche sans avoir l'impression de porter un déguisement?

La porte venait de s'ouvrir lentement, discrètement. Son besoin de savoir avait eu raison des bonnes intentions de Camille. Elle vit Laurence assise sur le bord de son lit, en slip et en soutien-gorge, toujours coiffée de son voile de mariée.

– Laurence! Qu'est-ce que tu fais?

– Maman! Je voudrais mourir.

– Allons! Qu'est-ce qui se passe? Je pense qu'on a le droit de savoir. On s'est inquiété. Ton père a eu un malaise, et toi tu arrives et tu refuses de t'expliquer. Qu'est-ce qui s'est passé cet après-midi et ce soir? Où est Gabriel?

Laurence enleva son voile et se vêtit en silence. Ses gestes semblaient désordonnés. Sans se rendre compte de sa maladresse, elle heurta la lampe et laissa l'abat-jour en déséquilibre. Elle s'allongea sur le lit, le visage enfoui dans une serviette humide pour apaiser la brûlure qui persistait.

– Gabriel est probablement à l'hôpital, répondit-elle enfin. Philippe l'a obligé à voir un médecin. Ils sont partis ensemble après m'avoir laissée chez Martine. Je ne sais rien d'autre.

– Tu disais que ses blessures n'étaient pas graves.

Laurence confirma avoir dit cela et avoua ne pas connaître le véritable état de Gabriel depuis que Philippe avait pris les choses en main. Camille s'impatienta. Laurence le faisait exprès. Elle donnait les informations au compte-gouttes et tenait secrets l'endroit où ils étaient allés, le genre d'accident dont ils avaient été victimes.

– Laurence! Vas-tu parler enfin? Tu as la tête aussi dure que ton père. Vous êtes pareils, tous les deux. Ce n'est pas étonnant que vous vous fassiez autant de mal.

L'ombre de Georges Auclair envahit la chambre, exactement comme l'après-midi où, avec Gabriel, ils avaient parlé de l'homme, de sa rancune, de son injustice. Comme quand, après avoir tourné le dos à la maison des Auclair pour une promenade sans conséquence, ils avaient emprunté la route de l'ouest.

Tout lui revenait. Cette route déserte sur des kilomètres. De chaque côté, des maisons. Les anciennes toujours en place et les nouvelles qui transformaient le paysage. L'indifférence de Gabriel quand elle avait évoqué la possibilité que des gens dissimulés derrière leur fenêtre les aperçoivent et jasent à leur sujet. «Nous sommes invisibles. Les vitres sont teintées», avait-il dit. Juste les paroles qu'il fallait pour passer à autre chose, pour que naisse un étrange malaise à se retrouver dans ce véhicule en compagnie de cet homme trop séduisant.

— Si séduisant, murmura-t-elle pour elle-même.

Chacun des traits de Gabriel était inscrit dans sa mémoire. Son faciès plus masculin, plus viril, sa prestance d'homme. Laurence secoua vivement la tête. Camille avait raison d'invoquer son droit de savoir.

— Nous étions partis faire une simple promenade, pour parler de tout et de rien, mais j'ai vite compris que Gabriel savait exactement pourquoi nous étions ensemble. Il m'a dit qu'il avait dix ans de retard, qu'il aurait dû régler son problème bien avant ça. Je suis de son avis. La méprise avait assez duré.

— La méprise? demanda Camille.

Laurence répéta le mot, sans plus. Son récit répondait à sa place. Cette rencontre avait été une chance inespérée pour Gabriel. Laurence l'avoua volontiers, car elle avait permis à celui-ci de refaire avec elle le trajet qu'il avait fait avec Jacques le soir de l'accident. Cette démarche avait pour but que justice soit rendue. Gabriel Dorval était le seul à pouvoir faire la lumière sur la mort de Jacques Auclair, le fils bien-aimé de Georges et de Camille Auclair, et le jeune frère de celle qu'il devait épouser.

Le ciel était déjà menaçant à ce moment. La vitre opaque accentuait l'absence de soleil. Ses verres fumés n'étant plus d'aucune utilité, Laurence les avait posés sur sa tête. Elle se souvenait d'avoir ensuite replacé sa jupe, un geste de pudeur qui avait fait sourire Gabriel, à qui ni sa cuisse longue, ni ses genoux fins, ni sa féminité n'avaient échappé.

Le silence avait régné dans la cabine pendant de longues minutes. Un silence inquiétant, dérangeant, difficile à rompre. Quand ils étaient arrivés en haut de la côte, juste avant le petit pont pris en serre entre les deux pentes escarpées, un véhicule venant en sens contraire les avait croisés et provoqué une manœuvre surprenante. Gabriel avait immobilisé le quatre-quatre sur la chaussée.

«C'est ici que ça s'est passé. Pas au bas de la côte», avait-il dit en parlant de l'accident, les ramenant à ce fameux soir où Jacques avait trouvé la mort.

Camille réagit en entendant cette version des faits. Gabriel tenait un langage contredisant le verdict officiel. N'avait-on pas retrouvé le corps de Jacques dans la rivière?

– Pourquoi Gabriel a-t-il dit une pareille chose? s'exclama-t-elle.

– Parce que… parce que c'est Jacques qui a provoqué l'accident!

– Jacques!

Avant même d'en connaître davantage, Camille mettait tout en doute. Surtout la responsabilité de Jacques dans l'accident. Si tel était le cas, pourquoi Gabriel avait-il tu cette version des faits? Pourquoi n'avait-il pas témoigné en ce sens pour se justifier lui-même? Des questions étrangement semblables à celles qu'avait posées Laurence à Gabriel. Contrairement à sa fille, Camille ne désirait pas entendre les réponses de Gabriel. Elle niait tout.

Laurence parla. Sa mère devait l'écouter jusqu'au bout, comme elle-même avait écouté Gabriel. À son avis, la version de Gabriel méritait d'être entendue. L'argument porta, car Camille se rendit à ses désirs. Son agitation ayant relégué ses blessures et leur provenance au second plan, Laurence anticipait les difficultés des révélations. Simplement imaginer la scène telle que racontée par Gabriel lui était difficile.

— Jacques et Gabriel se sont disputés dans l'auto, et ils étaient en haut de la côté, dit-elle.

Camille s'entêtait à retenir la version des faits entretenue depuis ce jour fatal. Elle revoyait la voiture dans la rivière.

— Tout ça s'est passé il y a dix ans. Sa vision des choses peut avoir changé, dit-elle.

Le plus difficile était à venir et Laurence avait l'impression que sa mère ne consentirait pas à l'entendre. Il lui fallait de la fermeté pour la convaincre.

— Depuis le premier instant, tu veux savoir comment je me suis fait ces blessures, et maintenant que je suis prête à tout te dire, tu mets ma parole en doute. Tu te contenterais de m'entendre dire que nous avons fait un tonneau avec la voiture parce que l'orage avait emporté la route. C'est plus facile à entendre et moins dérangeant que de savoir ce qui s'est passé en haut de la côte, n'est-ce pas?

— Laurence! Où est ton sens des proportions?

– Je veux simplement que tu comprennes qu'il y avait de très bonnes raisons pour que je reste avec Gabriel et que nous parlions jusqu'à en oublier le temps et l'heure.

– Vous deviez en avoir beaucoup à vous dire pour que l'orage vous tombe dessus sans que vous l'ayez vu venir, reprit Camille.

– J'accepte tes reproches, mais toi, tu devras m'écouter, parce qu'il ne faut pas oublier que l'accident de Jacques a changé notre vie. C'est à cause de sa mort que papa m'a interdit d'épouser Gabriel. Disons plutôt que c'est à cause de son étroitesse d'esprit qu'il l'a exclu de ma vie.

– Tu te maries samedi, Laurence. Pourquoi ne pas oublier cette histoire une fois pour toutes et laisser ton frère reposer en paix ? Les vivants n'ont pas le droit de ternir la mémoire des défunts. N'oublie jamais cela.

– Et la justice, alors ?

Sentant que ses arguments ne feraient pas le poids, Camille se leva. Laurence s'assit à sa place sur le bord du lit. L'une désirait que la conversation se termine et l'autre, qui en avait encore tant à dire, cherchait la manière de s'exprimer sans blesser davantage, sans laisser transparaître son amertume.

– Jacques était un garçon spécial, pour ne pas dire bizarre parfois. Personne n'oserait me contredire à présent que j'ai l'audace de l'affirmer, n'est-ce pas ? Nous autres, les femmes, nous nous mettions à quatre pour le dorloter. Papa lui passait tous ses caprices. Est-ce que nous devons tous rester aveugles, même après sa mort ?

– Personne n'a dit que Jacques était un saint. Nous sommes au courant que ton frère avait bu, lui aussi, mais c'était Gabriel qui conduisait la voiture, pas lui.

C'était aussi la version du coroner, celle qui avait satisfait tout le monde et que personne n'avait mise en doute. Jacques était mort après avoir été éjecté du véhicule. Gabriel Dorval était au volant quand il est entré en collision avec une voiture circulant en sens inverse.

— Jacques allait avoir vingt ans, dit faiblement Camille.

Le verdict avait tenu compte de ce fait dans la sentence. Conduite en état d'ébriété ayant causé la mort. Il n'en fallait pas plus pour que Gabriel se retrouve avec une charge accablante. Georges fut le premier à lui signifier qu'il n'aurait plus sa place dans sa maison. Si Laurence l'épousait, elle subirait le même sort.

— Gabriel a voulu protéger Jacques. Pour que sa mémoire demeure intacte, il a sacrifié sa vie, notre vie. Et moi, je n'ai pas eu le courage de me tenir à ses côtés. Pas le courage de braver la colère de papa. J'ai préféré la paix au bonheur, dit-elle tristement.

Laurence venait d'avouer sa propre faiblesse. Elle se blâmait de s'être d'abord rangée du côté de la famille avant de fuir vers la ville. Camille la fit taire. Se torturer de la sorte n'était d'aucune utilité, bien au contraire.

— Les retours en arrière et les justifications ne changeront plus le cours des choses. Tout ça est si loin, dit-elle.

— Je le croyais aussi avant de revoir Gabriel, avant de savoir ce que ma bêtise m'a coûté.

Elle tournait autour du sujet comme on tourne autour d'un objet brûlant, dangereux. Camille s'impatientait. Elle lui enjoignit de dire la vérité, mais Laurence refusa d'aller plus loin. Elle avait promis à Gabriel de garder le silence ; une objection qui faussait les règles du jeu, aux dires de Camille.

– C'est trop facile d'avancer des choses et de se retirer ensuite. Tes promesses à Gabriel ne doivent pas compter si les relations de notre famille sont en jeu.

L'argumentation de sa mère fit sourire Laurence. Existait-il encore des relations familiales dans cette maison? rétorqua-t-elle.

Le rideau de dentelle s'agita. Le courant d'air frais les soulagea. Camille était silencieuse. Laurence avait exprimé le sentiment qui l'habitait en permanence depuis la mort de Jacques. Sa belle famille s'était décimée. Tant d'efforts pour se convaincre du contraire, pour finir par en arriver au constat final. Après son départ, Pierrette aussi avait déserté la maison familiale, laissant à Martine le soin de combler la solitude de ses parents. Le mariage de Laurence devait réunir la famille, mais on avait compté sans les fantômes qui veillaient encore.

Le plancher craqua. Ne tenant plus en place, la jeune femme avait quitté le lit. Dans la pièce étroite, il était impossible de bouger comme elle en avait envie. Ses blessures la faisaient souffrir. Des ecchymoses apparaissaient sur ses jambes et ses bras. La coupure au front avait cessé de saigner, mais elle suintait toujours. Une sensation de feu au-dessus de sa paupière alourdie par l'enflure persistait.

Camille n'osait revenir à la charge. Elle n'avait pas tout à fait renoncé à connaître la part de responsabilité qui revenait à son fils dans l'accident qui l'avait emporté. Elle se donnait un moment de répit.

Soudain, un bruit se fit entendre en provenance du rez-de-chaussée. Camille tendit l'oreille.

– Georges! C'est ton père. Il a dû se lever, dit-elle.

Laurence ouvrit la porte de la chambre et, devançant sa mère, elle s'apprêta à descendre.

– Je vais lui parler, dit-elle.

– Ce n'est pas le moment. Laurence, attends-moi ! la supplia Camille.

L'escalier mal éclairé ressemblait à un abîme. En bas, une ombre s'allongeait sur le mur, jusqu'au tournant de l'escalier. Georges s'était levé. Il venait vers les deux femmes. Probablement, lui aussi, aux nouvelles, crut d'abord Laurence. Mais en l'espace d'une seconde, tout chavira. L'ombre disparut. Un bruit sourd suivit.

Un râlement provenait des entrailles de Georges qui gisait au sol.

Le cri de Camille retentit dans toute la maison. Laurence se précipita. Elle appela l'homme, le conjura de lui répondre. Georges sembla ignorer son appel. Comme une supplique, son regard allait de sa fille à sa femme qui pleurait, qui mesurait son impuissance. Quand soudain son visage se détendit, la vie l'avait quitté.

8

L'ÉTAT DE CHOC persistait. Martine se tenait auprès de Camille, à quelques pas de la porte de la chambre où reposait la dépouille de Georges. La décence et le respect l'imposaient. Sa fille aussi était accourue aux appels de détresse, mais elle restait à distance. Le regard sec, Mélanie était tout près de trouver ridicule qu'on verse des larmes pour un homme qui avait cessé de souffrir.

Paul avait pris sur lui d'avertir le reste de la famille. Comme les autres, il attendait qu'on vienne chercher Georges. S'étant approché lui aussi de Camille, il l'entoura affectueusement de son bras rassurant.

– Belle-maman, Martine va rester avec vous pour le reste de la nuit, proposa-t-il.

Camille protesta. Elle regarda du côté de l'escalier pour lui rappeler la présence de Laurence à l'étage. Il ne serait pas nécessaire de priver Martine d'une nuit de sommeil. Paul ne partageait pas son avis. À cause de son état, Laurence ne serait d'aucune utilité, dit-il. Camille ignora les bonnes intentions de son gendre.

– Quand Georges sera parti, nous irons tous dormir, dit-elle. C'est ce que nous pourrons faire de mieux, car demain… Demain et les jours à venir ce sera difficile. Nous aurons besoin de toute notre énergie pour tenir le coup.

Camille présentait une fausse image d'elle-même. Elle n'arrivait pas à le tromper. Paul la devinait brisée, fébrile, sur le point de flancher. Elle lui sembla avoir vieilli lorsque, s'étant levée pour jeter ses mouchoirs de papier dans la poubelle, elle s'arrêta à côté de Mélanie pour passer sa main dans sa chevelure.

Camille caressait la nuque de sa petite-fille, mais Mélanie n'avait pas envie qu'on la touche. Elle s'emprisonnait dans un monde auquel personne n'avait accès. Elle stoppa le geste de sa grand-mère, mais retint sa main. Elle avait besoin de son attention entière.

– Que croyez-vous qu'elle va faire? dit-elle.

Obligée d'exprimer une opinion, Camille se sentit envahie par sa propre incertitude et incapable de répondre à celle des autres. Elle non plus n'avait pas oublié Laurence, qui se trouvait toujours avec le médecin. Comment ne pas s'interroger sur les récents événements et sur son mariage sans l'imaginer en robe blanche dans une église encore empreinte de souvenirs pénibles? Le parfum des fleurs et de l'encens demeure après les cérémonies mortuaires. Il agresse, réveille des mémoires.

Devinant que Camille ne se prononcerait pas, Paul s'approcha de l'escalier et tendit l'oreille.

– Le docteur est longtemps avec Laurence. Peut-être que quelqu'un devrait aller voir, dit-il.

Camille revint à sa place, à côté de Martine. Elle n'était pas de l'avis de Paul. Il ne fallait pas les déranger. Le docteur Bouchard savait ce qu'il faisait.

* * *

Laurence ne croyait pas utile de donner la réplique au médecin, qui analysait la situation de la famille Auclair depuis le début de la maladie de son père. Silencieuse, elle tolérait le trop-plein de lumière qui mettait ses blessures en évidence; elle se contentait de répondre d'un signe de tête aux questions posées. L'examen terminé, le docteur Bouchard rangea son stéthoscope et déposa ses lunettes sur la commode. Son bras effleura le voile de Laurence. Le regard qu'il posa sur sa patiente déclencha une vive réaction. Laurence éclata en larmes et le supplia d'éteindre la lampe.

Le médecin s'exécuta et revint auprès de sa patiente. Il préférait ses larmes à son silence, avoua-t-il. Sa réflexion eut l'effet d'un jet d'huile sur le feu. Laurence enfouit sa tête entre les oreillers. Des sons apparentés aux cris des bêtes blessées en émergeaient.

– C'est très fâcheux, ce qui vous arrive. Pourquoi ne pas être venue à mon bureau comme votre ami? demanda le médecin.

Laurence repoussa ses oreillers et se redressa dans son lit. Elle avait cessé de pleurer. On était donc déjà au courant. Les nouvelles allaient vite, dans ce petit village. Philippe avait mentionné son nom et on l'avait associé à celui de Gabriel. Tout le monde savait, interprétait.

– Allons! Mademoiselle Auclair! Ne vous agitez pas comme ça! Je sais ce que vous pensez, et vous n'avez aucune raison de vous inquiéter. Dites-vous que j'en ai vu d'autres au cours de ma longue carrière. J'ai appris à ne pas juger les gens. Surtout à ne pas me faire d'idée sur les événements avant d'avoir entendu tous les intéressés.

– Vous avez vu Gabriel? Comment était-il?

– J'ai lui ai administré les premiers soins. Je lui ai conseillé ensuite d'aller à l'hôpital. Vous savez, cet homme a mis ses forces à dure épreuve.

– Gabriel a tout fait pour nous sortir de là.

– Vous voulez me dire ce qui s'est passé ?

Il y avait de la méfiance dans le regard de Laurence. Pourquoi parlerait-elle ? Pourquoi risquerait-elle que sa version diffère de celle de Gabriel et de Philippe ? Elle eut un geste vague pour signifier son aversion à se remémorer les événements.

– Dommage, dit le médecin. La plupart du temps, je préfère la version des femmes à celle des hommes. Mon expérience m'a aussi démontré que les blessures guérissent plus vite quand on les soigne toutes en même temps.

Aux prises avec des pensées désordonnées, Laurence se blâmait d'être moins affligée par la mort de son père que par son inquiétude au sujet de Gabriel. Sa propre vie lui échappait.

L'homme aux cheveux blancs s'était assis sur le lit à ses côtés. Il ressemblait aux vieux sages de ses lectures. L'envie de croire qu'il lui tendait une main secourable s'installait en elle. Hésitante, elle commença le récit.

– Nous étions allés à la montagne. Je ne sais plus ce qui nous a amenés là. Probablement le besoin de retourner aux sources comme dans le temps ou encore celui de se cacher pour digérer ce que Gabriel venait de me révéler.

De toute évidence, malgré sa capacité d'écoute, le médecin ne comprenait rien à son discours. De toute façon, Laurence n'en dirait pas davantage. Sa tête s'alourdissait à cause du cachet qu'elle avait absorbé.

– Je pense que je vais dormir. Ce sera bon de ne pas avoir à faire face au reste du monde, dit-elle.

– Le reste du monde, c'est aussi votre fiancé. Il a été mis au courant ?

Au courant ?… Son fiancé ? Marc n'avait pas été prévenu. Pas encore. Comment avait-on pu oublier de prévenir l'homme qu'elle allait épouser? Pourquoi personne n'avait-il cru nécessaire de téléphoner à Marc Olivier? Laurence parut s'indigner et annonça qu'elle descendait pour appeler à Montréal. Se ravisant, elle resta sur place, à s'interroger à haute voix.

— Qu'est-ce que je lui dis pour notre mariage?

Elle semblait attendre qu'il réponde à sa place, mais l'homme se contenta de hausser les épaules. Alors, elle regarda la lampe surmontée de son voile. Une vive réaction suivit.

— Encore une fois, dit-elle. Il va encore réussir à empêcher mon mariage! C'est ça, n'est-ce pas? Il l'a fait exprès, je le sais.

— Je ne vous suis pas. De qui parlez-vous?

— Je parle de papa! Je dis qu'il n'était pas d'accord pour que je me marie avec Marc. Il ne va donc jamais cesser de me tenir en son pouvoir!

Que dire? Qu'ajouter à une explication qui semblait satisfaire sa patiente? Encore perplexe, l'homme la laissa avec une conviction qui lui apportait un certain calme, car elle s'était glissée sous les couvertures et avait fermé les yeux.

— Vous pouvez partir, dit-elle.

L'homme attendit avant de descendre. Comme elle ne réagissait plus à sa présence, il la quitta.

En bas, il y avait du va-et-vient. On emportait Georges.

9

Quand la remorque tirant le quatre-quatre de Philippe passa devant la maison des Auclair, la lumière crue du soleil matinal éclairait la demeure en deuil. Laurence ne fut pas la seule à apercevoir le véhicule endommagé et couvert de boue séchée. Le silence en disait long sur les pensées de chacun. Durement confrontée à sa réalité, elle préféra s'isoler dans sa chambre.

Camille avait répondu à plusieurs appels téléphoniques. Elle disait en avoir assez de s'entendre répéter les mêmes phrases. Ce qu'elle ne disait pas se sentait. Elle détestait inventer une histoire pour dissimuler une partie de la vérité.

Pierrette, l'aînée de la famille, était arrivée très tôt, mais n'était restée qu'un moment auprès de sa mère. Elle avait dit préférer s'installer chez Martine pour quelques jours. Laurence lui fut reconnaissante de rester à l'écart de ses problèmes. Tout comme Martine, Pierrette avait décidé de la respecter, d'attendre qu'elle fasse les premiers pas, dans cet espace fragile qui l'emprisonnait dans une bulle prête à éclater.

Sa conversation téléphonique avec Marc avait été le début d'une véritable prise de conscience. Son accident et le décès de son père provoqueraient des bouleversements encore difficiles à évaluer, mais commandaient déjà une sérieuse remise en question. Marc le lui avait d'ailleurs fait remarquer. Pour cet homme, à qui la distance pesait énormément, le tableau changeait aussi. L'idée qu'il s'était faite de leur mariage dans une église de campagne devenait floue; leur rêve, presque impossible à recréer. Lui aussi avait prononcé cette phrase que se répétait Laurence depuis : «Il était trop tôt.»

Simplement vêtue d'un ensemble d'intérieur, Laurence tournait en rond dans sa chambre. Elle regrettait d'avoir volontairement caché son accident à Marc. Ce mensonge risquait de compliquer davantage sa situation. En voyant les marques sur son corps, Marc l'interrogerait inévitablement sur son silence. L'informer de ce qui l'attendait aurait amoindri le choc, facilité les explications.

Elle s'allongea dans son lit, à travers des draps défaits et tachés de son sang, sachant que tant que son esprit agité refuserait de faire silence, tout repos serait impossible. Les larmes qu'elle versait avaient peu à voir avec le décès de son père; un être bien vivant habitait ses pensées. Le souvenir de Gabriel, de son corps, de ses lèvres sur les siennes, la hantait. Des questions surgissaient, douloureuses. Gabriel se trouvait-il encore à l'hôpital? Était-il reparti sans lui parler?

Son besoin d'aller aux nouvelles avant l'arrivée d'autres visiteurs se faisait de plus en plus envahissant. Il lui fallait maquiller ses plaies, porter une blouse à manches longues malgré la chaleur. Inventer un prétexte pour sortir. Mentir plutôt que de rester ainsi dans l'incertitude et le doute.

Elle descendit en douce après avoir enfilé une tenue plus décente : une jupe à mi-jambe et un chemisier ouvert sur un maillot. Ses cheveux flottaient librement sur ses épaules. Une mèche recouvrait son visage blessé. Camille la vit, mais ne l'interrogea pas sur ce départ en catimini. Elle connaissait Laurence et son besoin d'agir seule. De la fenêtre de la cuisine, elle la regarda monter dans sa voiture et prendre la direction du village.

* * *

Philippe Gagné habitait à un kilomètre de là, en direction de l'église. Lorsque Laurence passa devant sa demeure, elle constata que les stores étaient tirés et que, malgré la chaleur, toutes les portes étaient closes. Ses occupants étaient sortis. Cela l'attrista. Tout aurait été si simple si le cousin de Gabriel avait été là. Philippe était certainement au courant des derniers développements.

Le cœur serré, Laurence appuya sur l'accélérateur et continua sa route jusqu'à l'intersection. Elle s'arrêta devant le téléphone public et se mit à fouiller nerveusement dans son sac. Il lui fallait une pièce de monnaie pour obtenir la communication.

Au bout de quelques secondes, une voix de femme répondit à son appel.

– Hôtel-Dieu de Chicoutimi. Puis-je vous aider?

– S'il vous plaît, mademoiselle, mettez-moi en communication avec la chambre de Gabriel Dorval.

Une déception l'attendait. Après une brève hésitation, la femme lui revint. Il n'y avait aucun patient portant ce nom dans son registre, disait-elle. Laurence insista. Gabriel pouvait se trouver encore au service des urgences.

La seconde réponse, tout aussi négative que la première, aviva son stress. Sa douleur s'intensifia. Physiquement et moralement atteinte, Laurence remonta dans la voiture. Aucune pudeur ne l'habitait plus. L'angoisse parlant plus fort que la raison, elle était prête à braver les commérages. Il lui restait l'espoir de retrouver Philippe à la maison quand elle passerait devant chez lui.

La jolie demeure de pierres des champs de Philippe affichait le même calme désarmant quand Laurence s'arrêta devant. Intérieurement, la jeune femme appela quelqu'un à son secours, mais personne ne répondit.

Elle continua sa route, sans se rendre compte du chemin parcouru. Camille, qui l'attendait, fut la première à se rendre compte de son arrivée. Elle vint aussitôt à sa rencontre.

– Le curé a téléphoné, lui dit-elle.

– Le curé ? Qu'est-ce qu'il voulait ?

– Il paraît que nous lui donnons beaucoup de soucis. On a décidé du jour de l'enterrement et maintenant il aimerait qu'on lui dise ce qui arrive au sujet de ton mariage. Qu'est-ce que nous lui disons ?

– C'est plus facile d'attendre les réponses que de les donner, n'est-ce pas ? J'aimerais te répondre et à lui aussi, mais je n'en sais encore rien, maman. Il me faut l'avis de Marc.

– Quand tu lui as parlé, ce matin, Marc ne t'a rien dit au sujet de votre mariage ?

– Marc est encore plus mal placé que moi pour savoir quoi faire. D'ailleurs, il ne sait pas tout.

Camille baissa les yeux. Elle semblait réfléchir.

– Tu aurais pourtant assez de ta peine, lui dit Laurence, soudain consciente de la situation.

Camille ne répondit pas à cela. Elle avait une idée en tête.

– Viens avec moi, dit-elle en entraînant sa fille à l'intérieur.

Arrivée au pied de l'escalier, Laurence comprit que Camille avait besoin d'intimité pour lui parler vraiment.

Là-haut, elles seraient à l'abri des regards des vieilles cousines à l'affût de sensationnel ; elles seraient plus à l'aise pour reprendre la conversation interrompue par la mort de Georges.

Elle monta donc derrière sa mère et s'étonna de constater qu'à l'étage on avait ouvert les portes de toutes les chambres. Toutes, sauf la sienne. De se retrouver devant la chambre de Jacques, ainsi exposée aux regards, comportait quelque chose d'insolite, de surprenant.

— C'est toi qui as ouvert comme ça ?

Camille l'entraîna à l'intérieur de la mystérieuse pièce sans lui répondre. Elle prit place dans le fauteuil de rotin en affichant une étonnante sérénité.

— J'y suis venue tous les jours depuis sa mort, dit-elle. Et tous les jours j'ai cherché à comprendre. Viens t'asseoir, Laurence. Là, sur le lit, tout près de moi.

— Maman !

— Chut ! Viens et laisse-moi faire.

Camille donnait l'impression de maîtriser parfaitement ses émotions, d'être devenue insensible à la douleur. Un masque, pensa Laurence. Elle portait un masque. Il était parfois plus facile de fuir une réalité difficile que d'y faire face.

— Maman, dis-moi pourquoi tout cela est arrivé. Pourquoi sommes-nous obligées de vivre en plein drame quand tout aurait dû être simple et beau ?

Camille observait sa fille. Il lui semblait que les traces de son accident étaient plus évidentes que la veille. Pourtant, Laurence n'en faisait aucune mention. Elle ne se plaignait pas non plus de son bras, qu'elle tenait serré contre elle. C'était à croire que sa douleur morale dominait l'autre, celle laissant des marques apparentes.

Laurence ne tenait plus en place. Elle parlait beaucoup. Ses propos parfois décousus trahissaient deux sentiments : l'incertitude et la culpabilité. Plus rien ne fonctionnait ni dans sa tête ni dans mon cœur, disait-elle. Camille intervint.

– Avant d'aller plus loin, j'ai quelque chose à te dire ou plutôt un message à te faire.

– Quelqu'un a téléphoné ?

– Le message vient de plus loin que ça. Il vient de ton père. Georges venait de me charger d'un message pour toi quand je suis montée te voir dans ta chambre hier, lui dit-elle.

– Papa ?

– Oui, ton père. Peut-être que tu trouveras ta réponse en suivant le conseil qu'il t'a laissé avant de partir.

Laurence reçut les paroles de sa mère comme une gifle infligée à quelqu'un qui s'attendait à une caresse. Georges était parti sans lui adresser la parole, en lui laissant un message par personne interposée. C'était à n'y rien comprendre pour celle qui avait espéré un mot venant de cet homme. Le sachant fort bien, Camille s'efforça de répéter les paroles exactes de Georges.

– «Dis à Laurence qu'elle doit réfléchir encore.» C'est tout ? C'est tout ce qu'il a dit ? répéta Laurence après l'avoir entendue.

Camille confirma, sans plus. Le court message, venant de quelqu'un qui sentait venir la fin, était d'une grande sagesse. Laurence était-elle à même d'en comprendre la portée ? Tel ne semblait pas être le cas. Transportée d'un extrême à l'autre, elle disait n'y rien comprendre. Devait-elle remercier son père d'être parti en lui donnant l'occasion de changer ses plans, ou plonger à corps perdu et les mettre à exécution le plus vite possible, pour oublier ?

– Pour oublier ce qui s'est passé avec Gabriel ?

Camille avait cru qu'il lui revenait de verbaliser les sentiments confus de sa fille. Laurence se balançait sur le bord du lit. Le regard embrouillé, elle fixait droit devant, sans les voir, les cadres accrochés au mur.

– Oublier ce qui s'est passé depuis des années ; les dix années de bonheur que j'ai perdues en ne l'épousant pas comme prévu, dit-elle en pesant chaque mot.

C'était ce qu'elle croyait aujourd'hui. La réalité aurait pu être différente, lui fit remarquer Camille. Ce que Laurence ne nia pas. Qui pouvait prétendre à l'inconditionnelle clémence de la vie ?

Un moment de silence suivit pendant lequel Camille se dirigea vers la commode dominée par la photo de Jacques, prit le cadre de métal et le porta à son visage. La vénération du geste suggérait une prolongation de la pause.

– La vie est souvent dure, dit Camille. Mais je peux te dire qu'après avoir perdu un enfant il n'y a plus grand-chose qui nous touche vraiment. Perdre un mari ou un fiancé est difficile, mais jamais autant que de perdre un être qui a pris vie dans ses entrailles.

C'était en révélant la vivacité de sa peine que Camille avait choisi de revenir à leur discussion de la veille. Pressentant les bouleversements qu'elle susciterait et les interrogations qu'elle soulèverait, Laurence crut d'abord devoir s'excuser.

– Tu sais, maman, je ne voulais pas te faire de peine en te parlant de Gabriel et de Jacques. Je pensais seulement à rétablir les choses, expliqua-t-elle.

S'étant levée, Camille l'interrompit. Elle referma la porte. Leur conversation exigeait un climat d'intimité. Afin de prouver qu'elle était prête à tout entendre, et au cas où Laurence douterait encore de sa bonne volonté, elle ouvrit le sujet.

— Je savais que quelque chose n'allait pas chez Jacques. Il était en état de crise depuis un bout de temps, dit-elle en posant la photo sur le lit, à ses côtés.

Trois jours avant sa mort, Camille avait surpris son fils en larmes, à plat ventre sur le lit. Elle l'avait interrogé et il avait eu une réponse plutôt déconcertante. Il pleurait parce qu'il était amoureux, raconta Camille.

— Je ne l'ai pas pris au sérieux. Il n'y avait pas de quoi pleurer. C'était normal qu'un jeune homme de vingt ans soit amoureux, non ? Il s'est mis en colère. Il a cru que je me moquais de lui. Je me souviendrai toujours de son regard quand il m'a dit qu'il vivait un amour impossible. Qu'est-ce que je pouvais dire ? J'ai cherché à en savoir davantage, et là, j'ai vraiment dû dire n'importe quoi. Il pouvait être amoureux d'une femme mariée ou d'une parente, comment savoir ? Il m'a complètement perdue quand il a ajouté qu'il ne pourrait pas vivre à côté de cette personne toute sa vie sans lui avouer son amour. Maintenant que j'ai un autre regard sur les événements, je me demande…

Le ton de Camille avait subitement changé.

— Jacques était différent de ses cousins, disait-elle. Il était différent des garçons du voisinage. J'ai longtemps pensé qu'on l'avait trop gâté. Son père et moi étions si heureux d'avoir enfin un fils.

— Maman…

— Attends, Laurence. Regarde plutôt autour de toi. Tu sais que je n'ai rien changé ici. Aimes-tu ce que tu vois ?

— Bien sûr que j'aime. Où veux-tu en venir ? Ce que je vois ressemble aux souvenirs que je conserve de Jacques. C'est…

– À première vue, est-ce qu'on peut dire que nous nous trouvons dans une chambre de garçon?

– Maman! À quoi t'amuses-tu?

– J'essaie simplement de te rendre les choses plus faciles, Laurence. J'ai beaucoup réfléchi depuis notre conversation d'hier. Malgré ma peine pour Georges et mes inquiétudes à ton sujet, j'ai beaucoup pensé à Jacques et à Gabriel…

– Maman, je…

– Qu'est-ce que Gabriel avait à dire au sujet de Jacques et de l'accident? Je m'attends à ce que tu me le dises à présent!

– J'ai réfléchi. Ce n'est pas utile que tu souffres à ton tour.

– Laurence! Qu'est-ce qui s'est passé? Nous sommes entre adultes ici, n'est-ce pas? Et les adultes savent faire la différence entre ce qu'il faut dire ou pas. Parle, je t'en prie. J'ai besoin de savoir, au sujet de Jacques. Nous reparlerons du reste plus tard, mais au sujet de ton frère, il faut que je sache tout de suite!

Tout était encore tellement frais à l'esprit de Laurence. Son désarroi en écoutant Gabriel lui raconter les moments ayant précédé le drame était si présent.

C'était arrivé dans le haut de la côte, quand Jacques avait finalement accepté de donner le volant à Gabriel. Jacques avait perdu la notion des distances. En revenant de l'enterrement de vie de garçon de Patrice, il était passé tout droit devant la maison sans même s'en rendre compte. Il venait d'assister à une vraie beuverie, aux dires de Gabriel. Les gars avaient payé des filles à cet ami de la famille qui se mariait la semaine suivante. Dégoûté de leurs manières, Jacques avait eu une réaction imprévisible.

– Il a dit à Gabriel qu'il ne laisserait personne lui faire un coup pareil avant son mariage, parce qu'il l'empêcherait tout simplement de se marier avec moi. Ensuite, il s'est mis à rire, puis à pleurer. Gabriel a attendu qu'il se calme. C'est là que Jacques lui a dit…

Laurence fit une pause qui se prolongeait. Camille l'obligea à continuer. Le temps passait rapidement et elle était bien décidée à ne pas partir au salon funéraire avant de savoir.

– Jacques a dit quoi, Laurence? Il a dit quoi? insista-t-elle.

– Il a dit à Gabriel… Il lui a dit qu'il l'aimait depuis toujours et qu'il ne pouvait plus vivre avec ce secret sur le cœur.

Prononcées avec une telle rapidité, les paroles de Laurence semblèrent s'être heurtées les unes aux autres. Du même souffle, elle accusait sa mère de l'avoir obligée à lui révéler la vérité. Ne faisant aucun cas de ses accusations, Camille reprit la photo de son fils et baissa la tête. Plus rien ne comptait à part son besoin de connaître la suite des événements.

– Et l'accident? demanda-t-elle. Comment est-il arrivé, cet accident?

Laurence, qui avait craint une vive réaction, ne cacha pas sa stupéfaction.

– C'est tout l'effet que ça te fait de savoir que ton fils…? Je te dis que Jacques était amoureux de Gabriel et tu ne bronches pas?

– Il n'y a plus beaucoup de place pour d'autres peines dans mon cœur, Laurence. J'aimais Jacques tel qu'il était. Maintenant, si tu me donnais la version de Gabriel.

Une discussion qui avait mal tourné entre Jacques et Gabriel, des discours impossibles et des gestes violents, voilà ce que Laurence devait raconter.

– Gabriel a subi ses menaces. Jacques disait que la vie n'avait plus aucune importance maintenant que son secret était découvert. Il est devenu hystérique et disait que Gabriel n'avait pas le droit de vivre lui non plus. Gabriel a voulu en finir en reprenant la route. C'est à ce moment que Jacques a posé son pied sur le sien et qu'il a poussé l'accélérateur à fond. Ils se sont retrouvés face à la camionnette qui venait en sens inverse. La suite est semblable à ce que tu sais déjà. L'impact a été violent. Jacques s'est retrouvé en bas du pont, et Gabriel, attaché à son siège et coincé sous un amas de ferraille.

Laurence avait la gorge sèche et les yeux humides. Elle écoutait les battements de son cœur. Camille avait posé ses deux mains à plat sur ses genoux et remuait les lèvres comme si une prière pouvait changer le cours des choses. Lorsque enfin sa main droite quitta son genou et toucha le bras de sa fille, une douce chaleur s'en dégagea. Elle se sentit traversée par un courant d'énergie. Sa voix sembla provenir de loin, de l'abîme de son cœur de mère.

– Aimer, c'est courir le risque d'avoir mal. Je ne serai jamais capable d'en vouloir vraiment à mes enfants. Ni à Jacques pour ce qu'il était et ce qu'il a fait, ni à toi, ma grande. À votre manière, vous avez souffert, beaucoup souffert même. Je pense qu'à cause de ça Georges avait raison de dire qu'il fallait que tu réfléchisses avant de faire un geste.

– Réfléchir, reprit vivement Laurence. Je peux réfléchir, mais difficilement rebrousser chemin. Marc n'y est pour rien dans ce qui m'arrive. Il ne mérite surtout pas que je lui fasse mal. Cet homme-là compte pour moi.

– Personne ne te parle de rebrousser chemin. Tu peux attendre que les choses se tassent. Qui voudrait d'un mariage dans ces circonstances?

À lui seul, le mot «mariage» évoquait une grande tristesse. Agenouillée par terre, sa tête sur les genoux de sa mère, Laurence était coupée du monde présent. Elle avait oublié les autres, les quelques parents et amis qui s'étaient fait un devoir de passer à la maison avant de se rendre au salon funéraire. Lorsque le craquement du plancher de l'étage annonça une présence derrière la porte, elle ne réagit pas tout de suite. Mélanie dut frapper discrètement pour attirer leur attention.

– Grand-mère, il faut descendre, dit la jeune fille. Tout le monde est parti. Papa et maman vous attendent dans la voiture.

Ce moment arrivait trop tôt et Mélanie insistait pour que Camille se hâte. Il y aurait rapidement affluence autour du cercueil de Georges, expliquait-elle afin de provoquer une réaction de sa part.

Laurence aida sa mère à replacer sa robe aux couleurs ternes et lui offrit un mouchoir en papier. Elles échangèrent un semblant de sourire. Ensuite, sa propre apparence l'inquiétant, elle décida de ne pas suivre les autres. L'opinion de sa mère comptait pourtant.

– Maman, tu m'en voudras si je reste ici encore quelques heures? Le courage me manque, dit-elle.

– C'est toi qui décides. Tu es libre de venir quand tu veux. Je tâcherai d'expliquer cela aux autres.

Laurence lui témoigna sa reconnaissance et ouvrit la porte. Elle se retrouva face à Mélanie, si jolie dans sa jupe noire qui couvrait sa cheville et son chandail blanc. La sobriété de sa tenue mettait en valeur son teint rosé et la profondeur de son regard. Laurence reconnut à peine la jeune fille qui, la veille, l'avait reçue avec un calme déconcertant.

Leurs regards s'étant croisés, Mélanie esquissa un sourire.

– Je reste aussi, dit-elle. Si tu veux, je t'accompagnerai. Peut-être que tu n'aimeras pas affronter seule tout ce beau monde.

Laurence comprit qu'elle avait entendu la fin de l'entretien.

– Tu étais toute prête à partir, lui fit-elle simplement remarquer.

Mélanie fit un signe vague, signifiant le peu d'importance qu'elle accordait à la chose. Laurence la remercia. Sa gentillesse et son attention à son égard la touchaient.

– Je ne fais pas ça pour toi. Je déteste les salons funéraires, rétorqua Mélanie.

– Je sais au moins à quoi m'en tenir.

Le départ de Camille laissa la tante et la nièce seules dans la maison. À part les stores horizontaux qui, poussés par le vent, claquaient contre le cadre de bois, plus rien ne bougeait. Mélanie supportait mal ce calme soudain auprès de cette femme qui l'intimidait encore.

– Qu'est-ce que nous faisons maintenant? demanda-t-elle.

– Nous allons laisser passer le temps. Rien ne presse de se rendre là-bas.

Il n'y avait effectivement aucune urgence de devenir le point de mire de tous ces regards inquisiteurs. Rien ne la pressait de subir la compagnie et les reproches déguisés des cousines déçues de ne pas avoir été invitées à son mariage.

Quant aux autres qui feraient semblant de ne pas être au courant, Laurence les craignait davantage.

– Je pense que tu comprends pourquoi je me passerais d'aller là-bas. Tu es une femme à présent.

– Peut-être que je suis une femme, mais toi, tu es un drôle de personnage. Ça me change de ce que je vois à cœur d'année, lança Mélanie.

Un drôle de personnage, répéta Laurence. C'était ce qu'on disait d'elle dans son milieu de travail. Probablement à cause de son comportement et de son langage. Elle s'était arrêtée devant la porte de sa chambre, la première près de l'escalier. Elle se demandait aussi pourquoi elle descendrait à la cuisine quand ses tripes nouées et son estomac en crise n'accepteraient aucune nourriture.

– Si tu restes avec moi, aussi bien entrer. Nous aurons un moment pour refaire connaissance, dit-elle à Mélanie qui n'avait plus bougé.

Encore partagée entre un vif désir de jouir d'une chance inespérée et un trouble lui interdisant toute spontanéité, Mélanie devança sa tante. Elle s'approcha de la commode. Son image lui apparut dans la glace. Laurence réagit sans réserve, cette fois. Leur ressemblance était troublante. La même chevelure abandonnée sur les épaules, le même regard sous une paupière arquée, les mêmes pommettes saillantes.

– C'est fascinant, dit-elle.

– On dit que nous nous ressemblons, mais ce n'est pas encore aujourd'hui que j'aurai l'occasion de le vérifier. Il faudra attendre que tes blessures guérissent. Ce n'est pas pour demain, si tu veux savoir ce que j'en pense.

Laurence toucha son visage enflé, sa lèvre encore sensible. Elle avait presque oublié à quoi Mélanie faisait allusion.

— Je fais horreur à voir, n'est-ce pas?

— C'est temporaire. Les blessures finissent par guérir. Grand-mère le répète tout le temps.

Mélanie caressait le voile de Laurence sans laisser transparaître ses émotions. Elle était plutôt absente, de là sa surprise quand Laurence lui demanda ce qu'elle pensait de ce merveilleux accessoire.

— Très joli, répondit-elle. Tu as du goût et de l'expérience dans le domaine de la mode. Ça se voit.

— Tu veux l'essayer?

Essayer son voile? Laurence n'était pas sérieuse! Pourtant, elle lui affirmait le contraire. Elle insistait même. Peut-être qu'il ne servirait à personne de toute façon. Au moins, quelqu'un en aura profité, dit-elle.

— Est-ce que ça signifie que tu ne vas pas te marier samedi?

— Cela pourrait signifier beaucoup de choses. Entre autres, que tu as devant toi une femme qui ne sait plus ce qu'elle veut ni où elle va. C'est peu dire dans les circonstances. Nous reparlerons de ça plus tard. Allez! Mets ce précieux voile sur ta tête, que je voie si tu ferais une jolie mariée.

La répulsion de Mélanie à se plier aux désirs de Laurence était apparente. Il lui semblait déplacé de jouer un jeu qui, à première vue, ne portait pourtant pas à conséquence. Finalement, elle accepta et posa le voile sur sa tête. Laurence resta muette. Mélanie lui renvoyait l'image qui aurait dû se retrouver sur des photos de mariage, dix ans plus tôt.

— Tu feras une très jolie mariée, murmura-t-elle.

— Je ne serai jamais une jolie mariée, parce que je ne me marierai pas, rétorqua Mélanie.

Le ton ne laissait aucune place à la discussion. Laurence ne put s'empêcher de penser qu'elle disait les mêmes sottises que ces gamines qui changent d'idée le temps venu.

— Tais-toi. Laisse-moi te regarder encore, dit-elle.

Mélanie avait perdu tout intérêt pour ce jeu. Elle retira le voile, parce que, disait-elle, cela portait malchance à la mariée de prêter des choses avant le mariage. Appuyée à la commode, de manière à lui faire face, elle répondait au désir de sa tante, mais sans le voile.

— C'est dommage que tu sois partie, dit-elle.

Le sens profond de cette simple phrase échappait à Laurence, qui supposait tout de même que Mélanie avait une idée précise en tête. Ce qui se passait était si imprévu qu'elle s'assit sur le lit afin de goûter pleinement cet instant.

— Qu'est-ce que tu sais de moi, Mélanie? s'enquit-elle.

— Des choses. Celles que j'ai lues dans les revues et celles que ma mère m'a racontées au sujet de tes amours avec Gabriel Dorval, de ta rupture.

— C'est avec ça que tu t'es fait une idée à mon sujet?

— Je n'ai encore aucune idée à ton sujet. Je préfère toujours me fier à mon jugement. L'opinion des autres, ça vaut ce que ça vaut. Les gens parlent, parlent. Souvent, ils inventent pour se rendre intéressants.

L'attitude de Mélanie plaisait à Laurence. À cause de sa détermination et de sa manière d'aller droit au but, elle avait l'impression de se retrouver face à une femme de sa trempe.

— Tu sais que moi aussi j'aimerais ne pas être partie. Pour mille raisons. En ce moment, je me dis que j'ai manqué de bons moments en restant loin de vous tous. Et hier… Les dernières vingt-quatre heures m'ont mise face à une situation tellement invraisemblable. Je ne sais plus quoi penser.

– Tu ne sais plus quoi penser de l'amour?

– Je n'aurais pas visé plus juste. Tu as mis le doigt sur le bobo. Je suis en train de réaliser que le manque de conviction dans nos sentiments fait plus de ravages dans une vie que tout le reste. Dans le temps, si j'avais suffisamment aimé Gabriel, rien n'aurait pu empêcher notre mariage. Les défenses de papa et le jugement des gens n'auraient pas pesé lourd non plus. La vérité aurait fini par éclater.

– Tu dis cela et tu risques de faire la même erreur si tu n'épouses pas Marc.

Pourquoi Mélanie avançait-elle pareille chose? Pourquoi allait-elle droit au cœur d'un sujet tellement délicat? Laurence demeura ahurie.

– Qui a dit que je ne me marierai pas avec Marc? rétorqua-t-elle vivement.

– Personne. C'est une impression. Je ne crois pas que c'est la mort de grand-papa ni d'être probablement obligée de retarder ton mariage qui te rend si triste. Tu peux me le dire si je me trompe.

Elle faisait preuve d'une lucidité étonnante en verbalisant les pensées secrètes de sa tante. Laurence en était encore toute retournée. Accablée par une subite fatigue, elle se laissa tomber sur le lit et tourna son visage vers le mur.

– Tu préfères être seule? dit Mélanie, déjà prête à quitter les lieux.

Laurence changea aussitôt de position et se déplaça de quelques centimètres. Elle voulait que sa nièce reste.

– Je ne veux pas être seule. Viens t'asseoir ici, sur le bord du lit.

Mélanie hésita, mais Laurence décida à sa place en l'attirant vers elle. L'impression ressentie jusque-là se précisait. Laurence avait le sentiment d'être en compagnie de cette jeune sœur qu'elle avait longtemps espérée. C'était comme si le temps n'avait plus d'emprise sur elles, comme si elles se connaissaient depuis toujours.

La sonnerie du téléphone vint rompre le charme. Leur première réaction leur suggérait de laisser sonner, de laisser supposer que la maison était déserte. L'insistance de la sonnerie eut raison de leur résistance. Une lueur d'espoir était née dans l'esprit de Laurence. Si on appelait pour donner des nouvelles? Si c'était Gabriel? pensa-t-elle.

Mélanie descendit répondre. Restée derrière, Laurence essuya la sueur froide qui perlait sur son front. L'oreille tendue, elle écouta Mélanie qui donnait de vagues explications sur un parcours à suivre. Au bout du fil, ce n'était pas Gabriel; Gabriel connaissait parfaitement la route menant à la résidence des Auclair. De l'escalier où elle s'obstinait à demeurer, elle interrogea Mélanie du regard.

Le récepteur collé sur son ventre, Mélanie lui fit signe d'approcher.

– Viens. Si tu lui parles, ce sera plus facile, je crois.

– Qui est-ce? s'enquit Laurence.

– C'est ton fiancé. Il veut venir tout de suite. Il est arrivé à Chicoutimi.

Laurence prit le récepteur à son tour, le posa sur son oreille et ferma les yeux. Elle souhaitait que la voix de Marc lui fasse oublier tout le reste, qu'elle la transporte chez elle, à Montréal, dans leur appartement des Cours Le Royer, mais la réalité ressemblait davantage aux propos de Mélanie. Marc était au bout du fil pour lui annoncer qu'il venait de terminer la traversée du parc des Laurentides. Une trentaine de kilomètres le séparaient d'elle à présent, disait-il. Ce qui signifiait que, dans moins d'une heure, il serait dans son monde perturbé et bien réel.

Respirant difficilement, à court de mots, Laurence attendait que Marc reprenne la parole. Son silence inquiéta l'homme, qui s'était mis à douter de sa présence au bout du fil.

— Laurence, tu es là ? Pourquoi ne dis-tu rien ? Est-ce que ça va ?

— Oui, Marc, ça va. Je suis simplement surprise. Je ne t'attendais pas si tôt. Tu as fait vite.

Marc ne trouvait que des phrases toutes faites pour lui témoigner sa sympathie et Laurence, peu disposée à entreprendre une longue conversation téléphonique, étouffait ses sanglots. Marc perdait son temps à essayer de communiquer à distance. Il annonça qu'il venait tout de suite.

Laurence raccrocha. Le temps pressait. Marc arrivait dans quelques minutes, dans moins d'une heure. Elle toucha sa jupe, sa blouse, son visage. L'urgence de changer de vêtements, de maquiller cet œil qui tournait au violet, de dissimuler ces indécentes marques qui n'auraient pas dû être se faisait sentir.

— Je t'en prie, Mélanie, aide-moi à cacher tout ça, supplia-t-elle sa nièce.

Mélanie lui tendit un fard et un pinceau. Une telle angoisse l'étonnait. Pourquoi sa tante s'efforçait-elle de dissimuler ce que son fiancé verrait inévitablement à un moment ou à un autre ? À quoi pensait-elle ? Pourquoi faisait-elle ce cirque pour lui ? Le ridicule de la situation lui apparaissant, Laurence se sentit idiote. Sa crainte d'être prise au dépourvu devant Marc avait fait d'elle un être irrationnel.

– Il faudra bien que je finisse par le lui apprendre, n'est-ce pas ?

– S'il n'est pas aveugle, il verra bien par lui-même. Comment c'est arrivé, ça, il ne le devinera certainement pas, à moins que tu ne lui dises ce que tu caches à tout le monde.

– Tout doit être dans la manière de dire les choses.

Laurence se retrouvait sur une pente glissante. Sa situation demeurait des plus confuses. Malgré son désir de lui venir en aide, Mélanie ne possédait pas les arguments capables de la rassurer. Le drame de sa tante ressemblait encore trop aux bribes de conversations entendues de ses parents. Comme elle n'arrivait pas à se faire une juste idée, elle supposait des choses, à partir de faits rapportés, au sujet de l'histoire ancienne de Laurence et de Gabriel Dorval.

Elle en était là dans ses réflexions quand à l'extérieur il y eut un bruit de voiture. Par la fenêtre, elle vit un homme descendre du véhicule immobilisé à côté de celui de Laurence.

– Je pense que tu as un visiteur, dit-elle.

Laurence vint à la fenêtre à son tour et sa vision se voila. Elle chercha appui sur une chaise près de la porte d'entrée. Était-ce, la surprise, la joie ou une crainte incontrôlable qui provoquait cette rougeur subite sur son front ?

– Gabriel, murmura-t-elle. Il est venu !

L'homme était très ressemblant avec la photo que sa mère lui avait montrée. Plus mûr cependant. Mélanie, qui avait reconnu Gabriel, posa sa main sur le bras de Laurence.

– Tu sais que tu peux compter sur moi. Si tu ne veux pas qu'il entre, je n'ai qu'à lui dire que tu n'es pas là, proposa-t-elle.

Reprenant conscience de sa présence, Laurence ne jugea pas utile de répondre et se dirigea vers la porte masquée d'une moustiquaire. Gabriel montait les marches de la galerie repeinte à neuf pour son mariage. Quand il l'aperçut, un triste sourire éclaira son visage. Sa voix, grise comme le voile gris qui les séparait encore, parvint à l'intérieur.

— C'est une chance que tu sois encore ici, dit-il. Philippe et sa femme pensaient que tu serais déjà partie avec les autres au salon funéraire.

— Comme tu vois, je suis là. De là à croire que c'est une chance…

Appuyée au chambranle, elle le regardait à peine. La vision devait être irréelle, se disait-elle. Elle parlait à un fantôme.

— Si tu me laisses entrer, je serai à même d'en juger. Est-ce que je peux ?

D'un geste bref, elle fit sauter le loquet et lui libéra le passage pour qu'il entre. Un besoin subit de le voir mieux, d'évaluer la gravité de ses blessures, l'incitait à rester là, tout près de lui. Même si sa pâleur l'inquiéta, elle se garda de lui en faire mention. S'engager sur ce terrain équivalait à tenir des propos qui, inévitablement, finiraient par ressembler aux sentiments qui l'habitaient et qui ne devaient pas exister. Elle replaça la mèche de cheveux qui retombait sur le sourcil de l'homme. Cette familiarité, qu'elle réprima, fut loin d'offusquer Gabriel. Au contraire, ce geste machinal appartenait encore à leur passé comme cette pièce demeurée la même malgré le temps et dont l'odeur lui était encore familière. C'était à croire que les années écoulées n'avaient eu aucune emprise sur cet élément, constata-t-il.

Il prit sa main et la serra dans la sienne.

— Je suis désolé pour ton père. Tu me laisseras t'offrir mes condoléances ?

La veille, quand il l'avait félicitée pour son mariage, elle avait cru déceler le même manque de conviction dans le ton de Gabriel. L'absurde de la situation lui apparaissant, elle libéra sa main, encore prisonnière de la sienne. La signification de son geste était clair. Elle n'échappa pas à Gabriel, qui riposta.

— Tu doutes encore de ma sincérité?

— Ce que je crois n'importe plus. Papa est mort. Il a emporté sa bêtise avec lui et la nôtre aussi. Quand on y pense, on croirait à un autre mauvais tour du destin.

Laurence n'avait pas jugé de mise de lui offrir un siège. La visite de Gabriel, parce qu'elle se produisait à un très mauvais moment ne devait pas se prolonger. Les minutes leur étaient comptées. Marc arriverait bientôt. Il était déjà en route et n'allait plus tarder, maintenant.

Debout l'un en face de l'autre, ils se regardaient dans les yeux. Il leur était plus facile de voyager dans leurs pensées que de dire les choses. L'un et l'autre semblaient attendre que vienne son tour de parler ou de se taire.

Parler de Georges était inutile. D'ailleurs, ce que Gabriel pouvait en dire ne changerait rien à la situation et surtout à ce qui se passait dans sa tête et dans son cœur. Il concédait à Laurence le droit d'éprouver de l'amertume, de l'exprimer même, pourvu qu'elle ne le laisse pas repartir sans explications, sans lui avoir fait part de ses intentions surtout.

— Laurence, il faut que tu saches une chose : je dois absolument quitter la région ce soir, mais avant, je veux savoir…

— Savoir quoi, Gabriel? Il n'y a rien à savoir. Je me suis inquiétée pour toi, mais comme tu te portes relativement bien, la vie doit continuer comme s'il ne s'était rien passé.

— Rien passé? Parles-tu sérieusement, Laurence Auclair?

— L'homme que je vais épouser est en ville. Il sera ici d'une minute à l'autre. Pour moi, ça signifie qu'il faut que je regarde en avant, pas en arrière. Peux-tu comprendre ça? Peux-tu imaginer un seul instant la situation dans laquelle je me trouve?

— Et moi donc! Et nous? Je t'aime, Laurence. Tu m'aimes aussi. Je le sais et tu le sais!

La chaleur devenait insupportable et la discussion prenait une tournure inattendue. Pour Mélanie, c'était l'occasion de fuir les lieux. Le couple avait fini par oublier sa présence. Elle s'esquiva en douce du côté du jardin et longea les allées en secouant distraitement une branche, en étêtant les quelques fleurs blessées n'ayant pas échappé au désastre de la veille. Ses pas la conduisirent à la roche ronde émergeant de la terre. C'était un endroit qu'elle affectionnait particulièrement. C'était là qu'elle venait s'asseoir pour réfléchir. Elle n'y resta qu'un moment. Le calme de cet endroit ne pouvait calmer son agitation. Il lui était impossible d'ignorer qu'à quelques mètres se passaient des choses troublantes. Une sourde colère monta en elle. Comment croire en cette vie qui se moquait des gens? se dit-elle en frappant ses genoux. Comment faire confiance à l'amour quand, sous ses yeux, on faisait tout pour ignorer la flamme dans les regards?

Laurence était la principale cible de son sévère jugement. Sa lutte s'expliquait mal et il y avait aussi ce Marc qui arrivait trop tôt et qui risquait de les surprendre avant que le ton change entre eux, avant que Laurence et Gabriel se soient expliqués vraiment. Son impuissance l'agaçait.

Avant de penser que l'amour existait, elle revint au point de départ et monta les marches de l'escalier. Du patio, où elle s'était installée, la voix de Laurence lui parvint, différente.

Le calme était revenu à l'intérieur de la maison. Ses dernières paroles semblant lui être adressées, Mélanie tourna la tête du côté de la porte-fenêtre.

La silhouette de sa tante apparut juste derrière. Laurence l'invitait à entrer.

— Tu peux revenir, dit-elle. Gabriel s'en allait justement.

L'attitude et l'expression du visage de l'homme en disaient long sur le résultat de l'entretien. Gabriel repartait plus las qu'à son arrivée. Il traînait davantage le pas. Une douleur à l'âme s'ajoutait à ses douleurs physiques. Mélanie se sentit mal à l'aise. Le désarroi de cet homme, qui avait posé les yeux sur elle sans ouvrir la bouche, la touchait. Son charme avait dû opérer car elle se sentit bizarre et le regarda avec insistance à son tour.

Elle vit ses lèvres remuer.

— Comme tu lui ressembles ! dit Gabriel. Philippe m'avait prévenu. Je n'aurais jamais imaginé que deux personnes puissent se ressembler autant. Tu as de la chance, Mélanie ! Beaucoup de chance.

— Tout le monde le disait. Maintenant, je suis heureuse de le constater, répliqua Mélanie.

— À ton âge, Laurence était déjà la plus belle fille du monde, mais aujourd'hui elle…

Laurence s'approcha et posa sa main sur la bouche de Gabriel. Entendre de telles paroles ne servirait à rien si ce n'était qu'à exprimer ses sentiments, qu'à raviver le souvenir de cet instant où la tempête ravageait la région et davantage son cœur.

— Je t'interdis de te servir de ma nièce, dit-elle. D'ailleurs, c'est ici que nous nous disons adieu, Gabriel. Dis-toi que c'est difficile, mais que c'est mieux ainsi pour tout le monde !

– C'est difficile! Tu l'as entendue, Mélanie? Elle est sincère, à ton avis?

– Gabriel, je t'en prie! Pas de ça. Tu gâches tout. Pars tout de suite.

Gabriel essuya son front et se dirigea vers la porte, que Mélanie avait omis de refermer. Quelque chose se déchirait en lui. La même douleur ressentie la veille, lorsqu'il tentait de toutes ses forces de remettre le quatre-quatre sur la route, réapparut. Il posa sa main sur sa poitrine et se dirigea vers sa voiture. Mélanie eut un geste de compassion.

Elle implora Laurence de lui porter secours.

– Il est malade, je suis malade, et personne ne va en mourir. Je sais qu'on ne meurt pas parce qu'on est malheureux, dit Laurence.

Elle n'avait pas détourné son regard de la voiture de Gabriel qui allait disparaître dans le rang, ni tenté de retenir les larmes qui coulaient sur ses joues. Mélanie prit son bras et l'entraîna vers la salle de bains.

– Tu parlais de maquillage tout à l'heure. Je pense que tu en as vraiment besoin maintenant.

Laurence sourit et s'enferma dans la pièce. Mélanie venait d'entendre un second bruit de moteur. Elle n'en fit aucun cas et attendit qu'un bruit de pas sur la galerie lui annonce l'arrivée de Marc Olivier.

10

Iʟs ᴇ́ᴛᴀɪᴇɴᴛ trois dans la voiture, trois êtres silencieux à se perdre dans des pensées différentes et combien proches à la fois. Marc conduisait distraitement, parfois en cherchant le regard de Laurence, qui fixait la route droit devant elle. Personne n'avait ouvert la bouche depuis que Mélanie avait réaffirmé son aversion pour les salons funéraires. Marc n'y avait pas fait attention. Trop de choses lui échappaient. En minimisant l'importance de son accident, Laurence avait éveillé des doutes. Alors qu'une conviction faisait tranquillement sa place, allait-il devoir se contenter d'une vague version des faits? L'accident de sa fiancée pouvait-il mettre leur mariage en péril?

Laurence était encore très perturbée quand ils arrivèrent enfin. Sa main recroquevillée au creux de celle de Marc, le regard vide, comme si le reste du monde n'existait pas, elle suivait sa nièce. S'étant arrêtée brusquement, Mélanie l'attira tout près d'elle et l'entoura de son bras rassurant.

Devant Georges qui reposait dans son costume gris, celui-là même que Camille lui avait choisi pour son mariage, Laurence n'osait lever les yeux. Elle était crispée.

– Il faut que je sorte d'ici. Je crois que je vais m'évanouir, dit-elle en s'agrippant fortement au bras de Mélanie.

– Reste un peu. Maman est juste derrière. Ça va aller, dit Mélanie.

Laurence ne voulait voir personne.

– Reste si tu veux. Moi, je sors, dit-elle en quittant la pièce en catastrophe.

Mélanie ne tenta pas de la retenir. Elle ne la blâma pas non plus d'avoir envie de fuir cet endroit trop fleuri. Elle resta seule devant le cercueil de son grand-père. Soudain, une main se posa sur son bras. C'était Martine, que l'attitude imprévisible de Laurence inquiétait. Mélanie tentait une explication quand, se retournant vers la porte qui avait servi la fuite de Laurence, elle vit Marc, mal à l'aise, désemparé.

– Tu es certaine que tout va bien entre eux? insista Martine.

– Maman, je te répète que tout va bien.

– Mais pourquoi est-elle allée se cacher? Elle sait que tout le monde veut la voir.

– L'idée ne t'est pas venue qu'elle n'a justement pas envie de voir du monde? Tu me déçois, maman. Est-ce que tu aimes ta sœur ou pas? Je me demande vraiment ce qui se passe dans ta tête.

– Mélanie! Ne me parle pas comme ça!

Mélanie quitta les lieux à son tour. Elle avait grandement besoin d'air frais et de remettre de l'ordre dans ses pensées. Seule à l'extérieur de la bâtisse toute blanche, elle s'adossa au mur qui donnait sur le parc de stationnement. Son cœur battait trop vite et ce qui se passait ne devait pas la toucher de cette façon. Chacun avait sa vie à vivre et sa mort à mourir. Le reste ne devait pas faire que son cœur batte ainsi, à toute allure, et que son sang tambourine dans ses oreilles.

Elle chercha un peu d'ombre. La chaleur de fin d'après-midi devenait insupportable. Soudain, elle se sentit observée.

Un homme venait vers elle. Un homme vêtu d'une chemise à manches courtes et d'un pantalon de lin, et qui traînait la jambe.

— Monsieur Dorval? Que faites-vous là?

— C'est ce que je me demandais justement. Le sais-tu, toi? Peut-être que je suis devenu fou ou inconscient. Non, c'est plus simple que ça. J'ai eu envie de la revoir une dernière fois avant de partir. Ça m'est égal de ne pas lui parler si j'ai la chance de lui remettre ceci.

Il tentait de replier le bout de papier sur lequel étaient écrites quelques lignes à la main. Au bas se trouvait une adresse; probablement celle qui permettrait à Laurence de le joindre à Toronto, supposa Mélanie.

— Je ne pense pas que ce soit une bonne idée, dit-elle. Tante Laurence a déjà eu beaucoup de mal à expliquer ses blessures à son fiancé. S'il a cru son histoire de balade avec un ancien voisin, je ne suis pas certaine qu'il ne fera pas le rapprochement en vous voyant auprès d'elle. Votre situation à tous les deux n'est pas très claire.

Gabriel se mit à rire.

— Il faut vraiment avoir le sens de l'humour pour utiliser cette formule. Tu as raison, Mélanie, notre situation est on ne peut plus confuse.

— Votre rencontre n'a donc rien réglé?

— Rien du tout. Elle attendait son fiancé. J'étais de trop dans sa vie. Il a de la chance, ce Marc Olivier.

— Vous le connaissez?

— Comme tout le monde. Par les revues de mode.

Gabriel continuait de parler de cet homme qui avait mérité l'amour de Laurence et dans les bras duquel la femme qu'il avait aimée allait dormir le reste de ses jours. Mélanie ne prêtait aucune attention à ses propos depuis qu'il se passait quelque chose en dehors d'eux. Sa manière de regarder en direction de la porte éveilla les soupçons de Gabriel. Elle ne put se dérober.

— C'est lui, dit-elle. C'est Marc Olivier.

Son besoin de fuir les lieux avait amené Marc Olivier à se retirer pour réfléchir. Même après avoir reconnu Mélanie, il restait à l'écart, quelque peu intrigué par le regard insistant de Gabriel qu'il interpréta comme une invitation. Marc n'était pas certain de vouloir faire la connaissance de cet étranger. Il attendit que Gabriel décide pour lui en s'approchant la main tendue.

— Marc Olivier? dit-il. Je suis un ami de la famille Auclair. Mon nom est Gabriel Dorval.

Marc lui tendit la main à son tour. Il prononça distraitement les paroles d'usage. Tout allait vite dans son esprit. Il n'en était qu'aux pressentiments que lui suggéraient les blessures aperçues au visage et au bras de son interlocuteur que celui-ci mesurait déjà l'impact de cette rencontre inattendue.

— Si je ne m'abuse, vous étiez le voisin de Laurence? demanda-t-il.

Mélanie avait envie d'appeler Laurence à son secours. La sueur mouillait la racine de ses cheveux et se formait en perles fines dans l'échancrure de sa blouse. Elle regardait les deux hommes qui se tenaient face à face. Le visage fermé, ils se mesuraient.

— Dans le temps, ma famille et celle de Laurence vivaient tout près. Nos maisons se trouvaient à moins d'un kilomètre. Maintenant, j'habite Toronto, répondit Gabriel.

– Vous n'êtes que de passage dans la région, alors ?

– De passage pour quelques jours. Mon travail m'appelle rarement ici. Par contre, je voyage beaucoup ailleurs.

Marc tenait à entretenir une conversation à peu près neutre. Il dit avoir lui aussi à voyager à cause de son travail. Pour faire carrière dans le domaine de la mode, il fallait sortir de Montréal, expliqua-t-il. Il parlait du bout des lèvres, avec le sentiment de découvrir que Laurence n'avait pas dit toute la vérité au sujet de son accident. Ce voisin était son ex-fiancé, ce qui expliquait l'attitude des gens, leurs murmures et leurs silences.

Il l'interrogea directement sur les marques qu'il portait en supposant qu'il avait été victime d'un accident. La pointe d'arrogance dans le ton de la réponse fit craindre l'accrochage. Mélanie se permit de dire une sottise pour l'éviter.

– M. Dorval s'est accroché les pieds dans la frange du tapis.

Gabriel sourit. Sa situation ressemblait effectivement à une bêtise de ce genre. Il n'allait cependant pas se perdre en explications. Ce que pensait Marc Olivier lui importait moins que le bien-être de Laurence. Son sentiment pour elle lui interdisait de discuter de choses qu'elle avait tues. Il prétexta qu'il devait partir immédiatement ; un avion à prendre dans moins de deux heures.

L'entretien prit fin avec le brusque départ de Gabriel. Mélanie tenait l'enveloppe qu'il lui avait remise en douce après l'avoir cachetée. Les vraies raisons de ses agissements lui échappaient toujours. Elle regarda du côté de la rue et vit la voiture de Gabriel s'engager dans la circulation et s'arrêter au feu rouge se trouvant à quelques mètres de là. À l'intérieur, l'homme tenait sa tête entre ses mains.

La jeune fille annonça qu'il lui fallait rejoindre sa mère et Marc resta là. Il demeura intentionnellement à l'écart, espérant que son absence prolongée finirait par inquiéter Laurence, mais Laurence ne vint pas.

* * *

Le dernier visiteur venait de quitter les lieux quand Laurence s'approcha du cercueil de son père. Agenouillée sur le prie-Dieu, elle posa sa main sur les siennes, devenues si froides. Il était temps d'avoir une discussion avec Georges Auclair. Au-delà de la vie, peut-être possédait-il le pouvoir de la délivrer de l'impression néfaste qui liait son âme ?

À voix basse, elle lui demanda si elle devait lui en vouloir ou le remercier de l'avoir mise dans pareille situation.

– Papa, pourquoi tout ça ? Pourquoi ? Tu ne dis rien. C'est vrai qu'à présent tu as toutes les excuses pour te taire. Je t'envie d'être en paix, dans ce monde de silence. Je voudrais tellement que tu m'aides. Papa ! Fais-moi comprendre le sens de ton message. Je veux bien réfléchir, mais qui me dira si ma réflexion a porté les bons fruits ? Qui ? À quoi bon se raconter des histoires maintenant ? Papa, comment peut-on avoir honte et être heureuse à la fois, avoir peur et espérer avec la même intensité ? Où tout ça va-t-il me mener ? Papa, aide-moi, je t'en prie.

Laurence se tut. Elle écouta ce qui montait en elle et le dialogue reprit.

Cette fois, elle avait à demander pardon. Elle avouait sa part de responsabilité dans sa rupture avec Gabriel. À cause de son orgueil qui avait parlé plus fort que son cœur, elle était partie en choisissant la réussite à tout prix. Se tenir occupée pour oublier le plus rapidement possible. Se tailler une place dans un monde difficile, qui ne pardonne aucun impair. Changer de personnalité. Aller d'aventure en aventure. Surtout, se convaincre que l'amour vrai n'existait pas.

Georges n'était pas le seul responsable, Laurence le disait à haute voix.

Marc était entré en douce. Il l'écouta sans broncher et la laissa pleurer jusqu'à ce que sa tête s'écroule sur la couche grise et froide. Alors seulement, il s'approcha. Il l'aida à se relever, puis il l'entraîna vers la sortie.

— Nous allons à l'hôtel. J'ai réservé une chambre pour toi et moi, dit-il.

Laurence refusa sa proposition en prétextant qu'il lui faudrait d'abord retourner chez elle. Elle était partie sans ses effets personnels ni vêtements de rechange. De plus, la famille était réunie. On devait l'attendre, dit-elle.

Marc n'allait pas se rendre aussi facilement.

— Oublie ces détails, je t'en prie. C'est facile de se procurer ce qu'il faut pour passer la nuit. Les autres attendront bien jusqu'à demain pour te voir. Nous avons à parler tous les deux et de préférence loin des oreilles indiscrètes.

Laurence finit par lui donner raison. Elle aussi avait besoin de se retrouver avec Marc.

— Tout était plus simple avant, quand nous n'étions que deux dans la vie, dit-elle.

— Nous sommes toujours deux et seulement deux, Laurence. Il faut te mettre ça dans la tête.

Quelque chose se rompit au-dedans d'elle. Si Marc avait raison, qu'adviendrait-il de Gabriel, de sa famille et du reste du monde ? Son esprit arriverait à admettre un tel discours, mais son cœur n'avait-il plus le droit de parole ? Laurence ne résista pas. Il était tellement plus facile de suivre le courant que d'opposer une résistance. Les forces lui manquaient. À vrai dire, elle n'avait envie ni de voir le reste de la famille, ni de rester seule, ni de parler avec Marc de leur prochain mariage. Elle monta dans la voiture et baissa la vitre de la portière. L'air pur eut sur elle un effet bénéfique. Il chassa les fantômes et sécha ses larmes.

– Quelle chaleur et quelle humidité ! dit Marc. Ne m'avais-tu pas dit que les soirées d'août étaient fraîches au Saguenay ?

Laurence avait fait pareille déclaration. Elle avait aussi prédit le plus joli mariage du monde. La vie en avait décidé autrement cette fois encore, pensa-t-elle en se calant dans son siège.

11

DES TOURISTES débarquaient d'un autobus revenant d'une excursion quand ils arrivèrent à l'hôtel. Marc s'arrêta devant l'ascenseur pour attendre Laurence. Le manque de conviction de celle-ci l'indisposa. De toute évidence, sa fiancée n'était pas pressée de se retrouver en tête-à-tête avec lui. Il lui offrit de s'arrêter au bar. Une consommation pouvait fouetter ses esprits.

Laurence n'avait envie de rien, sauf de s'isoler.

Dans la cabine de l'ascenseur qui montait au quatrième, elle fixait les chiffres lumineux. Cette chose sans importance était plus facile à regarder que l'homme se tenant à ses côtés.

Derrière chaque porte close de l'étage, des éclats de voix témoignaient d'une exubérance qui contrastait avec le mutisme du couple. Marc ouvrit. Laurence entra la première et se dirigea directement vers la fenêtre. Elle y resta un moment, à regarder droit devant elle, à attendre qu'il s'approche ou qu'il dise quelque chose. Plus vite ils auraient réglé leur problème, plus vite elle serait fixée.

Même attendue, sa question vint prématurément. Marc ne voyait aucune urgence à discuter de la date de leur mariage. Ses premières paroles eurent l'effet d'une accusation.

– Tu étais avec Gabriel Dorval? avait-il dit, de loin, comme si la réaction de sa fiancée devait lui révéler davantage que ses paroles.

Elle se retourna vivement et le regarda. D'où tenait-il cette information?

– Tu ne m'as pas répondu, reprit Marc.

– Puisque tu es au courant.

– Laurence, pourquoi faire tant de mystère? Pourquoi mentir?

– Je ne fais pas de mystère et je n'ai pas menti. Gabriel est un ami et un voisin.

– C'est aussi ce qu'il m'a dit quand nous nous sommes rencontrés devant le salon funéraire. Ne joue pas à celle qui n'est pas au courant. Mélanie t'a parlé.

Elle lui lança un regard furieux. Sa façon d'agir était indigne de lui. Tout à coup, Marc sembla occuper la pièce entière, respirer l'air qui lui était indispensable. Elle lui répondit sur le même ton. Son discours était parfois décousu.

– Je t'ai dit que j'étais en compagnie d'un ami de jeunesse quand j'ai eu mon accident. Qu'essaies-tu de me faire dire, Marc Olivier?

– Je ne suis pas jaloux, tu le sais, Laurence. Je ne suis pas né de la dernière pluie non plus. Regarde-toi, ma pauvre chérie. Tu es toute retournée.

– Je pensais compter sur ta sympathie et sur ton aide, mais je vois que tu préfères enquêter sur mon comportement. Mon père est mort, Marc. Et notre mariage…

– La mort de ton père, notre mariage, répéta Marc en allant à la fenêtre à son tour. Je me demande ce que signifie tout ça pour toi, mais pour moi…

Marc n'osait encore dire à haute voix ce qu'il pensait vraiment. Laurence l'avait entraîné dans une aventure. Elle lui avait promis des moments heureux, le romantisme d'un mariage intime dans une église de campagne. Elle l'avait convaincu de son besoin de célébrer sa réconciliation avec sa famille. Ses pressentiments différaient de l'image créée dans son esprit. Méconnaissable, froide et perturbée, sa fiancée lui apparaissait comme une étrangère revenue dans son monde à elle, lequel lui était hostile.

Laurence avait deviné son émoi. Très troublée elle aussi, elle s'approcha de lui et appuya son corps contre le sien, caressa son dos, ses épaules.

– Marc, qu'est qui nous arrive ? J'ai peur. Nous ne nous sommes jamais disputés. Tout était si facile entre nous.

Il ne répondit pas. Le visage fermé, il fixait l'enseigne en lettres géantes qui bougeait devant l'entrée de l'hôtel. Laurence souhaitait qu'il resserre sa bride, qu'il l'emprisonne, mais il ne réagissait d'aucune façon. Il lui laissait l'entière liberté de ses sentiments et tout le poids de ses appréhensions.

– Je t'aime, Laurence, finit-il par dire sans faire les gestes qui auraient dû accompagner une telle déclaration.

Laurence partageait le sentiment de cet homme, mais il y avait l'autre, Gabriel, qu'elle avait retrouvé et qu'elle aimait encore. Resserrant l'étreinte qui étouffait déjà Marc, et tentant de se délivrer de l'affreuse sensation qui l'habitait, elle éclata en sanglots.

Impassible, Marc attendit que les larmes cessent. Il prit ensuite sa main et la porta à ses lèvres.

– Il va falloir que nous fassions connaissance avant de nous marier, ma chérie. Je ne vois pas d'autre solution.

Un rire nerveux s'empara de la jeune femme. Marc avait utilisé une étonnante façon de dire les choses. Il précisa son idée et Laurence se rendit. Combien avait-il raison? Il la connaissait si peu. De son passé, de sa vie avant de venir à Montréal et de tenter l'aventure dans le milieu de la mode, ils avaient si peu parlé. La jeune fille simple et naïve s'était déjà transformée en femme de trente ans, propulsée dans le monde des adultes, à force de détermination et d'acharnement. Elle avait si peu parlé de ses luttes pour oublier qui elle avait été et qui elle avait aimé.

Si la visite de Georges avait soulevé un voile sur son drame, personne n'en avait jamais révélé la profondeur. Ses parents repartis, la source de leur conflit lui avait semblé sans importance. Mais à présent Marc se sentait perdu dans le monde menaçant de Laurence.

— J'ai passé les heures les plus éprouvantes de ma vie à voir les gens me dévisager, à les entendre chuchoter dans mon dos. Devant ce Gabriel Dorval, je me suis senti idiot. Il savait des choses capitales pour notre bonheur et moi j'ai dû me contenter de sauver la face, lui lança-t-il avec toute la hargne qu'il ressentait.

Laurence s'était éloignée de Marc. Assise sur le lit, elle l'écoutait et lui donnait raison de réagir de la sorte, de se sentir berner. Marc l'avait choisie pour sa joie de vivre, son dynamisme et sa fraîcheur. À cause de ce quelque chose de neuf qu'elle possédait, il l'avait cachée, protégée. Pour se retrouver devant quoi? C'était sa question, la seule question importante pour le moment. Cette fois, il attendait l'explication à laquelle Laurence ne pourrait pas se dérober.

Après avoir raconté son arrivée chez elle, avoir dit sa peine devant l'accueil de son père, elle parla du plus difficile : sa rencontre avec Gabriel. Celui-ci était plus qu'un ami. Il avait été son premier amoureux, l'homme qu'elle devait épouser avant que la méprise ne fasse tout chaviré. Un mariage rompu, deux vies errantes dans un monde à rebâtir. Laurence avait tenté de faire un résumé simple de tant de sentiments refoulés.

Quand elle se tut, Marc n'insista pas pour qu'elle en dise davantage. Il comprenait sa situation. Son bouleversement devenait le sien. Son questionnement ne trouverait pas de réponse dans l'immédiat.

— Nous allons remettre le mariage, dit-il. Je n'en veux pas tant que tu n'auras pas vu clair dans ton cœur et dans ton esprit.

Une bouffée d'air entra dans ses poumons. Un élan de reconnaissance l'allégea. Marc était quelqu'un de bien qui ne méritait pas de souffrir inutilement. Elle le remercia de comprendre aussi bien.

— Ne te fais pas d'illusions. J'aurai besoin de toute ma tête pour réagir froidement. Cela ne veut pas dire que je tiendrai le coup, dit-il.

— J'imagine ce que tu ressens. J'ai eu tort de ne pas te parler avant. Qui aurait pu prévoir ce qui est arrivé? Mes chances de rencontrer Gabriel et qu'il se décide à parler étaient à peu près nulles.

Marc en avait assez de discuter. Des signes d'impatience se faisaient sentir. Il disparut dans les toilettes. Quand il revint, il ouvrit la porte du petit bar et lui offrit de nouveau à boire. Laurence refusa de prendre toute boisson, si apaisante fût-elle. Elle avait davantage soif de cette paix que procure le sommeil.

— Si tu permets, je vais me mettre au lit, dit-elle.

— Fais comme tu veux, reprit Marc.

Elle retira ses vêtements et passa sous la douche. Elle en ressortit enveloppée dans une serviette de bain qu'elle laissa tomber sur le plancher, à côté du lit, avant de se glisser sous les couvertures.

Marc éteignit sa cigarette et annonça qu'il sortait prendre l'air.

12

L'HORLOGE de la cuisine avait sonné la demie de quatre heures. Assise dans la berceuse de Georges, Camille attendait le lever du jour. Elle avait dormi deux heures à peine, et ce malgré le somnifère, malgré la fatigue accumulée. Maintenant, elle écoutait la respiration de Mélanie qui dormait là-haut, en appelant le sommeil qui délivre momentanément des images difficiles à supporter, des réminiscences. On avait tant parlé, réveillé tant de souvenirs touchant sa vie avec Georges qu'un peu de silence aurait été le bienvenu. Mais les grands coupables de son insomnie étaient Georges, Jacques et Laurence.

Sa résistance atteignait ses limites. Son corps s'alourdissait, s'enfonçait dans le fauteuil imprégné de l'odeur du tabac. Camille se berçait à petits coups. Ses pieds rejoignaient tout juste le sol.

De la fenêtre grande ouverte sur la nuit, un peu d'air venait rafraîchir l'intérieur de la maison. Un oiseau chanta, d'autres lui répondirent. Cette cacophonie annonçait le lever du jour. Des ombres surgissaient de l'obscurité. Du plus loin qu'il était possible de voir sur la route, les phares d'une voiture apparurent. Était-ce déjà la vie qui reprenait? se demanda Camille en regardant de ce côté. Restait-il si peu de temps avant qu'on circule dans le rang et que des gens s'arrêtent chez elle?

Une journée difficile et chaude s'annonçait.

Le grondement du moteur de la voiture fit place au bruit des pneus écrasant des cailloux dans l'entrée. Camille quitta son siège et vint à la fenêtre. On avait ouvert la portière du véhicule inconnu immobilisé à côté de la galerie.

Une femme en descendit.

Il y avait vingt mètres entre la voiture de location et la maison. Laurence les parcourut sur la pointe des pieds, avec la certitude de trouver la porte ouverte ; à sa connaissance, Camille n'avait jamais mis le verrou, même quand Georges devait s'absenter pour aller en ville, et même quand il la laissait seule pendant de longues semaines à cause de son travail.

Aucune lumière à l'intérieur de la maison. La silhouette de Camille, devant la fenêtre de la salle de séjour, était éclairée par un filet de jour. Laurence n'éprouva aucune surprise en la retrouvant là ; le sommeil ne séparait jamais totalement cette femme de la réalité. Aucun bruit nouveau autour de la maison ne lui échappait vraiment.

Laurence poussa la porte avec précaution.

— Tu ne dormais pas ? dit-elle à voix basse, simplement pour établir un contact.

Camille se déplaça dans la pièce. Le crissement de ses semelles sur le prélart témoignait de la lourdeur de son pas. Laurence eut l'impression qu'elle ne lui répondrait pas.

— Et toi non plus, à ce que je vois, dit enfin Camille.

Un haussement d'épaules tint lieu de réplique. Encore partagée entre sa joie de retrouver quelqu'un à qui parler et son envie de se taire et de monter sur-le-champ, Laurence posa son sac à main sur la petite table ronde recouverte d'un centre de dentelle.

– Je n'arrivais pas à dormir. C'est difficile de faire le vide quand on a trop de choses en tête, dit-elle.

– Je comprends, mais ce n'est pas une raison pour venir ici de si bonne heure. Il s'est passé quelque chose avec Marc ?

– Nous avons eu une discussion qui a failli mal tourner. Marc est parti ensuite. Il est allé quelque part en ville. Je n'ai pas pensé à lui demander ce qu'il avait fait, où il était allé. C'était d'ailleurs sans importance. Quand il est revenu, nous avons parlé encore. Notre décision est prise : nous reportons notre mariage.

Camille se garda de faire transparaître son soulagement. Elle ne posa pas non plus de questions. Cette décision, la meilleure dans les circonstances, était la leur. Cependant, que Laurence revienne seule à la maison, presque en pleine nuit, ne lui inspirait rien de bon.

Laurence ne tenta pas de la rassurer. Elle était venue reprendre ses choses avant de partir, dit-elle.

– Qu'est-ce que ça signifie ? Que signifie ce «avant de partir» ? Tu pars où ?

– Chez moi, à Montréal, ou peut-être ailleurs. Je ne sais pas encore. Je voulais te prévenir tout de suite que je passerai au salon aujourd'hui, mais que je ne resterai pas pour les obsèques.

– Tu n'as pas le droit de faire ça, Laurence. À quoi penses-tu ? Je ne reconnais plus ma fille. Qu'est-ce qui t'arrive ? Grand Dieu !

Élever la voix équivalait à oublier sa règle de conduite. Camille se permettait rarement de faire des éclats. Elle avait oublié que Mélanie se trouvait à l'étage et que le moindre bruit risquait de la réveiller. Une montée de pression provoqua des rougeurs que la pénombre dissimula.

Ébranlée, Laurence avait mis ses mains devant son visage.

– J'avais cru que tu comprendrais. Je suis malheureuse, maman. Je voudrais me retrouver seule, à l'autre bout du monde, et ne plus voir personne. Peux-tu comprendre ça?

– Tu es malheureuse, mais est-ce une raison pour agir comme ça? Nos pensées nous suivent partout où nous allons. La fuite n'a jamais réglé aucun problème. Tu es bien placée pour le savoir. Pas vrai?

Laurence s'assit lourdement sur une chaise de la cuisine. La tête basse, les jambes entrouvertes, les bras ballants entre ses genoux, elle fixait le plancher. Camille parlait ce langage qu'elle ne désirait pas entendre. Une douleur sourde ravageait son cœur et son âme. Elle cherchait la bouée de sauvetage qui la sauverait de la noyade.

Camille se taisait. Le balancier de l'horloge ne rattrapait pas les battements de son cœur. Une question brûlait ses lèvres.

– Qu'est-ce que Marc n'a pas compris?

Cette fois, le ton de sa voix appelait une réponse franche. Qu'est-ce qu'il n'avait pas compris! Marc avait tout compris, même ce qu'elle ne lui avait pas dit, mais il cherchait des prétextes pour repousser la prise de conscience. Il disait que le temps n'était pas aux réjouissances et il avait raison.

– Il dit aussi que j'ai besoin de me reprendre, mais ça nous mène à quoi?

– C'est ce que tu lui as dit qui le met dans cet état? Enfin, je suppose qu'il sait ce que tu ne veux pas me dire à moi ni à personne : ce qui s'est passé après les confidences de Gabriel.

– Je lui ai raconté une partie de la vérité.

– Une partie seulement?

– Maman, crois-tu qu'une femme peut dire à l'homme qu'elle devait épouser qu'elle a fait des folies avec un autre, quelques jours avant son mariage?

Camille approcha sa chaise à côté de la sienne et posa sa main sur sa tête lourde, si lourde qu'elle avait rejoint ses genoux.

– C'était donc ça! Je me doutais que tu avais fait une bêtise!

Désespérée, Laurence alla se jeter sur le lit de sa mère. Comme quand elle était toute petite et qu'un gros chagrin l'accablait, elle étouffa ses larmes dans l'oreiller. Camille la suivit et referma la porte. Elle s'allongea ensuite à ses côtés. Silencieuse, s'interdisant de creuser davantage une plaie encore vive, elle attendit que les larmes cessent pour lui tendre un mouchoir de papier. Laurence s'assit dans le lit et saisit un oreiller pour appuyer ses coudes. Elle regarda sa mère.

– Il y a des femmes qui sont marquées au fer rouge. Le bonheur n'est pas pour ces femmes-là, lui dit-elle.

– Tu as fait une bêtise et maintenant tu dis des bêtises. Laurence! Tu vas cesser de regarder à l'intérieur de toi et lever la tête. La vie n'est pas finie, si Marc te pardonne.

Une longue génération séparait les deux femmes. Les propos de Camille le démontraient parfaitement. Le temps des sacrifices et des faux-fuyants était terminé. Les couples modernes se vantaient d'être dotés d'une grande ouverture d'esprit, même s'ils étaient parfois beaucoup plus limités qu'ils ne le croyaient.

– Si Marc me pardonne! Est-ce que ça veut dire que j'oublierai l'autre pour autant? Ce serait tellement plus facile de répondre à cela si je n'aimais pas Marc. Nous avions fait un si beau projet. Nous devions vivre heureux le reste de nos jours.

Laurence était tout près de blâmer la fatalité. Il avait fallu qu'elle revienne et qu'elle rencontre Gabriel pour constater que le feu brûlait toujours sous les cendres. Un coup de vent et tout était réveillé. Tout était à recommencer.

Des larmes coulaient sur les joues de Camille. Le désarroi de sa fille semblait si grand, plus grand que sa propre peine d'avoir perdu son mari. Si seulement elle pouvait l'aider, souhaita-t-elle à haute voix.

Laurence la rassura. Camille lui était déjà d'un très grand secours, plus que Marc, que le problème touchait personnellement. Son intelligence et sa capacité d'analyse lui permettaient de cerner le problème, surtout depuis sa rencontre avec Gabriel.

– Que comptes-tu faire à présent? demanda Camille.

Les prochaines heures, les prochains jours conservaient tout leur mystère. Aucune certitude n'était acquise, à part le fait que le mariage n'aurait pas lieu ce samedi. Marc lui avait rappelé que c'était elle qui avait voulu ce mariage et qu'il aurait, pour sa part, très bien pu vivre sans. C'était vrai. Laurence disait l'avoir entraîné dans une aventure qui tournerait mal. Elle était démunie et lui, désillusionné.

– Je n'arrive plus à penser. Ça servirait à quoi d'en discuter encore pendant des heures?

Camille la borda et lui conseilla de se laisser aller sur l'oreiller pour que vienne le sommeil. Laurence s'inquiéta pour elle.

– Ne t'en fais pas, dit Camille. Si tu dors une heure ou deux, je me sentirai déjà mieux.

Le jour s'était levé pour de bon sans que Camille s'émerveille devant la splendeur du soleil émergeant de derrière le mont Sainte-Marguerite. Un arôme de café lui étant parvenu, elle devina que Mélanie était debout. Elle sortit de sa chambre. Mélanie vint au-devant de la toute petite femme revêtue d'une robe de chambre à fleurs bleues et mauves. Son teint pâle et ses yeux bouffis lui apparurent comme des marques évidentes d'une nuit sans sommeil.

– Viens ! Je t'ai préparé un café comme tu l'aimes, lui murmura-t-elle à l'oreille en passant son bras autour de son cou.

Un maigre sourire sur son visage, Camille s'assit au bout de la table, à sa place, comme s'il était inconvenant d'en occuper une autre maintenant qu'elles lui appartenaient toutes. Quand Mélanie lui tendit une tasse de café fumant, elle la retint par un pan de la chemise trop grande lui ayant servi de vêtement de nuit et posa sa tête sur son bras. Elle y puisait un peu d'énergie, semblait-il.

– Pourquoi ne dors-tu pas encore ? Il est très tôt, beaucoup plus tôt que tu n'as l'habitude de te lever pour aller travailler, lui dit-elle.

– Tu poses de drôles de questions, rétorqua Mélanie. Tu sais bien pourquoi je suis réveillée.

– Tu nous as entendues parler, Laurence et moi ?

Mélanie ne répondit pas directement. Pourtant leurs éclats de voix avaient effectivement mis fin à son sommeil et, ne pouvant se rendormir, elle était descendue occuper la berceuse de Georges à son tour. Le peu qu'elle avait entendu confirmait que Laurence n'était pas au bout de ses peines.

– Qu'est-ce qu'elle va faire? demanda-t-elle en regardant en direction de la chambre. Elle était sérieuse? Elle va prendre ses choses et repartir?

– Elle était sérieuse, mais j'espère encore la convaincre de changer ses plans.

– Si je t'aidais? On aurait probablement plus de chances de la persuader si on s'y mettait à deux.

Il serait trop bête de la laisser s'enfuir sans avoir pris le temps de faire davantage connaissance, pensait Mélanie, transportée de l'autre côté de la porte close d'où ne parvenait aucun bruit depuis que les reniflements avaient cessé.

– Si j'allais la chercher pour prendre un café, peut-être que…

Sans attendre l'approbation de sa grand-mère, la jeune fille ouvrit doucement la porte. Laurence respirait à peine.

– Elle dort, dit-elle en se retournant brusquement.

Soulagée comme une mère dont le bébé vient de s'endormir enfin, Camille ressentit le poids de sa fatigue. Elle porta sa tasse à ses lèvres, puis la déposa maladroitement à côté de sa soucoupe. Elle avait tellement sommeil tout à coup, dit-elle en se dirigeant vers le divan.

Mélanie remonta à l'étage. Par la porte entrouverte de la chambre de Laurence, elle vit son voile sur l'abat-jour. Cette somptueuse chose, qui, selon elle, n'avait plus sa raison d'être, la laissa indifférente.

– Ce mariage-là n'aura pas lieu samedi ni un autre jour, murmura-t-elle.

13

Georges rendu à son dernier repos, Laurence s'apprêtait à repartir et Camille à faire face à sa nouvelle existence, à une solitude que des présences sporadiques et attentionnées ne combleraient jamais totalement. Ainsi allait la vie pour Camille Auclair comme pour tant d'autres femmes de sa génération, qui, après avoir tout donné, ne semblaient plus rien attendre de la vie.

De la fenêtre de sa cuisine, Camille observait Marc qui marchait dans la cour en attendant Laurence. Elle lui était reconnaissante de ne pas l'obliger à entretenir une conversation décousue, faite de tout sauf de ce qui les intéressait vraiment.

Son attention quitta Marc Olivier quand des éclats de voix lui parvinrent de là-haut.

Laurence avait bouclé ses valises et achevait d'envelopper sa robe et son voile de mariée. Se sentant inutile, Martine la regardait faire. Personne ne se plaignait de la fraîcheur du temps ; on était si loin des choses courantes ; on avait tous rêvé à ce joli mariage qui n'avait pas eu lieu. Maintenant, la raison et les bonnes manières les soutenaient. Par moments, Laurence restait immobile, hors du temps présent, et si lointaine que Martine était bien près de donner raison à sa mère, qui lui avait confié qu'elle craignait pour l'équilibre de sa sœur.

– Il va falloir que tu réagisses, Laurence. J'ai peur pour toi. J'ai peur pour Marc, lui dit-elle.

– Ne t'inquiète pas pour Marc. Il n'a pas notre mentalité. Il cache parfaitement ses émotions. Il sera à la hauteur, je t'assure.

– Comment ça va se passer avec vos amis ? Et au travail ?

Laurence lui retourna la question. Comment pensait-elle que cela allait se passer ? La moue de Martine lui signifia son ignorance et Laurence sourit.

– C'est exactement mon cas. Je n'en sais rien, moi non plus. Nous verrons bien. Si on avait annoncé la nouvelle, notre retour aurait eu un autre effet, mais maintenant ce sera différent. De toute façon, l'opinion des gens me préoccupe moins que de trouver la force de recommencer à vivre normalement.

Peu de gens avaient été mis au courant du projet de mariage de Laurence Auclair et de Marc Olivier. Se marier en privé, loin de la publicité, tenait presque de l'impossible pour un couple de renom. Après avoir réussi ce tour de force, on avait compté sur l'effet de surprise pour provoquer une réaction dans le monde de la mode. À présent, Laurence bénissait le ciel pour cette merveilleuse initiative de Marc.

– La mort de papa peut expliquer ce qui vous arrive. Vos proches comprendront sans que tu aies à donner d'autres explications, dit Martine.

Sauver la face et attirer sur elle la sympathie ; exactement la chose à éviter. Irritée, Laurence lança son sac à main contre le mur. Elle avait perdu toute contenance. Ce qu'elle vivait semblait soudain au-dessus de ses forces.

– Je ne peux pas retourner là-bas. Je suis sens dessus dessous. J'ai mal, Martine ! Qu'est-ce que je fais ? Est-ce que c'est ça, le début de la folie ?

– Folie ou amour ? Je pense que cela peut se ressembler. Lau, tu me donnes l'impression d'une personne qui s'oblige à remonter à bicyclette après une chute.

– C'est exactement ça, Martine. Si je ne retourne pas avec Marc aujourd'hui, je risque de le perdre, et ça, je ne le veux pas. J'aime Marc !

– Tu l'aimes ?

– J'aime aussi Gabriel. C'est ça que tu veux entendre ?

La détresse de sa sœur la touchait, mais les événements s'étaient déroulés de façon à ce qu'elles ne se soient jamais retrouvées seules pour partager leur peine. Martine avait dû deviner la source de son trouble. Depuis l'incident de la montagne, Laurence n'était plus que l'ombre d'elle-même. À peine eut-elle conscience qu'on avait enterré leur père.

– Dans quelle situation tu te trouves, ma pauvre petite sœur ! Est-ce que tu as pensé à parler à papa ? Ce que les vivants ne savent pas régler, quelquefois les morts…

– J'ai parlé à papa. Il est aussi sourd qu'il l'a été avant sa mort. Ce n'est pas à lui que je voudrais parler.

– Tu voudrais parler à Gabriel ? Je ne comprends pas. D'après ce que Mélanie m'a raconté, tu l'as presque mis à la porte quand il est venu te rendre visite ici.

Les circonstances étaient différentes. Laurence croyait que, si elle revoyait Gabriel, elle serait peut-être libérée, mais Gabriel était reparti immédiatement après être venu au salon funéraire. Mélanie le lui avait confirmé.

– Tu étais donc au courant qu'ils s'étaient rencontrés ?

Laurence dodelinait de la tête. Elle n'était pas certaine d'être au courant de tout. Mélanie lui avait semblé quelque peu mystérieuse. Que cela lui importait-il quand la seule voix qui s'offrait à elle était d'essayer de repartir à neuf, d'oublier sa folie et de convaincre Marc de sa sincérité ?

Un rapprochement se produisait. Martine éprouva une irrésistible envie de retenir sa jeune sœur, surtout qu'elle ne comptait pas retourner au travail avant trois semaines. S'étant approchée de la fenêtre, elle vit Marc qui l'attendait en bas. Visiblement, l'homme estimait que Laurence mettait trop de temps à revenir.

— Et si tu restais ? dit-elle presque à voix basse comme si son vœu comportait une part d'indécence.

— Martine, pourquoi me rendre la chose encore plus difficile ? J'ai déjà refusé l'offre de Mélanie qui voulait que je parte en excursion avec elle. Voilà que tu remets ça à ton tour.

— Justement. Plus j'y pense, plus je trouve l'idée de Mélanie excellente.

Un vent nouveau rafraîchissait la pièce. La proposition de Mélanie s'avérait, et de loin, ce que Laurence avait entendu de plus sensé depuis des jours. Cette jeune fille avait-elle compris son besoin de dépaysement, sa crainte de se retrouver entre les quatre murs d'un appartement du Vieux-Montréal ? Descendre, parler à Marc, lui expliquer que leurs chances seraient meilleures si un temps de réflexion lui était accordé était la chose à faire sans plus attendre.

— S'il m'aime, il acceptera, dit-elle en quittant brusquement la pièce.

Laurence n'avait plus l'impression d'être perdue. Elle savait maintenant dans quelle direction regarder. Ce lieu où elle serait hors d'atteinte avait un nom. C'était dans la proposition de Mélanie qu'elle trouverait cette halte entre deux manches, ce moment de répit.

Martine descendit derrière sa sœur et, comme Camille, alla à la fenêtre. Toutes deux virent que Laurence entraînait Marc vers la route qui longeait leur terre.

– Elle est en train de le convaincre qu'elle doit rester encore quelque temps ici, dit Martine.

Un sourire illumina le visage de Camille. Enfin une bonne nouvelle, pensa-t-elle en reprenant sa place au bout de la table parmi les cartes de sympathie et celles qui avaient été adressées à Laurence pour son mariage.

14

Depuis qu'elle s'en était remise à Mélanie, un semblant de paix régnait dans l'esprit de Laurence. L'escapade projetée lui rappellerait une époque où c'était coutume courante de vivre en pleine nature, parfois d'y survivre par défi. S'imaginer marchant en forêt, dormant sous la tente ou en train de faire une descente en canot comme proposé par Mélanie lui était donc très facile. Aussi s'accrochait-elle à ces images qui chassaient ses remords d'avoir laissé partir Marc et choisi de fuir la réalité.

De sa chambre, elle entendait une mélodie familière à la radio. Sans trop s'en rendre compte, elle reprit au chanteur les paroles de sa chanson, des paroles qui correspondaient étrangement à ses états d'âme. Pourquoi fallait-il que les chansons parlent toujours de dépendance amoureuse? se dit-elle en enfonçant un chandail emprunté à Mélanie au fond d'un sac à dos, lui aussi emprunté à Mélanie.

— Je vois que les préparatifs vont bon train.

Sa surprise se lisait sur son visage. Laurence s'était retournée vers la jeune fille en salopette et en gilet rayé qui remontait sa chevelure.

— Tu étais là? lui dit-elle en laissant tout tomber pour l'accueillir.

Mélanie prit un air détaché et avoua la regarder afin de se faire une idée sur sa compagne d'aventures. Laurence fit semblant de s'inquiéter de son jugement.

– Et alors ? Est-ce que je passe le test ? lui demanda-t-elle.

– Je ne sais pas encore. C'est à l'emploi que je me ferai une vraie idée. Tu oublies que je t'ai dit que je ne portais pas de jugements avant d'avoir constaté les choses par moi-même.

– Coucher sous la tente par un soir de pleine lune n'a jamais effrayé personne ni préparé un athlète à l'ascension du mont Everest, reprit Laurence, un peu sarcastique.

S'étant remise à la tâche, elle continuait d'éprouver la sensation d'être la cible du regard insistant de Mélanie, ce qui finit par l'indisposer suffisamment pour qu'elle cesse toute activité.

– À quoi tu penses en m'observant comme ça ? lui demanda-t-elle. Tu finiras par m'intimider si tu continues.

Mélanie ne répondit pas tout de suite. Elle attendit que Laurence soit tout attentive et plus proche d'elle.

– Je pense à l'avenir, dit-elle alors.

Qu'une jeune fille pense à son avenir n'avait rien pour surprendre, mais qu'elle en fasse l'aveu avec un tel éclat dans le regard éveillait l'envie d'en connaître davantage.

– Tu imagines quelque chose en particulier ?

– Je pense que j'aimerais partir d'ici pour de bon. Partir avec toi.

L'aveu prêtait à interprétation. Mélanie désirait-elle quitter sa région, ses parents, pour habiter à Montréal ou pour vivre auprès d'elle, dans son appartement ?

– Tu veux m'expliquer ? dit Laurence.

– Je pensais aller à Montréal ou ailleurs dans le monde. L'endroit n'avait aucune importance avant que tu viennes. Je voulais juste trouver un coin où je pourrais me sentir libre. Libre de faire des folies ou d'être missionnaire, si j'en ai envie.

– Quels drôles de propos ! Tu ne vas pas parler comme ça durant les prochains jours, j'espère !

– Peut-être bien, lança Mélanie, soudain plus enjouée et détendue. Ça dépend de toi, de moi et des événements.

Laurence sourit. Son flair lui disait que des moments surprenants l'attendaient en compagnie de cette jeune fille qui s'était emparée de son sac et qui le refermait en posant son genou dessus pour l'attacher fermement. Saisissant les courroies, Mélanie regarda sa tante. Toutes deux comprirent qu'elles avaient le temps de revenir sur le sujet amorcé. Laurence suivit sa nièce qui courait dans l'escalier.

N'ayant jamais été très loin depuis le début des préparatifs, Martine et Camille offrirent leur aide pour porter des choses dans la voiture. Le refus catégorique de Mélanie peina Martine. Une fois de plus, elle se sentait mise à l'écart. Sa relation avec sa sœur faisait du sur-place, alors que Mélanie avait toutes les chances de vivre une belle intimité avec elle.

Ce sentiment ne fit pas long feu, car à sa place naquit l'espoir que cette excursion permettrait à Laurence de réussir là où elle-même avait échoué. Peut-être qu'à son retour Mélanie aurait perdu une part de cette agressivité qui lui rendait la vie tellement exécrable depuis des mois.

Paul arriva au dernier moment. On accepta ses conseils pour monter la tente et les lits de camp, et son aide pour transporter tout ça dans la voiture.

15

Oɴ ᴀᴠᴀɪᴛ ꜱᴀᴄʀɪꜰɪᴇ́ l'aventure sauvage au profit du pittoresque paysage de la rivière Chamouchouane. Un espace de camping retiré sous des arbres matures, l'absence d'électricité et de services suffiraient à créer l'impression d'isolation promise par Mélanie.

La nature était splendide et le soleil à mi-chemin de sa course quand elles descendirent de la voiture. Le bruit des chutes dominait tout autre bruit environnant. Il était si envahissant que l'envie d'aller aux abords de la rivière primait sur tout. On remit l'installation du camp et Laurence suivit sa nièce.

Le spectacle était à couper le souffle. L'eau pressée de dévaler la pente se heurtait aux rochers, se gonflait, se transformait en mousse jaunâtre avant de fondre de nouveau. Elle longeait la rive, se frayait un chemin entre les pics et les énormes cailloux. Le soleil se mirait dans les eaux tumultueuses. Ses rayons éclatés aveuglaient en se déplaçant d'agréable façon.

Hypnotisées, les deux femmes ne se souvenaient pas d'avoir vu autant de beautés en un seul endroit. Elles étaient attirées, soulevées.

– Quel beau coin de pays! murmura Laurence. Pourquoi la nature a-t-elle de si merveilleux caprices?

S'étant approchée du premier rapide, Mélanie fut éclaboussée par l'eau agitée. Elle se mit à rire en ignorant les pancartes l'invitant à la prudence. Se croyant transportée dans un nouveau monde, elle avançait sur les pierres. Laurence observait la rivière en furie.

– Viens me rejoindre, lui cria Mélanie. C'est encore plus merveilleux d'ici, ajouta-t-elle.

Laurence obéit et sauta de pierre en pierre pour attraper sa main tendue. En équilibre au milieu des flots, elles riaient et leurs voix, plus fortes que le vacarme, leur semblaient provenir du fond de leurs entrailles. La même joyeuse agitation les habita pendant quelques minutes, jusqu'à ce que Laurence en ait assez. Elle prétexta qu'il fallait installer le campement.

Mélanie se rendit à son désir et elles reprirent le chemin du retour vers la terre ferme.

* * *

La nuit était tombée sur la région. Avec un feu de camp comme centre d'attraction, la nièce et la tante se tenaient à distance, chacune dans ses pensées qui rejoignaient celles de l'autre de quelque manière. Le silence observé leur semblait légitime après un moment de babillage soutenu. On avait parlé de mille choses, repassé les derniers événements. La mort de Georges et ses conséquences en avaient fait partie. Mais, comme s'il y avait eu entente, on avait omis de discuter du cas de Laurence, de son accident. Les noms de Gabriel et de Marc n'avaient pas été prononcés.

Laurence avait gardé une branche auprès d'elle. Tracer des cercles ou des lignes, frapper sur le sol ou repousser une bûche, rester immobile à fixer la flamme timide, autant de gestes révélateurs de ses pensées, autant d'échappatoires à la vie ordinaire.

Maintenant, laquelle parlerait la première de la lune levée depuis peu, ronde et lumineuse au-dessus de leurs têtes ? Laquelle se rendrait compte la première que, loin du feu, il faisait aussi clair que tout près ?

La fraîcheur du temps les retenait toujours autour des bûches chaudes lorsqu'un froufroutement venant de derrière les fit se retourner.

— Il y a quelqu'un ? risqua Laurence à tout hasard.

Personne ne répondit. Une pierre avait roulé à ses pieds en emportant des feuilles mortes. Elle semblait provenir de la route surmontant le terrain. Deux ombres enlacées s'éloignaient dans la nuit, leurs silhouettes se dessinant sur un fond de lune. Laurence les regarda, puis baissa la tête.

— Ce n'est rien, dit-elle. Seulement un couple d'amoureux qui profite de la nuit.

Mélanie se rapprocha. Elle avait saisi sa tristesse et aperçu les larmes qui coulaient sur ses joues. Allumées par la flamme, elles ressemblaient à deux minuscules perles. On n'allait pas y échapper, cette fois.

— Il ne faut plus penser à cela. Tu te fais du mal pour rien, lui dit-elle.

— Ce n'est pas si simple. Un jour, tu comprendras. Aujourd'hui, tu parles de ce que tu ignores. Tu as si peu d'expérience de la vie.

— Qu'en sais-tu ?

— Tu es si jeune. À ton âge, on ne peut pas être vraiment malheureux.

Mélanie se leva et tourna le dos à la flamme. Surtout à sa tante. Sa déception était évidente. Se serait-elle trompée en imaginant cette femme différente des autres ; différente de ses parents qui lui avaient servi de semblables propos ? Saisissant un bout de branche morte, elle le lança dans la flamme. Tout était bien ainsi. L'attitude de Laurence lui évitait de s'engager dans des confidences qui mèneraient infailliblement au regret d'avoir étalé au grand jour ce qui ne mérite pas souvenance.

— Tu as raison, et je plains l'homme qui essayera de prendre mon cœur. Il devra bien se tenir, dit-elle farouchement.

Laurence croyait entendre ses propres paroles. Après sa rupture avec Gabriel, elle avait tenu un semblable discours ; aucun homme ne devait avoir sa place dans son cœur. Un échec suffisait. Aujourd'hui, la vie lui faisait un double pied de nez. Deux hommes se retrouvaient dans sa vie. La situation lui parut d'une aberration telle qu'elle éclata de rire. Perdus dans la nuit, des rires proches des larmes se fondirent dans le tapage des chutes. Tant d'amertume les habitait.

Laurence se ressaisit progressivement. Désarmée, Mélanie commençait à douter des bienfaits de leur escapade. L'évidence était là : ce séjour ne serait pas dépourvu de tracas. Il n'arrangeait rien du tout. Le dépaysement n'avait qu'un effet passager sur une réalité envahissante.

— Les hommes ne valent pas qu'on pleure pour eux, dit la jeune fille. Ni Marc ni Gabriel. Pas un homme ne mérite que tu fasses une ride à ton joli visage.

— Quelle petite mère tu fais ! lui répondit Laurence entre deux hoquets.

— Ne prononce pas ce mot, je t'en prie. Je ne suis pas une mère. Je n'en serai jamais une non plus !

Tant de mordant dans ses paroles étonnait. Quel drame cachait l'expression de Mélanie ? À quoi attribuer son durcissement qui la transformait jusqu'à la rendre méconnaissable ? Laurence pensa à Martine. La mère de Mélanie était-elle concernée ? Qu'elle n'ait saisi aucune mésentente apparente ne signifiait pas que tout allait bien entre elles. Cette simple phrase prononcée sans arrière-pensée les ébranlait toutes les deux à présent.

– Tu vois, j'ai cessé de pleurer sur moi et sur les hommes. Tu devrais être heureuse d'avoir réussi ce tour de force, dit-elle, à court d'arguments.

Mélanie avait fait volte-face. Elle avait développé l'habitude des changements d'attitude sur commande. De la même manière que d'autres feraient des pirouettes, elle affichait rapidement des humeurs différentes.

Laurence fit silence. Mélanie aussi semblait n'avoir plus rien à dire. Un vent humide s'était levé. Le malaise persistait malgré la proximité du feu. L'envie de demeurer devant la flamme agonisante déclina. Laurence proposa alors d'aller dormir et Mélanie se leva aussitôt pour se diriger vers la tente. Ce fut à cet instant qu'elles prirent conscience de la clarté de la nuit et de l'inutilité d'allumer pour éclairer l'intérieur de leur maison de toile grise. Leurs ombres se dessinaient sur les murs, ne conservant aux objets qu'une partie de leur mystère.

Après avoir jeté de l'eau sur le feu, Laurence entra à son tour.

– Tu as sommeil ? demanda Mélanie.

– Pas vraiment.

– Moi non plus, mais il fera chaud dans nos sacs de couchage.

– Tu veux qu'on parle encore ? demanda Laurence en se glissant, elle aussi, sous la couverture à fermoir.

Un toussotement lui tint lieu de réponse. Mélanie était encore émue. Il était préférable de laisser passer, pensa Laurence qui en avait largement assez de ses propres pensées. Mélanie reprit la parole et plongea directement dans le vif d'un sujet troublant pour celle qui ne s'attendait pas à une telle question.

– Comment c'était, avec Gabriel? demanda-t-elle à brûle-pourpoint.

Que voulait-elle dire au juste? Comment c'était quand? Interdite, Laurence voulut qu'elle précise sa pensée.

– Je veux que tu me dises comment c'était quand vous étiez amoureux. Dans les premiers temps.

Laurence avait fermé les yeux. Une machine à remonter le temps n'aurait pas fourni des images plus claires, plus précises, répondant plus exactement au besoin de savoir de Mélanie. Devant l'impuissance des mots, elle s'agita. Ses souvenirs étaient tellement plus vivants que de simples paroles. Ils avaient encore l'odeur du foin coupé, des sous-bois, des derniers dimanches de procession, de la neige, des sapins de Noël, des tourtières. Ils avaient aussi le goût des étés bleus comme le temps des baies sauvages.

Laurence retint l'image et mordit sa lèvre pour contrer l'émotion naissante. Elle n'en pouvait plus de retenir les mots.

– C'était bon comme le temps des bleuets, dit-elle.

La semaine précédente, en plus des bleuets, il y avait eu un orage et une cabane au toit percé. Les mots jaillissant de ses lèvres comme un torrent, Laurence se mit à raconter ce qu'elle n'avait jamais dit à personne. Elle parlait et les mots la ramenaient à l'instant ayant suivi les révélations de Gabriel au sujet de la mort de Jacques.

Depuis le moment où Gabriel avait remis le véhicule en marche, le temps avait à peine existé. Laurence disait ne plus avoir eu conscience du temps par la suite, ni de leur course folle dans le rang menant à la paroisse voisine, ni de leur brusque changement de direction pour s'engager sur une route creusée à même la forêt ; une route au-dessus de laquelle les branches s'entrecroisaient.

Seulement une impression demeurait. Son cri à l'injustice et le blâme dont elle s'était chargée avaient fait d'elle une somnambule marchant les yeux ouverts en plein jour. Revenue à la réalité, elle avait reconnu le paysage. Gabriel avait immobilisé le quatre-quatre au haut de la pente abrupte. Jadis, il était hasardeux d'emprunter cette descente creusée à même le flanc de la montagne pour l'utilité des bûcherons. Ce chemin faisait partie de ses frayeurs d'enfants. Il lui rappelait le temps où, avec sa famille, elle allait faire la cueillette des bleuets, tout au bas de la montagne. «On ne va pas descendre là-dedans !» avait-elle dit.

La merveilleuse assurance de Gabriel avait fait taire sa crainte. La pente était en bon état. Des gens l'empruntaient régulièrement. «Des traces de pneus le prouvaient», avait-il dit.

À cet instant, il y avait une heure que Laurence avait quitté Martine. Elle aurait pourtant cru que des années s'étaient écoulées.

Au pied de la pente, Gabriel l'avait invitée à descendre pour marcher avec elle sur la route sablonneuse. Imprégnés de l'odeur de la mousse et des conifères, ils s'étaient promenés. Le chant des cigales, le souffle du vent dans ses cheveux et la sensation de vivre dans un monde irréel opérant peu à peu, elle s'était laissé prendre au jeu du destin.

Laurence était ébranlée, sa voix éraillée en témoignait. Elle fit une pause et prit un mouchoir de papier dans son sac à la tête du lit de camp.

Faute de partager les sentiments de sa tante, Mélanie s'interdisait de ternir le souvenir d'un moment lui appartenant. Elle repoussa son sac de couchage. Silencieuse, les mains à plat sur son ventre, elle l'écouta en gardant pour elle ses commentaires. Ceux-ci et les questions viendraient plus tard, après qu'elle aurait tout entendu.

Laurence s'agita de nouveau.

– Gabriel a ramassé une poignée de bleuets, dit-elle. J'ai cru qu'il m'offrait quelque chose de précieux. Sa manière de prendre ma main pour que je n'en perde pas un… Ses mains étaient si chaudes. Il me regardait et il m'ensorcelait. Si je croyais au coup de foudre, je dirais que c'est ce qui s'est produit. Tu crois que c'est possible d'avoir le coup de foudre pour son premier amour ?

Mélanie répondit spontanément à une question n'attendant aucune réponse.

– Et si c'était arrivé ? dit-elle.

Si telle était la situation, s'il s'agissait d'un coup de foudre, d'un coup du destin, indépendant de sa volonté ? Cette nouvelle interprétation des choses facilitait le reste du récit. Dégagée d'une part de responsabilité, Laurence cessa de s'accuser de lâcheté devant le désir persistant qui l'avait constamment ramenée tout près de Gabriel quand elle aurait dû se tenir à distance comme une simple camarade.

– J'avais tellement besoin d'être près de lui, de le toucher. J'attendais qu'il se décide à passer sa main autour de ma taille comme dans le temps, mais il parlait, parlait. Des années de sa vie qu'il m'a racontées. J'ai dû en perdre des bouts parce que j'en étais encore à me débattre avec le sentiment d'avoir gâché notre vie à tous les deux. Je regardais le sol devant moi pour ne pas voir ses lèvres bouger.

Il fallait bien en venir au moment où, s'étant arrêté et l'ayant regardée droit dans les yeux, Gabriel lui jura qu'aucune autre femme ne l'avait remplacée dans son cœur et qu'aucune n'y arriverait jamais. Il l'aimait, elle et seulement elle. Envahie par un épouvantable sentiment, elle s'était mise à courir, d'abord sur la route, puis à travers bois, ignorant où ses pas la conduiraient. Gabriel n'avait pu la rattraper à cause de son handicap, séquelle de son accident avec Jacques.

– Je me suis arrêtée. J'ai regardé autour de moi et c'est seulement là que j'ai réalisé qu'il pleuvait. Le temps s'était couvert sans que je m'en aperçoive et j'entendais le tonnerre. Te rends-tu compte ? Il y a eu un grand coup de vent, et ensuite la pluie… Tout est arrivé si vite !

L'orage n'avait épargné personne. Aveuglée par la pluie qui déferlait sur son visage, Laurence était revenue sur ses pas, vers Gabriel. Les premiers grêlons roulaient sur le sol. Le vent s'était intensifié. Elle avait couru se jeter dans ses bras.

Gabriel connaissait l'existence d'un camp abandonné. Il l'emmena dans cette construction au toit perforé. L'eau fuyait de partout, mais ils étaient hors d'atteinte.

– J'étais tellement bien dans ses bras. J'aurais dû mourir là. Tu connais la chanson qui dit qu'on devrait mourir quand on est heureux ?

Laurence se tut. Mélanie en profita pour repousser complètement son sac de couchage et se lever. Elle en avait assez entendu.

– Pourquoi tu me racontes tout ça ? Tu le fais exprès pour te faire du mal ou quoi ? dit-elle sèchement.

– C'est toi qui l'as voulu, non ? C'est toi qui m'as posé une question.

– Je n'ai pas voulu que tu ailles si loin. Je voulais seulement savoir si toi et Gabriel étiez vraiment amoureux dans le temps.

Impossible de nier. Mélanie ne lui en demandait pas plus. C'était son propre besoin de parler qui l'avait amenée dans des avenues imprévisibles. Depuis des jours que ces images la hantaient, qu'elles prenaient toute la place dans sa tête sans indication d'une libération prochaine. Au risque de perdre l'estime de sa nièce, de blesser sa sensibilité, Laurence s'apprêtait à se confier sans réserve.

– Si tu savais comme je suis à l'envers, tu comprendrais, dit-elle.

Mélanie était intransigeante. C'était assez pour l'instant. Il y aurait d'autres occasions de parler. Demain et les autres jours, disait-elle en bougeant trop au goût de Laurence.

– Parler au grand jour, ce n'est pas pareil. Demain, il n'y aura plus cette ambiance, reprit Laurence.

– Le résultat doit être le même. Sinon, c'est parce que ça ne devait pas être.

Mélanie se montrait étrangement radicale. Elle refermait la porte. Laurence n'avait plus le droit de parole. Cependant, quelque chose lui échappait. Mélanie agissait différemment des filles de son âge, habituellement friandes d'histoires d'amour. Pourquoi refusait-elle ses confidences? Pourquoi insistait-elle pour qu'elle se taise tout de suite?

Le silence revint sous la tente. Ni l'une ni l'autre ne dormait vraiment. Des pensées envahissantes les tenaient éveillées. Il y eut quelques soupirs retenus et des gestes brusques dans l'espace étroit de leur lit de camp. Longtemps après, leurs respirations régulières furent couvertes par le bruit des chutes.

Alors que la lune allait franchir le troisième quart de son parcours, les deux femmes s'étaient endormies.

Autour de la table qui se profilait sur le côté de la maison de toile, un petit rongeur, attiré par les restes du repas, rôdait.

16

L<small>A NUIT</small> n'avait pas encore totalement laissé sa place au jour. Le chant des oiseaux était couvert par le bruit des rapides. Même éveillée, Mélanie gardait les yeux fermés. Les confidences de sa tante produisaient encore sur elle un effet indésirable. Elle détestait entendre parler d'amour ; particulièrement que les gestes de l'amour lui soient rapportés. Si elle ne l'avait pas interrompue, Laurence n'aurait pas tardé à introduire ce genre d'images dans son esprit. Pour l'éviter, elle avait mis fin à ses confidences.

Tout était silencieux autour d'elle, trop peut-être. C'était à croire que Laurence avait cessé de respirer. Ayant levé brusquement la tête, Mélanie constata qu'elle était seule sous la tente. Laurence avait quitté le lit à côté du sien et emporté son sac de couchage, semblait-il. L'étonnement faisant place à une sourde inquiétude, Mélanie se retrouva sur ses pieds et prête à sortir à son tour.

La visibilité était nulle ou à peu près. Un épais brouillard voilait tout ce qui se trouvait à plus de quarante mètres. L'humidité accentuait l'effet de froideur de ce matin d'août.

Que Laurence ne fût pas visible n'avait rien d'inquiétant en soi, mais une singulière impression naissait. La glacière contenant leurs victuailles se trouvait toujours sur la table, avec autour, des traces du passage des rongeurs.

Mélanie appela Laurence et attendit. La réponse ne vint pas. Les secondes s'éternisaient. La brume opaque semblait se refermer autour d'elle et l'air se raréfier dans ses poumons déjà compressés. Ses autres appels ne donnèrent aucun résultat, pas plus que sa tournée des blocs sanitaires et sa course dans le sentier. Mélanie tentait d'oublier le tapage des rapides et leur appel pressant. Elle faisait taire le pressentiment qui désignait la rivière comme l'aboutissement incontestable de sa recherche.

Le brouillard s'était aussi emparé de ce lieu. Sans leur vacarme, personne n'aurait deviné la présence des chutes à proximité. Mélanie avançait et le nom de Laurence demeurait dans sa gorge serrée par la frayeur et l'inquiétude. Des larmes coulaient sur ses joues. Une prière monta en elle.

Une rage sourde succéda aux invocations. Laurence n'avait pas le droit de lui faire ça! Pas à elle, maugréa-t-elle en s'assoyant sur une pierre au bord de la rivière.

Elle se berçait nerveusement pour chasser la panique, mais l'angoisse persistait. La jeune fille conjurait toujours le sort lorsqu'une brise légère se leva. Le voile de brume commença à se dissiper. C'était la réponse à sa prière. Elle crut entendre son nom.

— Laurence? Où es-tu? demanda-t-elle.

— Ici! entendit-elle à travers le tumulte.

L'ombre émergée du brouillard se précisait. Elle devenait la silhouette de Laurence se tenant debout sur une pierre au milieu des rapides. Loin de la rassurer, cette vision aviva sa rage. Le comportement de cette femme tenait de l'inconscience.

— Tu es folle ou quoi? cria-t-elle. Qu'est-ce que tu fais là?

Exaspérée par la témérité de sa tante, Mélanie n'avait pas l'intention de se prêter à son jeu et de lui porter secours. Elle lui exprima son désaccord et s'apprêta à quitter les lieux. Si Laurence n'était pas tout à fait toquée, elle la suivrait.

Elle avait fait dix pas lorsqu'un appel au secours stoppa sa fuite. Laurence avait peur. Incapable de retourner à la terre ferme, au bord de la panique, elle l'appelait à son aide.

– Pourquoi tu t'es mise dans un pareil pétrin ? lui cria-t-elle à son tour.

Frappant sa cuisse à grands coups, Mélanie accusait sa tante de manipulation. Elle doutait encore de son incapacité à se tirer elle-même de cette situation. «Débrouille-toi seule», avait-elle envie de lui dire. Ses paroles restèrent sur ses lèvres. Le tourbillon emportait une forme foncée en bas des rapides. Le sac de couchage dans lequel, quelques secondes auparavant, Laurence était enveloppée était emporté comme une feuille au vent.

Son propre cri l'étonna.

– Non ! Ne bouge pas. J'arrive !

Sur les pierres qui se présentaient une à une, Mélanie courait en criant sa colère.

– Est-ce que tu sais que tu aurais pu y laisser ta peau ? dit-elle, à bout de souffle.

Tremblante, les yeux embrouillés, Laurence prononçait des paroles incohérentes. Elle avouait que tel avait été son vœu avant qu'un moment de lucidité la ramène à la raison.

– Qu'est-ce que tu me dis là ? Tu as risqué le pire pour des hommes ?

Mélanie fit taire son exaspération et reprit son équilibre sur la pierre leur servant d'îlot. Laurence s'accrochait à elle. De tout son être émanait une chaleur intense.

– Il faut partir d'ici tout de suite, dit-elle sans toute-fois être pressée de refaire le trajet sur ces pierres visqueuses, trop éloignées les unes des autres.

Elle avait eu de la veine d'être arrivée jusque-là sans plus de mal. À présent, elle souhaitait que la chance demeure à leurs côtés. Mélanie sauta sur la pierre la plus proche. Laurence la rejoignit et assura son équilibre avant de répéter le manège. Quelques mètres les séparaient toujours de la terre ferme. Laurence était fiévreuse. Sa résistance déclinait. Soudain, elle perdit pied et tenta de se cramponner à Mélanie. Déstabilisée, la jeune fille perdit pied à son tour.

– Non! cria Laurence. Mélanie! Non!

Le courant l'emportait dans ses eaux froides et gonflées. En quelques secondes, elle avait disparu.

Mue par une force nouvelle, Laurence arriva à la terre ferme. Ses cris avaient attiré l'attention. On accourait déjà vers elle. Un jeune homme dans la force de l'âge et une femme qui se rendait aux douches avaient entendu sa détresse.

– C'est ma nièce. Elle est… Elle est…

Pressentant le pire, le jeune homme courut au bas de la pente. S'arrêtant tous les vingt mètres, il jetait un coup d'œil sur la rive et sur les rochers. Aucune trace de Mélanie. Là-haut, la femme était demeurée auprès de Laurence et l'inter-rogeait. Tout s'était passé si vite et si près du but, expliqua Laurence à l'étrangère, qui s'étonnait du fait qu'elle se soit retrouvée là dans son état.

– Vous faites de la fièvre, répétait-elle.

– Je sais que je fais de la fièvre. Oublions ça! Il faut sauver ma nièce. Vous ne comprenez pas qu'elle est en train de se noyer? lui cria Laurence.

— Où est votre tente ?

— Quelque part par là, dit Laurence en désignant la tente grise restée ouverte après le départ précipité de Mélanie.

— Allons-y, suggéra la femme.

— Non. Je vous ai dit qu'il fallait aider ma nièce. Je veux voir Mélanie !

Elle avait fini par se libérer de la femme et dévalait la pente en courant. Les cailloux roulaient sous ses pas, la devançaient, parfois jusqu'aux gens qui s'étaient rassemblés au milieu du sentier. Un homme près de la trentaine se détacha du groupe et s'avança vers elle.

— Venez, dit-il. Elle est là.

— Où ?

Il tendit le bras vers le bord de la rivière, vers cette pierre sur laquelle Mélanie était couchée. L'inertie du corps reposant sur une roche plate figea son sang dans ses veines.

— Ce n'est pas vrai ! Non ! Mélanie !

— Elle va bien, dit le jeune homme. Ne pleurez pas. Elle est très forte pour s'être sortie de là par ses propres moyens !

Laurence l'entendit finalement. Mélanie était donc vivante. Laurence s'élança vers elle.

— Viens, dit la jeune fille, qui l'avait vue venir.

— Mélanie ! C'est terrible ! Qu'est-ce que j'ai fait ?

Il était capital que cesse ce flot de paroles incohérentes qui sortaient de la bouche de Laurence et tout aussi inutile que les curieux entendent ce qu'elle avait à dire. Mélanie se remit seule sur ses jambes.

— Il n'y a plus rien à voir ici, dit-elle en amorçant la montée vers le sentier.

Stupéfait, le jeune homme qui l'avait secourue la regarda un moment. Il avait espéré une parole ou un geste de sa part, mais Mélanie était ailleurs. Elle se réveillait progressivement d'un étrange cauchemar dans lequel elle et Laurence se retrouvaient seules.

Arrivée à leur campement, elle entra dans l'abri de toile et, sans enlever ses vêtements trempés, s'enroula dans son sac de couchage. Silencieuse, elle donnait l'impression d'être dans un monde où les mots resteraient impuissants à rendre justice à ses sentiments. Il revenait à Laurence, qui l'avait suivie, de rompre le silence.

– Tu as toutes les raisons de m'en vouloir, lui dit-elle en se laissant choir sur son lit. Je ne sais pas ce qui m'a pris. Reste à savoir si tu pardonneras. S'il t'était arrivé quelque chose, je ne me le serais jamais pardonné.

Le visage de Mélanie était de marbre, mais un tremblement agitait ses membres. Elle n'avait toujours pas réagi aux paroles de Laurence. Cependant, des larmes coulaient le long de ses joues et glissaient dans ses oreilles. Son silence devenait insupportable. Laurence crut qu'elle désirait être seule. Ou peut-être était-il préférable qu'elles rentrent à la maison sur-le-champ, comme elle finit par le lui proposer.

Mélanie cessa de fixer le toit de la tente et la regarda. Toute envie de la réprimander ou de l'accuser avait disparu. Ajouter au désarroi de cette femme, attendre d'autres excuses ne changerait rien à la situation.

– Tu as ce qu'il faut pour soigner ta fièvre dans tes bagages ? lui demanda-t-elle, animée du désir de passer rapidement à autre chose.

Laurence ne l'entendait pas ainsi. Elle n'avait rien à faire de ses attentions.

– Pourquoi te préoccupes-tu de moi quand ma bêtise a failli te coûter la vie ? demanda-t-elle.

– Parce que tu n'es pas dans ton état normal. Parce que tu es malheureuse à cause d'un instant de folie. Parce que Gabriel et toi vous avez…

Celle qui venait de côtoyer la mort la renvoyait à ses propres problèmes. Lisait-elle en elle comme dans un livre ouvert ou d'autres avaient-ils parlé ? Laurence accusa sa sœur de déloyauté, mais Mélanie la détrompa sans tarder.

– Ma mère sait garder un secret, dit-elle. Ce n'est pas un sujet dont je discute avec elle. Plus maintenant.

Laurence demeura perplexe. Mélanie lui tenait des propos obscurs. Que devait-elle penser de tout cela ? La réponse lui fut donnée aussitôt.

– Je veux dire que tu devrais te compter chanceuse. Il y a des femmes qui ont eu à souffrir autant que toi, sinon plus, à cause de ce qu'on est censé appeler l'amour, voilà tout.

Il était évident que Mélanie n'en dirait pas davantage. La situation s'embrouillait. Qui aurait pu dire laquelle des deux était la plus mal en point en cet instant ? Laurence ou Mélanie, qui, oubliant les derniers événements, laissait planer un doute au sujet de ses propres expériences amoureuses ?

– Qu'essaies-tu de me dire, Mélanie ? demanda Laurence.

– J'essaie seulement de te dire de réfléchir avant de faire des gestes aussi bêtes. Tu n'es pas la seule à souffrir.

Comment ne pas lui donner raison de la secouer ainsi ? Comment ne pas considérer le sens profond des paroles de cette jeune fille qu'elle connaissait à peine et dont elle ignorait les expériences ? De là venait son trouble.

– Qu'est-ce que je devrais comprendre ?

– Disons que tu n'as rien à comprendre. D'ailleurs, ce qui arrive est de ma faute. Je n'avais qu'à te laisser partir tranquillement à Montréal avec Marc.

– Tu te blâmes ? Tu es injuste ou je n'ai rien saisi depuis le début.

– Tante Laurence, si tu n'as pas compris que moi aussi j'avais besoin de quelqu'un, c'est parce que tu es complètement aveugle.

Une surprenante intervention et son drame prenait toute la place. Mélanie avait besoin de quelqu'un, disait-elle. Privée de ses moyens, Laurence tenta un retour en arrière. Finalement, elle s'avoua incapable de répondre convenablement à son cri de détresse sans creuser davantage.

La journée débutait à peine qu'elle comptait déjà sa part de rebondissements. Le temps était venu de décider de l'utilité de rester là ou de retourner à la vie ordinaire. Si Mélanie ne se décidait pas à parler, on aurait fait tout ça pour rien.

– Si tu te servais de vrais mots pour me dire ce qui ne va pas, lui dit-elle.

– Je n'ai rien à ajouter. Je t'ai déjà dit que je voulais quitter la région et vivre ma vie ailleurs. Enfin, c'était mon rêve avant, ajouta-t-elle.

– Avant quoi ?

– Avant ce qui t'est arrivé. Avant ton escapade avec Gabriel, je t'admirais pour ton courage. Je me disais que tu avais su partir et recommencer ailleurs. J'attendais le moment d'en faire autant. Je pensais que nous pourrions en parler, mais maintenant…

– Qu'est-ce qu'il y a de changé ?

– Je vois bien que ça ne sert à rien de fuir sans régler ses problèmes. Je pense que tu n'avais rien réglé du tout et que tu continues à fuir tes sentiments.

Laurence eut un geste signifiant qu'elle allait s'expliquer, rectifier les choses, mais Mélanie l'en empêcha en élevant le ton.

– Tu ne diras pas le contraire ! Tu n'avais rien réglé en laissant Gabriel Dorval derrière toi, n'est-ce pas ?

Fallait-il vraiment revenir en arrière, revoir le chemin parcouru depuis cet affreux départ de la maison familiale qui évitait les affrontements ? À la lumière des derniers événements, Laurence ne pouvait que donner raison à Mélanie. Rien n'était vraiment réglé.

– On ne brise pas des liens profonds sur un coup de tête. Je m'en rends compte aujourd'hui. Le pire, c'est que je risque de faire encore du mal autour de moi. Tu vois comme tu as eu tort de prendre exemple sur une fille comme moi ? Au moins, toi, tu ne vivras pas avec de tels regrets sur le cœur.

– Des regrets ? Non, je n'ai aucun regret sur le cœur, mais de la rage et un dégoût total. J'en veux à tous les hommes de la terre.

Ses paroles l'irritaient. D'où lui venait cette rancœur ? À cause de qui ? Des questions restées sans réponse et Mélanie qui suppliait Laurence de ne pas insister. Ses révélations la mèneraient inévitablement à d'éventuels regrets. Laurence n'accepta pas ce faux-fuyant. Plus tôt, en avouant son besoin de quelqu'un, Mélanie s'était trouvée à lui dire qu'elle l'avait choisie en l'amenant là. Pourquoi se taisait-elle ?

Telles deux femmes déjà vidées de leurs rêves, elles se tenaient l'une en face de l'autre. Laurence rongée par la fièvre et Mélanie grelottante sans que le froid y soit pour quelque chose. Mélanie avait baissé la tête. Sa main toucha l'égratignure qui suintait sur la partie saillante de sa joue. Il était plus facile de l'interroger à ce sujet que de poursuivre la discussion. C'était pourtant évident. Cette blessure provenait de son accident. Probablement qu'en chutant elle avait heurté un rocher, de dire Laurence, qui comprenait son manège.

— À quoi joues-tu, Mélanie ?

— Je ne joue à rien. J'ai seulement envie qu'on cesse de parler de moi. Il n'y a rien t'intéressant à dire. Ce sont des enfantillages, comme dirait maman.

Mélanie s'était levée brusquement et son sac de couchage s'était retrouvé sur le sol à ses pieds. Elle enleva son chandail trempé, qui collait à sa peau comme la fourrure d'un chat de gouttière après l'orage. Elle n'éprouvait aucune gêne à se dévêtir devant Laurence, même qu'elle donnait l'impression de chercher à provoquer une réaction. Le jeune corps qui apparut portait un stigmate. Une mauvaise cicatrice au sein droit ; une plaie mal soignée ou pas soignée du tout. Une appréhension surgit dans l'esprit de Laurence.

— Qui t'a fait cela, Mélanie ?

— Personne. C'est moi.

— C'est ridicule ! s'écria Laurence en montrant ses propres blessures. Si je te dis que je me suis fait ça moi-même, qu'est-ce que tu dirais ?

— Je ne dirais rien du tout. Je sais comment ton accident est arrivé. Bernard me l'a raconté.

— Bernard ? Le fils de Philippe ?

— Le fils du cousin de Gabriel Dorval. C'est bien de ce Bernard que je tiens l'information.

— Qu'est-ce qu'il t'a raconté?

— Que ton accident est arrivé en remontant la côte pour revenir à la maison. Vous avez été emportés par un glissement de terrain. Le quatre-quatre de son père a fait plusieurs tonneaux. Il paraît que vous avez eu de la chance de ne pas y être restés et d'avoir ensuite rencontré le sauvage qui vit dans la montagne.

Une fois de plus, Mélanie s'était dérobée en renvoyant Laurence à elle-même, à cet instant tragique qui l'avait vue marcher sur des kilomètres, appuyée sur Gabriel. La nuit était presque venue et ils étaient à bout de force quand ce jeune homme insociable dont elle parlait était arrivé de nulle part pour leur porter secours.

Mélanie avait dissimulé ses cicatrices sous un vêtement propre. Exaspérée, Laurence sortit brusquement de la tente. Cette discussion épuisante ne la mènerait nulle part tant que Mélanie se conduirait de cette manière.

Comme si de rien n'était, Mélanie sortit à son tour et se mit à chercher de quoi faire du café. Laurence l'observa un instant en silence, puis lui tourna le dos en se disant que son mystère lui appartenait. Peut-être que si elle lui donnait du temps…

Mélanie allait l'obliger à regarder de son côté. Le son de sa voix se rapprochait. Elle s'excusait.

— Je suis une idiote en train de faire exactement le contraire de ce que j'avais souhaité au départ. Toi et moi sommes une belle paire d'incomprises qui faisons tout pour le demeurer. C'est complètement fou d'avoir envie d'être écoutée et de s'imaginer qu'il ne faudra pas avoir à parler franchement.

– C'est toi qui parles comme ça?

– Je n'ai plus envie de préparer le café. Viens t'asseoir et prends un verre de lait et un muffin, dit Mélanie.

Laurence repoussa toute nourriture. Elle n'avait ni faim ni soif, mais simplement envie d'expliquer ce qui se passait dans sa tête. Des images venaient et allaient, différentes et si proches. Ses pensées se dirigeaient dans tous les sens.

Sans se rendre compte de son geste, elle avait pris le muffin offert par Mélanie. Elle l'émiettait sur la table et les particules disparaissaient entre les planches.

Un vent frais semblait souffler uniquement pour elles. Comme Laurence n'avait plus parlé depuis un moment, Mélanie osa une question qui, compte tenu de ses propos et de ses attitudes, ressemblait à une provocation.

– Tu veux savoir si Gabriel est un bon amant? répéta Laurence, croyant avoir mal entendu. C'est toi qui me demandes çà? Tu oublies que tout à l'heure tu as dit…

– C'était tout à l'heure. Maintenant, j'ai besoin que tu me dises ce que l'amour fait à une femme et à un homme qui s'aiment.

– Ce n'est pas si simple. L'amour ne fait pas que du bien dans le cœur et l'âme. Tu n'as qu'à regarder dans quel état je suis pour le comprendre.

– Je connais déjà le mal. Raconte le reste! Fais-le pour moi.

– J'ai déjà trop parlé. Je ne dirai rien tant que tu ne me parleras pas de toi. Je sais que tu as vécu des choses. Nous avons toutes nos points sensibles. Tu as connu ta première peine d'amour, je suppose.

Plutôt que de répondre, Mélanie accusa Laurence de ne pas respecter l'entente et de se dérober. Elle insista. Bien décidée à ne pas s'engager sur un terrain glissant, Laurence lui tourna le dos et s'appuya à la table. Le visage offert au soleil aveuglant qui pointait au-dessus des arbres, elle oubliait qu'il était à peine neuf heures. Il était peut-être temps de partir de cet endroit, pensa-t-elle. Rester là n'arrangerait rien.

— Je veux rentrer, dit-elle en se retournant brusquement.

La mimique de Mélanie l'accusait de fuir, de se dérober encore. Il valait mieux l'ignorer, se convaincre du bienfait d'une décision à peine réfléchie.

— C'est bon, dit Mélanie. Nous rentrons. Nous nous refermons comme deux imbéciles.

— Deux imbéciles, répéta Laurence.

Leurs cœurs étaient à l'écoute malgré le silence qui perdurait. Quand finalement Mélanie se sentit prête à reprendre la parole, son regard traduisait l'amertume et le dégoût qui l'habitaient.

— J'ai été violée, dit-elle.

Elle se libérait d'un poids si lourd que le tumulte de la chute n'était plus que murmure au creux de ses oreilles. Le drame de Mélanie était d'une telle profondeur que tout son être le traduisait en langage clair. Sa respiration courte, ses palpitations cardiaques visibles sur ses tempes en étaient l'évidence même.

L'imaginaire de Laurence avait tracé des lignes, avait tissé d'avance un fond d'histoire capable de marquer le cœur d'une jeune fille, mais les révélations de Mélanie les dépassaient. Comme si c'était la chose à faire, elle posa sa main sur son épaule et la cicatrice au sein droit de Mélanie revint à son esprit.

Laquelle avait dit qu'il était plus facile de parler le soir ? Autour d'elles, un voile s'était levé. Il les enveloppait, les dissimulant aux regards indiscrets telle une nuit tombée en plein jour.

– J'ai tellement de peine, Mélanie. Tellement. Comment te dire ? Et tes parents ? Martine et Paul ?

– Ils ignorent la vérité. Quand c'est arrivé, ils ont vu que quelque chose n'allait pas. Comme je venais de quitter Bernard, ils ont cru que j'étais malheureuse à cause de ça.

– Écoute, Mélanie. Je ne veux pas être indiscrète, mais maintenant que tu as parlé, dis-moi s'il y a longtemps que c'est arrivé.

– C'est encore frais, cette histoire. Frais et bête comme la vie, comme les hommes qui ne savent pas entendre quand on dit non. Ils n'accepteront donc jamais qu'on les refuse.

– Mais tu as des droits ! Cet homme mérite que tu le dénonces. Tu n'as pas porté plainte ?

– Porter plainte pour ensuite faire face aux questions et avoir d'autres ennuis ? Non, merci ! C'est justement pour éviter que ça tourne au drame que j'ai gardé le silence. Et, crois-moi, j'avais de très bonnes raisons de craindre les embêtements si je le dénonçais.

– Si je te demande qui est le coupable, tu me le diras ?

– Je sais que tu ne me le demanderas pas. Tu es différente de nous parce que tu as pris du recul et que tu as beaucoup souffert. Moi aussi, je souffre. Je suis blessée et je n'ai plus confiance ni en la vie ni en les hommes ni en moi-même. J'ai toujours envie de m'en aller loin pour ne plus revenir. Si tu savais comme j'ai pensé à toi, ces derniers temps. Quand on m'a dit que tu revenais, j'ai commencé à bâtir une histoire. J'ai rêvé que tu pourrais me faire une petite place dans ta vie, à Montréal.

Le rêve de Mélanie était-il réalisable? Laurence avait-elle encore sa place à Montréal? Auprès de Marc? Si grand fût-il, le dépaysement n'avait chassé ni l'angoisse ni ses interrogations de tous les instants. Son désespoir l'avait conduite dans les rapides. Le rappel de l'accident avait ramené Gabriel si fortement dans son cœur que son avenir lui semblait recouvert d'un voile opaque et lourd. Y avait-il de la place pour Mélanie dans son incertitude?

Ne sachant trop que dire, ignorant comment interpréter la requête de Mélanie, Laurence eut envie de bouger. Elle fit quelques pas en direction de la route. Mélanie interpréta sa réaction comme une façon de se soustraire à la discussion ou, pire encore, un refus.

Laurence dut s'en défendre. À cause de la distance les séparant, elle éleva la voix.

— J'ai tout juste assez d'énergie pour survivre moi-même. Comment pourrais-je t'aider? lui dit-elle.

— Tu as raison. N'en parlons plus. Je me demande ce qui m'a pris de penser que tu pourrais quelque chose pour moi. Je n'ai pas besoin de ton aide, de toute façon, ni de celle de personne. Je peux me débrouiller toute seule. Quelle idée me suis-je mise en tête encore une fois?

Un bruit de pneus sur la chaussée se fit entendre. Une petite voiture approchait. Laurence allait quitter le bord de la route quand elle s'aperçut que le conducteur allait s'arrêter pour lui parler. Elle regarda dans sa direction et reconnut le jeune homme qui avait secouru Mélanie.

— Je m'excuse, dit l'homme. Je voulais seulement prendre de vos nouvelles avant de rentrer à Montréal.

— Tout va très bien, comme vous voyez. Il n'y a ici que deux femmes qui font du camping, répondit sèchement Mélanie, choquée d'avoir été interrompue.

– C'est très bien comme ça, alors. Je vous souhaite du beau temps. J'ai été flatté de vous rencontrer en personne, madame Auclair.

Laurence demeura bouche bée. Elle était à cent lieues de se douter qu'on l'avait reconnue malgré ses vêtements, malgré son air défait.

– Je peux savoir qui vous êtes? dit-elle. Je vois que vous avez un avantage sur moi.

– Je me nomme Gilbert Martel. Je suis étudiant en journalisme à l'université du Québec à Montréal. Nous nous sommes rencontrés lors d'une conférence. C'est-à-dire que nous étions dans la même pièce et que je vous ai remarquée.

Ce Gilbert Martel venait de lui rappeler que la vie continuait. Qu'il fût étudiant en journalisme la dérangeait. Elle avait l'habitude de ce monde à l'affût du sensationnel, aussi chercha-t-elle à demeurer froide. Il serait vraiment contrariant de lire une histoire la concernant dans les journaux à potins.

– Vous êtes en vacances, vous aussi? lui demanda-t-elle.

– Je suis venu me reposer avant de reprendre les études et, croyez-moi, ce coin de pays est de loin ce que j'ai vu de plus beau, répondit-il.

– C'est très joli, en effet, balbutia Laurence. Permettez-moi de vous remercier encore pour ce que vous avez fait.

– Je n'ai rien fait. J'étais là et c'est tout.

Revenue à ses propres affaires, Mélanie ne souhaitait plus que le départ de l'intrus. Elle en voulait à Laurence de ne pas savoir comment couper court à la conversation. L'homme descendit de sa voiture et ouvrit le coffre arrière. Mélanie eut tôt fait de reconnaître l'objet qu'il en ressortit.

C'était le sac de couchage de Laurence qui l'avait précédée dans les rapides.

— Donnez-moi ça, dit-elle en s'approchant. Je m'en occupe.

Elle lui arracha le sac de couchage des mains et elle lui tourna le dos en laissant Laurence se perdre en excuses.

— Ma nièce est un peu nerveuse après ce qui lui est arrivé. Vous comprenez?

Le jeune homme ne dit rien. Un instant encore, il regarda du côté de Mélanie avant de remonter en voiture. Avançant la tête à travers l'ouverture de la vitre, il rassura Laurence sur ses intentions.

— Ne craignez rien, madame Auclair. Je ne dirai rien au sujet de la mésaventure de votre nièce. Vous avez ma parole.

Ne demandant qu'à le croire, Laurence lui sourit et lui envoya la main. Elle regarda descendre la petite voiture jusqu'à ce qu'elle se fût engagée vers la sortie du campement.

Mélanie aussi suivit le véhicule des yeux, mais sans vraiment le voir. L'esprit envahi par d'autres pensées, elle avait décidé qu'il était inutile de rester là plus longtemps. Laurence était trop perturbée, et elle-même n'avait plus envie de prolonger ce séjour.

— Nous ferons sécher ton sac de couchage à la maison, dit-elle à sa tante qui revenait vers elle.

17

L'EXCURSION avait été presque un échec, compte tenu de la réaction de Mélanie, qui s'était refermée, dans un entêtement quasi incompréhensible. Laurence avait quitté la région pour rentrer à Montréal. Marc n'avait pas été prévenu de son arrivée. Probablement qu'elle comptait sur l'effet de surprise pour juger de ses chances de reprendre la vie à ses côtés. Tout n'était peut-être pas perdu entre eux, car Marc n'avait-il pas seulement dit qu'ils devraient faire connaissance avant de faire un geste les engageant pour la vie?

Montréal baignait dans le brouillard, ce matin-là. La ville étouffait encore quand la jeune femme se décida à quitter l'hôtel où elle avait dormi, à deux pas de chez elle; ce choix était motivé par son envie d'être seule à la maison pendant quelques heures avant le retour de Marc. Peut-être était-ce son besoin de s'imprégner de l'odeur de l'appartement où elle avait été heureuse avec lui qui l'avait incitée à faire ce geste.

Marc devait être parti tôt ou n'être pas rentré du tout, car chaque pièce était parfaitement rangée comme au lendemain du passage de la femme de ménage. Laurence s'inquiéta. Le pincement au cœur ressenti était-il dû à ses sentiments pour cet homme ou au doute qui montait en elle?

Ses valises obstruaient l'entrée, mais elle ne s'en préoccuperait pas avant un moment. Elle fit le tour de chaque pièce, inspecta la salle de bains, y cherchant des traces du passage récent de Marc. À part le bruit de la pendule qui mesurait le temps à coups de balancier, le silence régnait partout, lourd et inquiétant.

– Marc, s'entendit-elle dire à haute voix.

L'écho de sa voix produisit une montée de larmes. Elle se laissa choir dans son fauteuil. L'appuie-tête comme support, elle fixait les poutres du plafond, incapable de réagir. Elle restait là, à écouter les battements de son cœur, à mesurer les bruits de la rue, inerte comme une poupée de chiffon effondrée dans un fauteuil.

Engourdie dans une profonde léthargie, elle allait s'endormir quand la sonnerie du téléphone retentit. Le bruit sembla ne pas avoir sa place dans ce lieu vide. Qui pouvait téléphoner alors que personne n'aurait dû être là?

Le numéro indiqué sur l'afficheur lui était familier. C'était celui du bureau de Marc. Et si c'était lui? Il avait peut-être espéré son retour prématuré! Laurence décrocha trop tard. La communication était coupée. Aucun message n'avait été enregistré. À tout hasard, elle vérifia le contenu des enregistrements des jours précédents. À prime abord, rien de spécial. Des appels venant de collègues, puis de l'information au sujet d'une réservation pour Paris.

La possibilité que Marc puisse être parti l'accabla. Le sentiment d'avoir été trahie, abandonnée, condamnée sans procès, ajouta à son inquiétude. Que s'était-il passé depuis le retour de Marc en ville? À peine quelques jours s'étaient écoulés. Rien n'obligeait Marc à vivre en ermite en l'attendant, mais de là à mettre un continent entre elle et lui…

Ses clefs en main, sans sac ni rien, Laurence sortit. Elle avait besoin de se retrouver au milieu de gens actifs. Comme elle appelait l'ascenseur, la porte s'ouvrit sur Marc qui arrivait en trombe.

– Laurence, dit-il, tu étais là! Tu repartais?

Plongée dans un mutisme déconcertant, Laurence le regardait. Sa classe et son élégance l'impressionnaient, tout comme le ton de sa voix, si doux à son oreille.

– J'ai cru… enfin, j'ai pensé que tu pouvais déjà être parti pour Paris, finit-elle par dire.

– Je vois que tu es au courant.

– Je ne suis au courant de rien. J'ai simplement deviné qu'il se passait quelque chose de ce genre, à cause du message sur le répondeur, avoua-t-elle.

– Effectivement, je vais à Paris. Je pars dans trois heures. Je passais déposer cette lettre au cas où justement tu reviendrais durant mon absence.

– Qu'est-ce qui t'appelle à Paris? Un imprévu? Si je me souviens bien, rien ne t'obligeait à aller là-bas avant le début de septembre. Que s'est-il passé?

– J'accompagne Fanny Haubert.

– Fanny?

– Un voyage éclair de trois ou quatre jours. On requiert mon expertise pour un contrat d'envergure. À première vue, il s'agirait d'une occasion à ne pas manquer. Il faut être là quand la chance passe.

Ils remontèrent dans l'ascenseur. Ils ne formaient pas un couple et tous deux le ressentaient parfaitement. Marc se cachait derrière son rôle de chef d'entreprise, Laurence, derrière celui d'une coupable s'enlevant tout droit aux explications.

Quand ils furent arrivés devant la porte de leur appartement, elle l'ouvrit et jeta ses clefs sur la table.

– Je serai ici quand tu reviendras, dit-elle. À moins que tu n'y voies un inconvénient.

– Tu es chez toi dans cet appartement.

– Chez moi ou chez nous ?

– Il n'en tient qu'à toi. Ce n'est pas moi qui ai changé les règles du jeu. L'aurais-tu oublié ?

– Tu crois que j'ai planifié ce qui nous arrive ? Tu crois que je ne suis pas la première à en souffrir ? Je t'aime, Marc.

Il baissa la tête. C'était plus simple que de mettre des mots sur son état d'esprit. S'engager plus à fond dans une conversation sérieuse exigeait du temps, ce qu'il n'avait pas. Chaque minute accordée risquait de le mettre en retard.

– Nous en reparlerons à mon retour. Espérons que le climat sera plus favorable. En attendant, si cela peut te rassurer, au travail les gens sont très sympathiques à ta cause. On croit que la mort de ton père a écourté nos vacances. Nos proches ont d'abord cru la même chose, mais à présent je ne suis plus certain qu'ils croient encore que cette épreuve ait motivé le report de notre mariage. Je n'ai cherché ni à infirmer ni à confirmer leurs soupçons. J'ai simplement refusé d'en discuter avec qui que ce soit, même mon frère.

– Je te remercie, Marc. J'apprécie ta noblesse de cœur.

– Je ne suis pas certain que ce soit le terme exact. Noblesse ou faiblesse. De toute façon, je ne veux plus en discuter pour le moment. Je dois partir. Fanny se demande certainement ce qui me retient.

– Elle est avec toi ?

– Je suis plutôt avec elle. Elle est dans la rue à côté. Elle m'attend dans sa voiture. Il faut vraiment que j'y aille maintenant.

Il parlait de partir, mais il restait quand même là, à la regarder.

– Laurence, est-ce que je peux t'embrasser avant de partir ? se décida-t-il à dire.

Elle s'approcha et posa ses lèvres sur les siennes. Le parfum de Marc provoqua une sensation telle que, pour un instant, elle eut envie de le retenir.

– Ne reste pas trop longtemps, dit-elle simplement.

Marc la libéra de son étreinte et sortit sans se retourner. Restée seule devant une porte close, Laurence écouta le bruit de l'ascenseur. Quand le silence se fit, elle revint dans la pièce principale soudain inondée de soleil. C'était une trop belle journée pour se laisser aller, se dit-elle. Elle remit un peu de rouge sur ses joues, masqua les traces encore visibles de son accident et prit son sac à main pour sortir.

Cours Le Royer, les jardins étaient magnifiques. Cette fin d'août avait de ces couleurs qui sautent aux yeux et au cœur. Laurence les remarqua à peine lorsqu'elle passa tout près. Elle se dirigea vers la rue Notre-Dame, pour prendre ensuite le boulevard Saint-Laurent jusqu'au métro. Parmi les passants anonymes se trouvaient aussi quelques visages familiers. Des clochards faisaient le pied de grue au coin des rues en attendant le moment de se réunir à l'Accueil Bonneau.

Elle s'engouffra dans la station de métro Champ-de-Mars. La recherche d'images nouvelles retardait le moment de faire une incursion au fond d'elle-même. L'important était que le temps passe et qu'il lui indique la route à suivre.

Lorsqu'elle franchit la porte tournante, Laurence Auclair n'était ni une dessinatrice de mode ni la fiancée de Marc Olivier. Elle était redevenue une fille de région éloignée se perdant dans l'anonymat de la grande ville.

18

LE VOYAGE de Marc se prolongea de quelques jours. Ce retard imprévu servait leur cause; il était l'occasion d'une réflexion sans entraves. Réfléchir. N'était-ce pas là l'ultime conseil de Georges à sa fille? «Dis à Laurence qu'elle doit réfléchir encore.»

Laurence avait l'impression d'être condamnée à conjuguer ce verbe au passé, au présent et au futur pour le reste de sa vie. Pendant ses longues heures de marche en solitaire dans la ville fleurie. En dégustant une bière fraîche à une terrasse du Vieux-Montréal. En flânant sur un banc faisant face au grand fleuve. Dans son lit. Dans son bain. Dans le fauteuil. Laurence avait réfléchi. Son cœur battant la chamade, elle avait rêvé de Gabriel. Se sentant défaillir, elle avait chassé l'idée de perdre Marc. «Quelle folie habite les cœurs qui aiment?» se disait-elle, loin d'être au bout de ses incertitudes.

Le moment était venu de se mettre à l'œuvre; se perdre dans le travail comme autrefois en attendant que la vie trace elle-même la voie. Des bouts de papier, des tablettes pleines de dessins traînaient sur chaque table, sur les chaises, sur le bord du bain. Il s'en trouvait même à l'étage, entre les draps du grand lit où elle dormait seule. Sur les croquis, une couleur dominait : le bleu. Un bleu franc et velouté à la fois. Un bleu qui parfois lui rappelait le parquet de l'église Notre-

Dame, où elle faisait sa halte quotidienne. Le bleu des bleuets écrasés sous des corps lourds, passionnés.

* * *

Son avion étant arrivé plus tôt que prévu, Marc rentra directement à l'appartement. Laurence lui sut gré de ne pas l'avoir prévenue, de la trouver comme elle était, dans le feu de l'action, penchée sur sa table de travail. Elle l'aperçut dans l'encadrement de la porte, fatigué et soucieux, quelque peu maussade même. L'interroger déjà lui parut être la dernière chose à faire.

Elle laissa son croquis en plan et vint vers lui.

– Il reste du thé glacé. Tu en veux ? dit-elle.

– Je te remercie. Je n'ai pas soif pour l'instant. Je suis fourbu jusqu'au bout des ongles. Un vol turbulent, un retour éprouvant. Toute cette circulation sur l'autoroute ! C'est à rendre fou.

Sans se consulter, on avait pris la décision de faire comme si la vie continuait naturellement, semblait-il. Cependant, les regards fusaient discrètement d'un côté comme de l'autre. La seule présence de Marc éveillait un désir chez Laurence. Comme il aurait été bon de sentir ses bras rassurants autour d'elle ! Réalisant l'absurde de la situation, elle se qualifiait de lâche. Ce qui montait en elle ressemblait davantage à un besoin de réconfort qu'à un cri du cœur. «Marc ! J'aime Gabriel ! avait-elle envie de lui dire. Protège-moi. Berce-moi pour que je l'oublie. Laisse-moi partir vers lui, avec ta bénédiction, afin que je ne te perde pas tout à fait. »

Cet instant de lucidité se refléta jusque dans le regard interrogateur de Marc. Elle s'y voyait comme dans une glace. Tous deux partageaient la même crainte, car Marc devinait ce qu'elle n'osait dire.

– J'ai changé d'idée à propos du thé glacé que tu m'as offert. Je vais à la cuisine, dit-il.

Laurence insista pour faire elle-même le service et se dirigea vers le réfrigérateur. Elle demeura devant la porte ouverte, à regarder à l'intérieur sans voir ce qu'elle y cherchait. L'air frais lui faisait du bien. Des larmes embrouillaient sa vue.

– Laisse! Je vais me servir.

Il lui sembla normal que Marc se trouve juste derrière elle; qu'il la prenne par la taille et l'attire contre lui; qu'il referme la porte du réfrigérateur sans avoir rien pris.

Elle le suivit dans le vivoir.

– Déjà? dit-elle.

Il devinait l'allusion.

– Quand on ne peut pas passer à côté, quand ça ne laisse plus un instant de repos, il faut en discuter, n'est-ce pas?

– J'ai essayé de m'accrocher à nos souvenirs, à nos projets, à ma carrière, dit-elle.

Elle avait simplement essayé. Le mot voulait dire ce qu'il voulait dire. Essayer n'était pas réussir. C'était ce que Marc avait compris. Elle ne pouvait plus nier que sa rencontre avec Gabriel n'avait pas été une rencontre anodine. Frappée en plein cœur, toute lutte était vaine. C'était aussi douloureux que ses cicatrices au front et au bras. Elle avait mal, très mal.

Marc regardait griller sa cigarette. La fumée montait et se perdait dans l'air. Elle se volatilisait comme ses pensées qui voyageaient entre des époques différentes. Il ne disait rien alors que Laurence avait tellement besoin de connaître le fond de sa pensée.

— Tu m'en veux, n'est-ce pas ? risqua-t-elle.

— Tu voudrais entendre le contraire ?

Il faisait des efforts surhumains pour demeurer calme et rationnel. Cela se voyait et Laurence n'allait pas le provoquer.

— Je voudrais retourner en arrière.

— Et moi donc. Je suis tellement déçu, tellement perdu. J'avais escompté retrouver ma Laurence, pas celle qui s'est éloignée depuis son voyage au Saguenay. C'est loin d'être le cas.

— Marc, si tu m'entoures, si tu m'aides, le temps arrangera peut-être les choses.

Pour l'aider, il lui fallait d'abord évaluer ses réserves de courage. Se demander s'il était disposé à revivre une dure expérience. Là était la question. Marc ne croyait plus tellement aux couples qui se nouent et se dénouent. Il le lui avoua franchement, ce qui provoqua une vive réaction.

— J'ai vraiment réussi à te faire perdre tes illusions. Ce n'était pas mon intention. Tu méritais mieux. Tu es si gentil, lui dit-elle.

Il la fit taire. Ses propos l'irritaient davantage.

— On n'aime pas à cause de telle ou telle qualité. L'amour est irrationnel. Il est… Il est ce que j'ai ressenti pour toi dès que je t'ai vue.

« L'amour est irrationnel. » Marc nommait sa propre folie. C'était irrationnel de ressentir un sentiment aussi fort pour Gabriel Dorval. C'était irrationnel de vouloir le chercher partout dans le monde, de penser à quitter un homme, une carrière pour faire de la haute voltige sans filet de protection.

– Marc! Qu'est-ce qui m'est arrivé?

À cette question, il ne répondit pas. Marc ignorait tant de choses et il craignait d'atteindre rapidement ses limites. À la suite d'un précédent divorce, la vie lui avait appris qu'on ne gagnait rien à s'accrocher. Il était pourtant le premier à parler de ne rien brusquer.

– Donnons-nous encore un peu de temps, dit-il.

Laurence le regarda dans les yeux. Lui donnait-il cette nouvelle chance qu'elle espérait malgré tout?

– Tu crois pouvoir tenir le coup assez longtemps pour que nous essayions de retrouver ce qui nous unissait?

– Ce qui nous unissait est encore là. Le changement est à l'intérieur de toi. Il t'empêche de voir les choses comme avant. C'est aussi simple que deux et deux font quatre.

Le jugement était juste. Le changement venait d'elle et la faute lui en revenait entièrement. Si le sentiment d'être malhonnête et lâche la poursuivait, c'était à elle seule qu'elle devait s'en prendre.

– Pourquoi est-ce si difficile de choisir? Je croyais qu'il n'y avait que les hommes qui pouvaient aimer deux femmes à la fois.

Marc avait l'impression que d'en discuter le reste de la journée ne les avancerait d'aucune façon; le problème demeurait entier et incontournable. Il était sur le point d'éclater. Sa tolérance atteignait ses limites.

– Je dois passer à l'atelier avant que tout le monde rentre chez soi, dit-il en quittant son siège.

Si c'était là un prétexte pour repousser le débat à plus tard, il était inutile. Laurence comprenait très bien les motifs de sa fuite. Elle se leva aussi et alla à la fenêtre. Comment avait-elle pu oublier qu'ils étaient en plein jour ? Le monde extérieur avait-il si peu d'importance pour que les heures d'une journée se ressemblent à ce point ?

Marc avait mentionné qu'il allait à l'atelier. Cet endroit comptait de moins en moins pour Laurence. Elle y était passée durant son absence. Les bonnes manières et le respect à l'égard de ceux qui lui avaient témoigné de la sympathie à l'occasion de la mort de son père l'exigeaient. Adopter une contenance, écouter les réflexions au sujet de ses vacances, répondre aux questions concernant les cicatrices mal dissimulées par un fond de teint : elle avait réussi un tour de force en résistant aux incursions dans son monde. Comment trouverait-elle le courage de reprendre le rythme d'un boulot aussi exigeant ? se demandait-elle à présent.

En annonçant qu'il se rendait à son bureau, Marc avait aussi fait surgir dans son esprit le visage de Fanny Haubert, avec qui il était allé à Paris. Elle trouva normal de s'informer d'elle et des résultats de leur voyage. Marc fut avare de commentaires, se contentant de signaler que Fanny refaisait surface depuis son divorce. Il préférait que Laurence se fasse une idée elle-même quand elle la verrait.

Il n'y avait rien à rajouter au sujet de Fanny Haubert, cette femme séduisante qui avait été sa principale rivale avant qu'elle ne jette son dévolu sur un jeune dessinateur ambitieux. Rappeler qu'elle sortait de l'éprouvante aventure d'un divorce les ramenait à leur propre relation, qui ne tenait qu'à un fil.

— Tu rentreras tard ? demanda simplement Laurence.

— Je ne sais pas. Ne m'attends pas.

— Je comprends que tu préfères demeurer loin de moi.

— Si c'est ce que tu penses, je ne peux pas te donner tort, sauf que je ne cherche pas à te déplaire. J'ai beaucoup de travail en retard, et après… Je ne sais pas. Peut-être que je ne trouverai rien de mieux à faire que de rentrer.

— Marc !

— C'est difficile, Laurence. N'insiste pas, veux-tu ? J'essaie de rester civilisé. Ça ne peut que nous être utile.

Cette conversation était venue trop vite. Laurence se croyait pourtant préparée et Marc, prêt à toutes les concessions. La réalité s'avérait différente ; chaque parcelle de sentiment était à défendre, à mettre à nu, au risque de voir l'autre l'attaquer ou s'en servir. Il ne fallait pas en arriver là.

Marc rentra tard. Lorsqu'il poussa la porte avec précaution, il entendit le téléviseur. À l'écran se trouvait la programmation du jour suivant, sur cette musique relaxante qui suit toujours les dernières émissions. Enveloppée dans un drap, Laurence dormait sur le divan.

Il rangea sa veste dans le placard et alla vers elle. Il la regarda dormir un instant avant de se décider à la réveiller.

— Tu viens au lit avec moi ? dit-il.

Revenue à la réalité, elle le regardait sans trop savoir que répondre.

— Si tu m'invites, dit-elle enfin.

— Nous méritons une trêve pour ce soir. Allez, sors de sous cette couverture et viens.

Elle monta derrière lui jusqu'à leur chambre. Arrivée au lit, elle se glissa sous les draps auprès de lui. Elle osait à peine respirer, comme si sa présence à ses côtés avait quelque chose d'indécent.

19

Septembre arriva trop vite. Une fébrile agitation régnait dans le Vieux-Montréal. Le retour des étudiants dans les universités amenait plus de jeunes gens dans les rues. Ces jeunes venus de l'extérieur jouissaient d'une liberté nouvelle. Ils déambulaient dans les rues en posant un regard tout neuf sur la ville.

Laurence passait ses soirées dans ce lieu bruyant et coloré situé à quelques pas de chez elle. Les numéros des amuseurs publics ne la surprenaient plus depuis longtemps. Leurs mélodies lui étaient familières. Elle semblait chercher quelqu'un dans cette foule. Peut-être que c'était sa propre image qu'elle espérait retrouver dans le visage des jeunes filles qui marchaient au bras d'un garçon aux cheveux très courts.

Un verre de vin blanc devant elle et un crayon à la main, la jeune femme s'y attardait de plus en plus chaque soir. L'inspiration venait mieux si elle travaillait là, disait-elle à Marc pour expliquer sa fuite malgré de visibles efforts pour reprendre la vie normale avec lui. Marc n'était pas sans ignorer son trouble, car si elle se laissait aller à un moment de tendresse, son regard la trahissait. Son esprit était ailleurs.

Marc allait repartir pour Paris, un voyage prévu depuis juin ; un défilé d'une grande importance auquel ils devaient assister tous les deux. Laurence s'était désistée par manque d'intérêt et aussi parce qu'elle se disait hors circuit malgré son exceptionnelle production de nouveaux modèles. Marc n'avait pas insisté pour qu'elle l'accompagne. Il était d'ailleurs trop débordé pour souffrir d'une situation qu'il supportait mieux depuis qu'il avait choisi d'attendre.

Laurence venait de commander une seconde coupe de vin quand un coup de vent souleva ses feuilles. En rogne contre les humeurs du temps, elle courut derrière ses dessins. Des passants lui portèrent secours. Quelques-uns de ses croquis volaient toujours çà et là, à la merci du vent.

– Excusez-moi. Excusez-moi. C'est à moi. C'est important, disait-elle en bousculant les gens.

Accroupie au ras du sol, le regard affolé, elle s'apprêtait à disputer la dernière pièce à une femme aux bottes lacées jusqu'à la cheville qui se tenait dans une position identique à la sienne. Son pantalon collé à sa jambe lui apparut, puis ses mains longues et fines et ses ongles soignés. Une familière impression s'emparant d'elle, Laurence leva les yeux.

– Mélanie! Qu'est-ce que tu fais là?

– Je ramasse tes dessins, tante Laurence. Je suis venue à Montréal spécialement pour ça.

– Ne fais pas l'idiote, Mélanie! Est-ce que je rêve? Dis-moi!

– Tu ne rêves pas. Je suis là, en chair et en os, et toute seule. Ce n'est pas la peine de regarder autour. Tu ne verras personne. Je suis venue par mes propres moyens, comme une grande fille.

– Tu es là depuis quand? Tu vis où?

– Je suis à Montréal depuis près de deux semaines. Je t'avais dit que je pouvais me débrouiller sans ton aide.

– Est-ce que je dois être heureuse ou penser que tu cherches à me choquer ? Qu'essaies-tu de prouver, Mélanie Boyer ?

Debout sur le pavé de briques, elles entravaient une circulation de plus en plus dense. La Mélanie qui se gardait de faire paraître ses sentiments ressemblait étrangement à la Mélanie qui, lors de leur excursion aux abords des rapides, lui avait tourné brusquement le dos ; qui, après lui avoir annoncé qu'elle rentrait à la maison, lui avait à peine adressé la parole ensuite. Son entêtement et une vive soif d'être comprise étaient à l'origine de sa réaction. Pour avoir été bousculée, victime de pareils sentiments, Laurence comprenait. Voilà pourquoi elle n'allait pas la provoquer davantage.

– Bon ! Aussi bien te dire que je suis sincèrement heureuse de te voir, Mélanie. Tu veux venir à ma table ? J'étais assise à cette terrasse, dit-elle en pointant le doigt en direction du haut de la pente.

– Je sais. Je t'ai vue. Je trouve que tu passes beaucoup de temps à cet endroit.

Laurence s'arrêta net. Le comportement de sa nièce l'intriguait. Depuis quand l'espionnait-elle de la sorte sans oser s'approcher ? Parce que des choses lui échappaient encore, elle demeurait sur la défensive. Elle refusait surtout de jouer le rôle de celle qui a déçu, de celle qui déçoit encore. Mélanie se vantait de pouvoir se débrouiller seule. Se débrouiller seule ne signifiait pas uniquement trouver à se loger et un morceau à manger ; c'était aussi exister par soi-même.

Son silence prêtait à interprétation. Mélanie crut l'avoir choquée. Elle la provoqua de nouveau, mais Laurence reprit, sur un ton qui en disait long sur ses pensées :

– Cela aurait pu être tellement plus agréable, dit-elle.

– Plus agréable d'être arrivée à ta porte avec ma valise ? Plus agréable de m'accrocher à toi, n'est-ce pas ? Non, merci. Plus maintenant.

Elles étaient revenues à leur dernière discussion, à son attitude mal interprétée. Laurence admettait que ses agissements pouvaient laisser croire à un refus de l'aider quand il en était autrement, mais n'admettait pas que Mélanie la prenne pour ce qu'elle n'était pas.

– Tu n'es qu'une petite fille qui trépigne quand on ne fait pas ce qu'elle veut. Mélanie, tout n'est pas noir ou blanc. Tu portes un jugement, et c'est fini. Aucun droit de retour. Regarde autour de nous ! Regarde bien cette foule. Qui est compris ou incompris là-dedans ? Qui est seul pour lutter ? Qui a quelqu'un dans sa vie ? Tu peux le dire ? Pourtant nous respirons le même air et nous tentons de vivre ou de survivre.

Mélanie se rendit. L'exposé l'avait touchée.

– C'est bon, j'ai compris. Nous allons à ta table, dit-elle.

Elles prirent place l'une à côté de l'autre et Laurence rappela le serveur. On avait quelque chose à célébrer, ou quelqu'un.

– Servez cette demoiselle, s'il vous plaît, dit-elle.

– Cette demoiselle est sûrement votre sœur, madame Auclair.

– Peut-être bien, reprit Laurence.

Mélanie ne s'étonna aucunement du fait que Laurence fût connue du serveur. Elle n'aurait su dire pourquoi cela lui déplaisait à ce point. Peut-être la jugeait-elle différente de ceux qui flânaient là chaque soir. Elle refusa toute nourriture, mais accepta finalement un café crème.

– Tu ne m'as toujours pas dit où tu logeais, demanda Laurence.

– En attendant de trouver mieux, je partage l'appartement de deux copines. Elles ont la chance d'être déjà acceptées à l'université. Moi, il faudra que j'attende le prochain trimestre pour y entrer. Je m'y suis prise trop tard pour le trimestre d'automne. C'est bien comme ça. J'aurai l'occasion de bien m'y préparer. Une étudiante en sociologie doit se familiariser avec sa société, n'est-ce pas?

Contrairement à la jeune fille, qui savait parfaitement où elle voulait en venir, Laurence avait besoin d'être éclairée.

– Se familiariser avec la société? reprit-elle.

– Avec le monde, Avec les gens, les vrais. Ceux qui vivent à la base. Tu sais que je marche près de dix kilomètres à pied chaque jour? Je découvre la ville et ses contrastes. C'est différent de l'idée que je m'en étais faite.

Laurence revivait son arrivée dans la grande ville. Dépourvue de la témérité de Mélanie et de son audace, il lui avait fallu se faire violence pour frapper aux portes des manufactures avec une pleine valise de croquis. On était beaucoup plus enclin à lui offrir un poste à la confection qu'à la création à cette époque.

Mélanie parlait encore de ses voyages en métro et en autobus, de ses ascensions jusqu'au dernier étage des gratte-ciel. Laurence traçait des lignes sur la nappe, bien décidée à ne faire aucun commentaire.

– En haut de Place-Ville-Marie, j'ai découvert que les gens se ressemblaient tous quand on les regardait de là. On dirait qu'ils n'ont plus de gros problèmes, seulement des petits, continua Mélanie.

– Ça voudrait dire que c'est dommage qu'on ne vive pas toujours dans les hauteurs? reprit Laurence.

– Ça m'aide à savoir qui je suis et d'où je viens. Maintenant, je sais que je veux l'oublier très vite.

– Tu rêves, Mélanie. On n'oublie jamais d'où l'on vient ni ce qu'on a laissé derrière soi. On te le rappellera. Ta façon d'être, ton langage te trahiront toujours.

– On verra bien. C'est pour ça que j'ai décidé de vivre les deux pieds sur terre. Si je reste près des gens de la rue et que je vis comme eux et avec eux, ce sera plus facile.

Il était plus simple de se cacher que la décision provenait de sa désillusion. Mélanie s'était attendue à autre chose en venant à Montréal. Un concours de circonstances l'amenait à ce choix de vie et la surprise était de taille pour Laurence.

– C'est de la folie ! Mélanie, à quoi tu penses ?

– J'essaie de ne pas penser pour l'instant.

– Tu crois que c'est simple de vivre dans la rue ?

– Au contraire. Je sais que ce n'est pas simple du tout.

– Le monde des itinérants est dangereux. Je ne suis pas certaine que tu as ce qu'il faut pour te faire accepter de ces gens-là.

– Ne te fatigue pas à chercher le côté négatif des choses. Vivre avec les gens de la rue, ce n'est plus un projet, c'est une réalité. Je passe le plus clair de mon temps avec Jolie, une fille du Bas-du-Fleuve qui a mon âge et une longue expérience. C'est elle qui m'enseigne les règles du milieu.

– Comment en es-tu arrivée à croire que tu pouvais vivre comme cette fille ? La grande ville a ses pièges. Tu cours après des problèmes plus grands que ceux que tu penses avoir laissés derrière. Le danger est partout pour une jeune fille sans expérience comme toi.

– Je n'ai pas peur.

Laurence savait de quoi elle parlait. Elle connaissait particulièrement bien le milieu qui attirait Mélanie. Les gens de la rue étaient partout. Ils traînaient dans les squares, dans les parcs, à proximité de son appartement. Des images s'animaient dans son esprit. À mesure qu'elle parlait, se précisait celle d'une itinérante se faisant appeler Marie qui traînait sa garde-robe d'hiver avec elle en plein milieu de juillet. Il y avait des années qu'elle rencontrait cette femme sans âge précis, entre la quarantaine et la soixantaine; des années qu'elle déposait quelques pièces dans sa main maigrelette en se demandant si ce n'était pas la dernière fois.

– Tu préfères côtoyer la misère quand ce serait si simple de chercher un travail.

– C'est exactement ce que ma mère dirait si elle savait.

Mélanie avait minimisé au maximum le risque d'une intrusion de sa mère dans sa vie en lui cachant la vérité. Tant qu'elle la croirait en sécurité dans un appartement avec des copines, elle ne poserait pas de questions. Elle passa vite à autre chose, empêchant Laurence d'intervenir sur ce nouveau sujet.

– Je n'ai qu'un désir présentement, c'est de trouver ma vraie voie pour enfin me réconcilier avec ce corps-là.

– C'est bizarre d'entendre parler de réconciliation avec un corps parfait que des millions de femmes envieraient, de dire Laurence.

– Je ne leur donnerai certainement pas l'occasion d'envier ma manière de me vêtir.

Mélanie faisait allusion à ses vêtements trop sombres et usés par endroits. Elle enfonça son béret de tricot qui camouflait complètement sa chevelure. Ses yeux se voyaient à peine.

– Tu n'aimes pas comment je suis habillée, je crois…

– Si tu veux entendre que c'est de mauvais goût, je confirme, mais tu n'es pas repoussante pour autant. Le mauvais goût n'est pas une arme contre les bas instincts.

– Pourquoi ça ne marcherait pas? dit Mélanie, soudain soucieuse et lointaine.

Il y avait un relent de rancœur dans ses propos, ce qui incitait Laurence à se souvenir de ses confidences et aussi de sa cicatrice au sein. Mélanie avait affirmé s'être fait cela elle-même. Cette allégation d'abord réfutée se transformait en doute. Une femme qui éprouvait un tel besoin de dissimuler sa féminité avait-elle pu se mutiler pour faire horreur? Mélanie avait-elle suffisamment souffert de son viol pour en arriver à faire une chose semblable?

Le moment ne se prêtait pas à de telles confidences. Elles étaient encore tellement loin l'une de l'autre.

Il passait vingt et une heures et Laurence s'était proposé de rentrer plus tôt parce que Marc partait pour Paris le lendemain. Sa rencontre avec Mélanie lui faisait perdre toute notion du temps. Elle souhaitait prolonger cet entretien et profiter de sa présence sans arrière-pensée, mais viendrait inévitablement le moment de la quitter. De là le problème qui surgissait. Elle n'allait pas la laisser comme ça. D'un autre côté, inviter Mélanie équivalait à accepter d'avance son refus. Cette fille entêtée ne risquerait pas qu'on lui colle l'étiquette de profiteuse déguisée en indépendante.

Laurence consulta discrètement sa montre.

– Tu dois rentrer de bonne heure? lui demanda Mélanie.

– J'en avais l'intention à cause de Marc qui repart pour Paris. Nous devions avoir une discussion ce soir, sinon il faudra attendre son retour.

– Tu ne m'as pas dis comment tu t'arranges.

– Justement, je m'arrange. J'attends un signe de la vie. C'est lâche, n'est-ce pas ? Le problème est sans solution et la patience semble porter ses fruits pour le moment. Marc n'a pas plus envie que moi de se retrouver devant un échec. Il absorbe le coup et moi, je le subis. Drôle de couple ou couple moderne avec un bagage derrière soi. Avec le temps, on est moins pressé de tout foutre par-dessus bord.

– Avec le temps ! Tu parles comme grand-mère.

– Maintenant que tu en parles, dis-moi comment va maman. Ça fait moins longtemps que moi que tu l'as vue.

– Justement, elle regrette que tu ne l'appelles pas plus souvent. Exactement comme ma mère. On dirait que ces femmes-là sont nées pour attendre quelque chose venant d'ailleurs.

– Ne les blâme pas. Je sais ce qui les arrête. Il y a de ces barrières qui ne se voient pas, mais qui se sentent. C'est exactement ce qu'il y a entre nous, une barrière dressée par les épreuves. Martine avait fait le rêve de retrouver une sœur, une confidente, et ça ne s'est pas produit. Et maman, je ne saurais dire au juste. C'est la confusion la plus totale.

Mélanie éclata de rire. Tout n'était que confusion dans le monde. Pas évident que chacun en subisse les effets. Les valeurs se volatilisaient au profit du profit. Prendre pour laisser, laisser pour prendre. Tel n'était-il pas aussi le lot des gens bien intentionnés ? Et cela pour en arriver à quoi ?

Laurence allait manifester le désir de rentrer et, le devinant, Mélanie lui proposa de quitter l'endroit pour faire une petite promenade. Elle l'accompagnerait ensuite jusqu'à sa porte.

– Tu sais probablement où je demeure, lança Laurence.

Un reproche finement déguisé auquel Mélanie répondit par un petit sourire. Elle se leva la première. Laurence la suivit après avoir glissé une pièce de monnaie sous sa tasse. Les deux femmes marchaient en silence en se heurtant constamment aux badauds. Laurence brûlait d'envie de retenir Mélanie. Sa présence à ses côtés durant l'absence de Marc aurait été le baume qui rafraîchit, qui rassure, mais Mélanie n'était pas là pour le bonheur de sa tante. Elle était en ville à la recherche de quelque chose de plus grand qu'elle et qui se trouvait si près et si loin à la fois. À portée de cœur, à portée d'abandon.

On arriva trop rapidement aux Cours Le Royer. La première à s'arrêter devant la porte de l'appartement de Laurence, Mélanie lui tendit la main. Elle avait décidé du moment et de l'endroit de la séparation.

— J'espère que nous allons nous revoir, dit-elle.

— Je l'espère de tout mon cœur. Tu as un avantage sur moi : tu sais où me trouver.

Mélanie lui signifia qu'effectivement elle avait cet avantage, puis elle s'éloigna. Laurence cria son nom.

— Sois prudente, ajouta-t-elle.

La jeune fille avait déjà tourné le coin de l'allée fleurie. Si elle l'avait entendue, elle ne le lui montra pas. Son pas rapide la menait droit devant et elle mordait sa lèvre pour ne pas pleurer.

20

Eɴ ʟ'ᴀʙsᴇɴᴄᴇ de Marc, Laurence s'obligeait à reprendre sa routine normale. Des journées chargées l'attendaient à l'atelier. On mettait la dernière main à la nouvelle collection. Le soir venu, elle rentrait à l'appartement et s'accordait un instant de détente avant de sauter sous la douche.

Le réfrigérateur accusait un vide déconcertant qu'elle ne pensait pas à combler, ses repas étant pris à l'une ou l'autre des terrasses du Vieux-Montréal ou ailleurs dans le voisinage. Avant d'arrêter son choix, elle regardait attentivement autour d'elle, scrutant les alentours. Comme une préoccupation de tous les instants, comme un blâme revenant à son esprit, une pensée la poursuivait. Laurence regrettait de ne pas avoir insisté pour obtenir l'adresse de Mélanie. L'unique possibilité qu'elle avait d'entrer en communication avec sa nièce était d'appeler Martine, un geste qu'elle s'interdisait. Elle ne risquerait pas de semer le doute dans l'esprit de sa sœur. Qu'est-ce que Martine connaissait des projets de sa fille ? Que comprenait-elle des motifs de son exil ?

Laurence s'était résignée à attendre. Mélanie donnerait de ses nouvelles à un moment ou à un autre.

Cela faisait cinq jours que Marc était absent, six que Mélanie s'était fondue dans la nuit comme une ombre fuyante ; quatre jours que Laurence était passée chez son médecin pour qu'il vérifie une cicatrice qui guérissait mal. Cette visite médicale fut l'occasion d'une sévère réprimande. Une femme comme elle n'avait pas le droit de négliger son apparence de la sorte, avait dit ce médecin qu'elle voyait une ou deux fois par année.

Se souvenant des récentes révélations de Mélanie pour qui la beauté était devenue néfaste, Laurence avait fait en sorte qu'il ne s'éternise pas sur le sujet. «Mon état de santé, docteur. Dites-moi quel est mon état de santé, et le reste, je m'arrangerai avec», avait-elle dit. La fatigue avait cerné ses yeux. Le diagnostic du médecin se résumait simplement. Elle faisait un début d'anémie. De meilleurs repas et du repos et surtout moins de problèmes, et ses forces reviendraient comme avant. Une analyse de sang devrait le confirmer cependant.

Marc avait téléphoné. Tout se passait au-delà de ses espérances. Le défilé avait été un succès remarquable. Leurs propres présentations avaient causé des surprises et suscité des réactions positives dans le milieu. Il était bon de côtoyer le talent à son état pur, avait dit un collègue. Avec une tristesse évidente dans la voix, Marc avait simplement ajouté qu'il regrettait qu'elle ne soit pas là. Ensuite, il avait raccroché.

N'ayant pas la moindre envie de sortir, Laurence prit sa douche comme de coutume et enfila un peignoir. Son parfum habitait chacune des parcelles d'humidité qui se pulvérisaient dans l'air. Son image lui apparut dans la glace. Elle s'en approcha. Se regardant plus attentivement, il lui sembla que le cerne rougeâtre autour de la cicatrice ayant nécessité une investigation était plus apparent que la veille. Inquiète, elle s'empara du téléphone et fit le numéro de la clinique médicale. Ce serait un coup de chance si son médecin était de garde, pensa-t-elle.

Le fort accent de la réceptionniste lui était familier. Cette jeune Asiatique à l'emploi de la clinique lui dit avoir justement reçu ses résultats d'examens.

— J'allais vous appeler, dit la femme.

— Croyez-vous que le docteur peut me recevoir ce soir ? Je suis inquiète.

— Attendez voir. Oui, je crois. Si vous venez après vingt et une heures, il vous recevra.

Laurence raccrocha. Elle se demandait comment tuer le temps avant ce rendez-vous. Il était clair qu'elle n'allait pas rester là à se morfondre. Elle descendit vers le port. Là comme ailleurs, il était encore tôt pour voir l'affluence des dernières belles soirées de cette fin d'été. Les pistes entières lui appartenaient. Les dalles de briques qui recouvraient les allées l'invitaient à aller plus loin, à longer le fleuve en écoutant le murmure de l'eau. Elle marcha jusqu'au bout de la piste, là où l'horloge à quatre faces se dressait devant elle en lui imposant ses limites.

Elle reprit le chemin du retour. Le jour s'était éteint après que le soleil se fût ébréché sur les clochers de quelques églises. Les lumières de la ville avaient pris la relève quand les amuseurs publics s'amenèrent au milieu de la place. Des odeurs émanaient de chaque terrasse. Aucune ne l'avait convaincue de s'attabler devant un verre de vin blanc, un feuilleté de fruits de mer ou une salade d'épinards. Laurence marchait sans but précis. Elle tuait le temps.

* * *

Il était tout juste vingt-deux heures, quand un bruit de pas trouva écho sur les murs des immeubles des Cours Le Royer. Une femme courait sur les tuiles de béton. Son ombre allongée rejoignait celle d'une autre femme appuyée au mur.

– J'ai pensé qu'en t'attendant ici je ne pouvais pas te manquer. D'où viens-tu ? Je t'ai cherchée partout.

Laurence reconnut ce timbre de voix, l'accent aussi.

– Mélanie ! Comme je suis heureuse de te voir ! C'est le bon Dieu qui t'envoie. Viens ! Monte avec moi.

Cette fois, il n'était pas question d'un refus ni même d'une hésitation. Le ton était sans équivoque. Laurence ouvrit la porte de l'entrée principale et se dirigea droit vers l'ascenseur avec la certitude que Mélanie la suivait. Elle ne pensa même pas à regarder derrière pour s'assurer de sa présence.

Lorsqu'elles furent arrivées à sa porte, un subtil parfum de fleurs séchées s'échappa de l'appartement. Laurence était nerveuse, agitée. Elle tournait en rond sans inviter Mélanie à s'installer.

Ce décor dans lequel Mélanie n'osait pénétrer avait tout pour la ravir, pour susciter un pincement au cœur. Ramenée à un passé encore très récent, elle pensait à sa mère, à sa jolie petite maison, à ce que représentait pour elle ce carré de bois et de briques. La voix de Laurence qui l'invitait à prendre un siège la ramena à la réalité, mais elle ne fit d'abord pas attention à ses paroles. Son souffle court l'inquiétait.

– Qu'est-ce qui se passe ? demanda-t-elle.

Laurence fit un effort pour se calmer, car Mélanie avait besoin d'être rassurée, de l'entendre dire combien grande était sa joie de la revoir. Elle cherchait ses mots.

– Ça va maintenant. Comme je n'avais aucune indice sur l'endroit où tu vivais, je m'étais résignée à t'attendre et te voilà. Je suis très heureuse que tu sois venue, Mélanie. Est-ce que je peux te dire que je me suis inquiétée ?

– C'est pour ça que je suis là. Je suis venue m'excuser. J'ai beaucoup réfléchi. En fin de compte, tout est de ma faute.

J'ai fait fausse route. Je t'ai prise comme modèle et ensuite comme planche de salut. Tu n'es pour rien dans ma façon de voir la vie.

— On y est toujours pour quelque chose dans la façon dont les gens nous voient.

— Ça n'a plus d'importance à présent. L'expérience que je vis dans la rue me glace le corps et le cœur. La souffrance est partout dans cette ville. Les jeunes cherchent une lueur d'espoir, mais ils s'enfoncent un peu plus chaque jour. J'ouvre les yeux et il me semble qu'il y a des années que je regarde dans ma tête. Je suis chanceuse de pouvoir compter sur l'amour de mes parents, de toute une famille. Il y a tellement de jeunes de mon âge qui n'ont absolument personne.

Le discours de Mélanie avait évolué depuis leur dernière rencontre. Laurence le constatait avec un contentement non dissimulé.

— Je préfère cette fille là à l'autre. La révolte n'a jamais engendré rien de bon et, crois-moi, je sais de quoi je parle.

Mélanie continuait de refuser de prendre un siège. Elle bougeait sans cesse. Laurence lui avait tourné le dos. Malgré ses efforts pour dissimuler sa nervosité, elle agissait de façon bizarre. Elle semblait secouée.

— Ce n'est pas ce que je t'ai dit ni ma visite qui te font cet effet. Il se passe quelque chose, n'est-ce pas? Pourquoi tu trembles comme ça? dit la jeune fille.

Laurence tenait sa tête entre ses mains. Les paumes appuyées sur ses joues et ses tempes, elle les glissait devant son visage en bougeant nerveusement les doigts.

— J'arrive de chez mon médecin.

Un mot évocateur de désagréments venait d'être prononcé. Si Laurence était allée consulter et revenait dans un état lamentable, la nouvelle l'était aussi, pensa Mélanie.

— J'allais faire vérifier cette cicatrice, dit-elle en se retournant et en soulevant la frange de cheveux qui recouvrait une marque rougeâtre.

Mélanie s'approcha et regarda attentivement. Tant d'inquiétude lui paraissait sans fondement, elle manifesta sa surprise.

— Qu'est-ce qu'elle a d'alarmant, cette cicatrice?

— C'est justement ce qu'a dit le docteur. Il a ajouté que cela ne représentait aucun risque pour mon bébé.

— Pour ton bébé? Laurence! Qu'est-ce que ça veut dire?

— Ça veux dire que je suis enceinte, Mélanie. Enceinte!

Un rire qui sonne faux, une lèvre tremblante et des larmes coulant sans retenue, Mélanie avait vu ces signes chez Jolie, la petite clocharde avec qui elle avait passé la nuit précédente. Une overdose. Laurence aussi avait son overdose. Toute la souffrance d'une telle révélation trouvait écho chez elle. N'osant lever son regard vers sa tante, la jeune fille fixait son ventre comme si les signes de l'événement allaient déjà lui apparaître. Elle se taisait.

— Tu ne dis rien. Tu ne poses pas de questions? Tu n'as pas envie de me demander qui est le père de ce bébé?

Mélanie eut un haussement d'épaules, une moue significative. Laurence parlait sans savoir. Elle lui prêtait des sentiments qui ne lui ressemblaient pas.

— Cela ne me regarde pas, dit-elle. C'est ton secret! Ton secret à toi!

Les explications vinrent cependant et avec une rapidité inattendue.

— Il est de Gabriel!

Entraînée dans le tourbillon de la vie, elle en faisait partie. Impossible de se fermer au monde et de se reposer la tête et le cœur. Laurence était fatiguée, tourmentée.

— Pourquoi tout cela est-il arrivé? Pourquoi un innocent serait-il obligé de payer pour les folies des autres? demanda-t-elle.

Mélanie crut deviner de sombres intentions.

— Tu n'as pas envie de faire une autre folie, n'est-ce pas? Ce n'est pas à cela que tu penses?

Posée à haute voix, la question de Mélanie avait la même résonance que la sienne, mais comment répondre déjà à ce qui engageait sa vie entière? Comment répondre de ce que le destin lui réservait? Devant son silence, Mélanie la pressa de lui dire le fond de sa pensée.

— Tu ne penses pas à t'en débarrasser? avait-elle demandé de nouveau.

— Je ne sais pas encore. J'ai peur, c'est tout.

— Ne fais pas ça, Laurence. Tu vas le regretter toute ta vie. C'est trop difficile après.

Mélanie s'était enfin assise. Ses jambes le réclamaient. Consciente du regard de Laurence posé sur elle, elle le supportait mal. La sueur perlait sur son front, et dans ses yeux une larme pointait.

— Mélanie, qu'essaies-tu de me dire? Qu'est-ce que je dois comprendre? Toi aussi, tu étais…?

Sa vigueur à lui interdire un tel geste était suffisamment éloquente. Mélanie n'avait rien à ajouter. Elle bougeait la tête. Comme la cloche d'une église sonnant un glas, sa tête balançait. Tout avait été compris et pourtant Laurence sentit le besoin de mettre des mots sur ce nouveau drame.

— Pas seulement violée ? murmura-t-elle.

Mélanie lui interdit d'en dire davantage. Elle refusait aussi d'en discuter. L'important était qu'elle sache. Pour le reste, c'était du passé. Laurence passa outre à ses interdictions. Devant Mélanie qui mordillait nerveusement son pouce, elle ne cherchait plus à cacher sa colère contre la vie, la mort, la terre entière. Elle déshonorait les hommes, l'amour surtout.

Complètement à bout, elle se tut. Mélanie n'était toujours pas intervenue. Elle avait commencé à dénouer ses lacets après avoir essuyé les traces de poussière qui en ternissaient les extrémités. Le manège intriguait. Il déconcertait. Alors que tout restait à dire, elle s'évertuait à ne plus faire partie d'une discussion qu'elle jugeait terminée.

— Est-ce que tu permets que je dorme ici ce soir ? dit-elle.

Rien ne pouvait lui faire davantage plaisir que cette demande inespérée. Elle pouvait rester ce soir et demain, et tout le temps qu'elle voudrait, lui dit Laurence avec plus d'émotion que Mélanie n'en aurait souhaité.

— J'ai besoin d'un toit pour quelques jours seulement, reprit-elle aussitôt. C'est qu'il m'arrive un imprévu. C'est à cause de mes copines. Elles ont perdu la tête, je crois. Il y a des gars là-dessous. Deux étudiants qu'elles ont rencontrés, je ne sais où ni comment. Ces beaux parleurs les ont convaincues que si je m'en allais ailleurs, ils seraient quatre pour payer le loyer et que ça prendrait le même nombre de lits. En attendant, moi, je ne sais plus où me loger. J'ai seulement besoin d'un petit coin pour dormir.

— Je te répète, Mélanie, que tu es ici chez toi.

— Je serai déjà partie quand Marc reviendra. J'ai ce qu'il faut pour vivre. Je suis arrivée ici avec mes économies de deux ans et un petit montant que grand-père m'a laissé. Ce n'est pas pour une question d'argent que je te demande ce service.

Déstabilisée depuis sa visite chez le médecin, Laurence entrevoyait un instant de bonheur. Mélanie comblait un vide, elle prenait une place dans son existence perturbée. Laurence s'employait toujours à le lui faire comprendre quand Mélanie leva le voile sur son inquiétude.

— J'ai peur, dit simplement cette dernière.

— Peur ? Peur pour toi ou pour moi ?

Mélanie s'était déjà ravisée. Elle faisait volte-face et cherchait un nouveau sujet de conversation. Pressentant qu'elle lui cachait quelque chose, Laurence la regarda longuement. Son malaise la trahissait malgré le mal qu'elle se donnait pour paraître parfaitement au-dessus de la situation.

Mélanie revint à la charge. Était-ce donc si urgent qu'elle prenne une décision ? Qu'allait-elle faire pour le bébé ? lui demanda-t-elle.

Laurence était tout près de lui en vouloir. Quelque part au-dedans d'elle naissait une sensation nouvelle, indescriptible. C'était tout chaud comme la joie de porter un enfant; comme ce bonheur auquel elle avait renoncé en épousant Marc, qui ne le lui aurait jamais procuré. La vie faisait preuve d'extravagance. Elle se jouait de toute prévision, de toute planification.

L'enfant qui vivait dans son sein semblait préoccuper Mélanie. Plutôt que de lui répondre, Laurence s'en remit à son jugement.

— À ton avis, qu'est-ce que je devrais faire ?

— Le garder envers et contre tous.

– Envers et contre tous, ça veut dire envers et contre Marc. Envers et contre ma carrière, mon emploi, de dire Laurence, tout à coup d'une lucidité incontestable.

Mélanie reprit ses propres paroles afin de lui faire prendre conscience d'une autre éventualité. Garder cet enfant pouvait vouloir dire penser à lui, à elle, à leur bonheur futur et à Gabriel. Il ne fallait pas l'oublier.

Devant cette sagesse indéniable, envahie par une paix soudaine, Laurence se sentait moins seule pour affronter l'avenir. Elle s'approcha de Mélanie.

– Tu sais que tu es extraordinaire, lui dit-elle.

De nouveau lointaine, trop songeuse pour accepter le compliment, Mélanie fit quelques pas dans la pièce.

– Qu'est-ce qui se passe? C'est notre conversation qui te fait cet effet?

– C'est tout ça. C'est beaucoup d'émotions en une seule journée. Si nous allions dormir?

– C'est vraiment ce que tu veux?

– Oui, mais ça m'embête un peu de te demander cela. Je suis partie avec presque rien. Juste ce petit sac à dos et quelques effets personnels. Tu as quelque chose à me prêter pour dormir? demanda-t-elle.

Un doute vint à l'esprit de Laurence. Mélanie essayait-elle de lui dire qu'on l'avait mise à la porte? Ce qui arrivait n'était pas simple. C'était une longue histoire qu'elle lui raconterait le lendemain ou peut-être jamais, de dire la jeune fille. Il lui faudrait attendre de voir la suite des événements.

Mélanie parlait en paraboles et Laurence ne lui en voulut pas. C'était encore son droit. D'ailleurs, le temps était venu de monter. En haut de l'escalier agrippé au mur de briques centenaire, Laurence reconduisit sa nièce dans cette petite pièce vieillotte et élégante qui à l'occasion lui servait de lieu de détente.

On se donna un moment pour parler de banalités qui repoussaient le moment de se laisser. Toutes deux savaient que le sommeil ne viendrait pas facilement. Avant de refermer la porte derrière elle, Laurence s'arrêta.

– Est-ce qu'un jour tu me parleras franchement? osa-t-elle demander.

Mélanie la regarda. Elle n'en savait encore rien, mais un sourire éclaira son visage. Soulevant sa chevelure pour s'en faire une toque qu'elle retint d'une seule main, elle referma la porte de sa main libre. Elle resta là, le front contre le bois froid.

Laurence devait être redescendue, car elle n'avait vraiment pas sommeil.

21

I L NE RESTAIT que très peu de traces du passage de Mélanie à l'appartement des Cours Le Royer, mais il y régnait cependant l'atmosphère des jours de déménagement. Dans la pièce principale, une valise et des boîtes recouvraient une partie du parquet. Les tiroirs de la coiffeuse de la salle de bains principale étaient vides ou presque. Dans la chambre des maîtres, la porte de la penderie de Laurence était restée entrouverte et accusait un désert total. Au milieu de tout cela, un couple reprenait son souffle.

Laurence n'avait jamais soupçonné la violence dont était capable Marc. Elle regardait ce meuble ancien, ce guéridon qui faisait leur fierté à tous les deux, cette statue étêtée qui se mirait dans une des pointes du miroir brisé, appuyée au mur. La lourdeur de l'atmosphère lui pesait. Il faisait trop chaud pour une fin de septembre et tout à coup si froid dans leur cœur.

Manifestement encore sous l'effet d'une vive colère, Marc n'arrivait pas à baisser le ton comme elle le lui conseillait.

— Tu vas aller le rejoindre ? lui avait-il lancé.

— Si je pars d'ici, ce n'est pas pour aller rejoindre Gabriel. En tout cas, ce n'est pas dans mes projets.

— Alors, pourquoi tout ça ? Pourquoi partir ?

– Tu me poses réellement la question ? Ça voudrait dire que tu oublierais que l'enfant qui vit dans ce ventre-là sera toujours l'enfant d'un autre ? Je ne sais pas si j'ai envie de tenter le sort en t'imposant l'image de ma défaillance.

– Une défaillance ! Quel joli mot pour nommer ce que tu as fait quelques jours seulement avant notre mariage. Elle appelle ça une défaillance.

Chacune de ses paroles serait analysée, pesée et susceptible de revenir contre elle, quand elle ne servirait pas à blesser, à détruire, à abaisser surtout.

Encore sous le choc, Marc se promenait de long en large dans la pièce.

– Il faudra que tu m'expliques où je me suis trompé. Comment j'ai pu croire que tu étais une femme exception-nelle quand tu n'es qu'une…

Laurence ne le laissa pas terminer une phrase regret-table. Si elle lui reconnaissait le droit d'être déçu, elle refusait qu'il utilise des termes disgracieux pour la décrire. Elle avait des torts, mais il y avait des circonstances atténuantes. Gabriel avait été son grand amour, ce que Marc refusait de considérer. Sa douleur l'aveuglant, il était incapable de retenir le venin qui l'empoisonnait.

– Dire que je t'avais donné ma confiance et qu'aujour-d'hui tu la traînes dans la boue. Tu t'es moquée de moi, Laurence Auclair, lui cria-t-il.

Elle ne dit plus rien pour un moment. Quelque chose se brisa en elle et la laissa semblable à la statue qui jonchait le sol à ses pieds. Le regard fixé sur l'objet, elle attendit que passe l'orage. Quand elle vit que Marc pleurait en silence, ses larmes lui firent plus mal que ses insultes. Elle eut envie de le prendre dans ses bras. Craignant sa réaction, elle se retint.

– Marc, dit-elle, j'ai tellement de peine pour toi, pour nous deux. Je ne sais plus où je m'en vais. C'est vide devant moi. C'est pareil dans ma tête. J'ai peur à en mourir.

Sa lèvre tremblait toujours, mais il avait cessé de pleurer. Il regardait cette femme malheureuse, dont la détresse aurait dû le toucher. Mais il avait décidé d'adopter l'intransigeance.

– Si tu as l'intention d'aller rejoindre ta nièce dans la rue, tu as raison d'avoir peur, vomit-il.

Elle s'indigna à son tour. C'était ce qu'il faisait de ses confidences ! Il ne valait guère mieux que celle qu'il accusait de tous les péchés du monde.

– Pour ton information, je ne vais pas rejoindre ma nièce dans la rue. Je dormirai à l'hôtel en attendant de venir chercher mes affaires. Ce ne sera pas bien long, de toute façon. L'appartement que j'ai en vue sera libre dans une semaine.

– Tu peux dormir ici si tu veux. C'est moi qui pars. L'air est irrespirable ici.

– Marc, s'écria Laurence. Me diras-tu enfin à quoi tu as pensé pendant ces dernières semaines ? Tu réagis comme un homme qui ne soupçonnait rien. Tu devais pourtant te douter qu'il s'était passé quelque chose entre Gabriel et moi. J'étais tellement perturbée. Tu n'es pas né d'hier, il me semble.

Son espoir de la regagner l'avait aidé à tenir le coup et fait taire les vraies questions. Marc se croyait capable de passer par-dessus un écart. Il croyait aux bienfaits du temps qui passe. À présent, il y avait l'enfant et la décision de Laurence de le garder. Sa place n'était donc plus auprès d'une femme dont l'esprit et le cœur seraient constamment ailleurs. De là sa réaction, sa désolation.

– Qui aurait dit que nous en viendrions là ? lança-t-il.

Comme nul ne possédait la faculté de changer le cours des événements, Laurence abandonnait la lutte. Son choix de garder le bébé qu'elle portait ne représentait-il pas la réponse, le signe demandé pour une prise de décision finale ? Marc l'aurait suppliée d'interrompre cette grossesse qu'il se serait heurté à un refus catégorique. Heureusement, il ne l'avait pas fait.

La vie continuerait. Laurence en était parfaitement consciente. Aussi, elle se devait d'aviser Marc de ses intentions en ce qui concernait le travail.

– Je voudrais te prévenir que je n'irai pas au travail demain, ni les jours suivants, lui dit-elle.

– Maintenant que tu en parles, as-tu pensé à ce qui t'attend ? Nous travaillerons encore ensemble. Comment allons-nous vivre en présence l'un de l'autre ?

– J'ai eu tout mon temps pour réfléchir à ça et ma décision vient de là. Marc, je tire ma révérence. Dès la semaine prochaine, je n'irai plus au travail.

– Un coup de tête ou quoi ? Que va devenir la ligne Laurence Auclair ? On ne tire pas sa révérence comme ça quand des emplois sont en jeu.

– Je ne t'apprends pas que les deux prochaines collections sont prêtes et qu'une autre est en voie d'être finalisée. Ça nous donne amplement le temps de réfléchir à la situation.

Son intervention ressemblait à une nouvelle tentative pour la faire reculer, mais Marc faisait fausse route. Laurence avait pensé à tout, prévu tous les coups découlant de son geste. Elle sortit de la pièce. Deux minutes plus tard, elle revenait avec une boîte rectangulaire qu'elle plaça sur la table.

– Il y a là-dedans assez de matériel pour les deux années qui viennent. Je te donne le droit de l'utiliser. Cela compensera pour le préjudice que te causera mon départ. Je pense que je suis honnête avec toi en agissant de la sorte.

Marc ne trouva rien à dire pendant qu'elle étalait devant lui sa production de modèles des dernières semaines. Il y avait des années que le nom de Laurence Auclair était associé au sien dans les collections et il en serait désormais autrement, semblait-il. Le poids de la rupture se faisant lourdement sentir, il se leva.

– Il faut que je parte d'ici. J'étouffe, dit-il en quittant la pièce sans rien emporter.

* * *

Laurence s'était résignée à rester là, malgré le désordre et malgré le souvenir qu'il ravivait. Marc ne reviendrait pas de toute la nuit, elle en avait la certitude. Elle s'allongea sur le lit et, les yeux grands ouverts, elle se mit à écouter les bruits de la rue.

Septembre se mourait lentement. L'automne se colorait pour mieux cacher sa froidure. Il s'apprêtait à accompagner sa solitude, à l'envelopper de son manteau de feuilles mortes. De sombres pensées l'assaillaient. S'endormir dans le froid et pour longtemps. Ne plus se réveiller, se disait-elle quand un cri en provenance de la rue lui parvint. La voix masculine qui avait appelé une femme se nommant Marie était si proche, tout juste sous sa fenêtre. Qui était cette Marie qu'on appelait ainsi ? Une image s'éveilla dans l'esprit de Laurence. À cause d'un prénom prononcé plus haut que le bruit environnant, une vieille clocharde marchait dans sa tête. Elle traînait ses propres valises et portait son manteau ; Laurence était devenue la clocharde se promenant rue Saint-Sulpice et repartant vers la rue St-Denis sans lever les yeux sur ceux qui mettaient une pièce dans sa main tendue. Son esprit lui jouait des tours.

– Seule, murmura-t-elle. Il va falloir que je m'habitue à vivre seule. Qu'est-ce que je dis? Je ne suis pas seule. Il est là, lui.

Elle caressait son ventre encore plat. Ce geste eut pour effet de dérider son visage et d'illuminer son regard. Sa décision était prise. Elle ne resterait pas là à se torturer l'esprit quand quelqu'un avait enfin besoin d'elle.

L'instant d'après, revêtue de vêtements plus chauds, comme Marc l'avait fait quelques minutes plus tôt, elle sortit en laissant derrière un appartement en désordre et se joignit à la foule joyeuse qui déambulait dans la fraîcheur du soir. Il ne lui restait qu'à faire semblant de faire partie de la fête.

22

MÉLANIE avait tenu promesse en quittant l'appartement de Laurence avant l'arrivée de Marc. Certaines de ses choses s'y trouvaient encore. À l'appartement de ses copines aussi, il restait quelques-uns de ses effets personnels. Cet endroit était devenu à haut risque pour leur sécurité, avait-elle dit à Laurence en lui annonçant qu'elle réglerait tout cela le jour même.

Elle avait emménagé rue Sanguinet ; c'est-à-dire qu'elle avait accroché quelques vêtements dans la penderie, déposé brosse et séchoir à cheveux sur une tablette et ses produits d'hygiène personnelle dans la salle de bains. Quatre photos sur les murs et une aquarelle signée Jacky agrémentaient l'endroit. C'était suffisant pour le moment.

Son temps fut presque essentiellement occupé à déambuler dans les rues du centre-ville. Inconsciemment, Mélanie avait cherché Jolie. Ordinairement, la jeune itinérante se tenait aux abords de l'université du Québec ; elle y faisait ses classes, se plaisait à dire la fille aux cheveux rouges. La journée passa et, le soir venu, ses recherches s'étant toujours avérées vaines, Mélanie retourna dans le Vieux-Montréal avec l'intention d'y interroger deux personnes qui connaissaient Jolie depuis longtemps et qui étaient en mesure de la renseigner sur ses allées et venues.

Un risque certain était associé à cette démarche. Mélanie était consciente que, entre regarder vivre ces gens et faire partie de leurs regroupements parfois louches, il existait tout un monde. Elle n'était pas prête à outrepasser la ligne qu'elle s'était fixée, car, la nuit qui avait précédé son arrivée chez Laurence, elle avait compris des choses en restant auprès de Jolie jusqu'à l'aube. Sans fermer l'œil, à l'affût du moindre bruit, elle avait écouté les confidences de la jeune fille, qui venait elle aussi d'une région éloignée. «On va me retrouver dans un sac de vidanges, disait Jolie. C'est comme ça qu'on finit quand on refuse de travailler pour eux.» Eux, c'étaient les mystérieux, les gars qui passaient rapidement, qui demandaient des comptes, qui menaçaient, avait-elle expliqué, sans plus de précisions.

Ses préoccupations au sujet de Jolie furent reléguées au second rang quand elle passa tout près des Cours Le Royer. «À cette heure, se dit-elle, si Laurence a tenu sa promesse, Marc est au courant de tout.»

Elle marcha dans les rues avoisinantes de l'appartement du couple avant de finalement descendre au Vieux-Port. Ce jeudi soir, le dernier jour de septembre, l'air s'était suffisamment rafraîchi pour nécessiter des vêtements plus chauds. Il valait mieux aussi se mettre à l'abri du vent qui soufflait maintenant du nord. Les bâtiments du Vieux-Port retenaient un peu de la chaleur du jour. Quelques badauds profitaient du confort relatif qu'ils offraient encore pour admirer la ville et son mirage dans les grandes eaux du fleuve Saint-Laurent.

Mélanie fuyait ces lieux. Elle préférait bouger, circuler d'un endroit à l'autre. Le regard vif et constamment consciente de son environnement, elle suivait tantôt un couple, tantôt un groupe de joyeux fêtards, ne s'arrêtant jamais aux endroits où ces gens s'arrêtaient.

Il y avait deux heures qu'elle s'amusait à ce manège lorsqu'une voix lui parvint distinctement.

— Mademoiselle!

Personne ne la connaissait en ville. Elle ne méritait donc pas tant d'attention, se disait-elle lorsque la voix se fit entendre de nouveau, à dix pas d'elle, cette fois. Elle hâta le pas. Son attitude à elle seule devait clairement signaler à cet homme que son insistance l'agaçait et que son obstination frisait le mauvais goût.

— Hé! ne vous sauvez pas! Vous voyez bien que je veux vous parler. Attendez-moi! cria-t-il.

Mélanie continua sa route sans donner la réplique au jeune homme, qui avait délaissé son compagnon pour courir à sa suite. Maintenant qu'il s'était fait entendre, elle avait toutes les raisons du monde de ne pas rester là. Elle chercha vainement à se perdre dans la foule.

Il l'avait rattrapée. À bout de souffle, la vapeur de son haleine embuant ses lunettes, il se tenait si près d'elle que sa chaleur la rejoignait. Il la prit cavalièrement par le bras. C'était, de toute évidence, la seule manière de l'empêcher de fuir.

— Mais où allez-vous comme ça?

La question était venue entre deux bruyantes respirations. Mélanie se retourna si brusquement qu'il faillit la heurter.

— Je vais où tu ne seras pas, lui dit-elle.

— Bon, bon, j'ai compris!

Il avait libéré son bras sans toutefois battre en retraite. Il restait devant elle, de façon à lui barrer la route.

— Je croyais que vous seriez heureuse de revoir l'homme qui vous a sauvé la vie, dit-il en observant sa réaction.

Cette fois, il avait réussi à attirer son attention, à provoquer son étonnement. Intriguée, Mélanie examina ce garçon vêtu d'un jeans et d'un manteau de cuir et portant un appareil photo en bandoulière.

Il crut qu'elle avait consenti à poursuivre la conversation.

— Je m'appelle Gilbert Martel, dit-il. Vous n'avez sûrement pas oublié la chute à l'Ours. J'étais au pied des rapides quand vous êtes…

Mélanie avait si peu vu la personne qui avait pris sa main tendue pour la tirer des rapides.

— Ah! le journaliste, dit-elle sèchement, comme si son titre seul devait exister.

— Le journaliste à l'affût de nouvelles intéressantes est à vos ordres si vous me dites ce que vous faites ici.

— Je fais la même chose que vous : je profite de l'air frais, dit-elle sèchement.

— Je n'en crois pas un mot.

— Libre à vous.

— C'est une surprise de vous retrouver ici. Et cet accoutrement… Votre tante ne doit sûrement pas apprécier.

— Ma tante, c'est ma tante, et moi, c'est moi. Laissez-moi. Je n'ai pas de temps à perdre à vous écouter. Il faut que je rentre chez moi.

— Je peux savoir où c'est, chez toi ?

— Jamais de la vie !

— Bon, comme tu voudras. Je finirai bien par trouver où tu niches.

Mélanie s'impatientait. De quel droit ce jeune homme lui tenait-il des propos aussi insolents ? De quel droit avait-il cessé brusquement de la vouvoyer ? Elle planta ses yeux dans les siens et lui interdit de la suivre.

Sentant qu'il ne devait pas aller plus loin, Gilbert Martel fit un geste, une courbette ressemblant à une révérence, et recula lentement. Il se heurta à son compagnon qui l'avait rejoint.

— On appelle ça se faire river le clou, mon ami, l'entendit-il dire. On dirait que cette fille-là est à prendre avec des pincettes.

Le colocataire de Gilbert n'avait rien manqué de la scène. Il était tout à fait heureux d'en avoir été témoin et ne faisait rien pour le dissimuler.

La réponse de Gilbert allait cependant le stupéfier.

— Cette fille-là, mon cher Julien, c'est la nièce de Laurence Auclair.

— La nièce de Laurence Auclair, répéta Julien Cormier. Tu veux dire que cette fille qui vient de partir, c'est la fille qui... La même que sur la photo qui trône à la tête de ton lit ? Eh bien ! tu as eu de la chance de la reconnaître, habillée comme elle l'est.

— Il faut dire que moi, je l'ai vue autrement qu'en photo. J'ai eu le temps de l'observer quand elle était au camping. Sa tante aussi, d'ailleurs. Ce n'est pas la première fois que je la rencontre ici. Il y a même un bout de temps que je me demande à quoi elle joue. Son attitude est étrange. On dirait qu'elle cache quelque chose et je compte bien découvrir ce que c'est.

Confondu, Julien Cormier ne trouvait rien à dire. D'ailleurs, Gilbert ne l'aurait pas écouté. Il semblait captivé par cette Mélanie qu'il cherchait à apercevoir. Il le devançait d'au moins dix pas et se faufilait à travers les gens qui traversaient l'intersection, dans l'espoir de la rattraper.

– La chasse au sujet intéressant est remise à demain, dit-il en affichant une fausse indifférence.

– Nous allons aux Deux-Pierrots?

– Quoi? Non, pas ce soir. Je rentre, dit Gilbert Martel, encore distrait.

Julien resta sur place. Gilbert continua seul vers la place Jacques-Cartier. Il entretenait un faible espoir d'y retrouver Mélanie.

23

Ce matin-là, une gelée blanche avait recouvert la région du Saguenay. Elle n'était pas la première à signaler que la nature devrait bientôt se soumettre aux règles établies; l'été ne pouvait rien contre les assauts de l'automne. Cette éventualité bouleversait Camille Auclair, qui avait compté profiter encore de la clémence du temps pour refaire ses forces.

Depuis qu'elle ne partageait plus sa grande demeure qu'avec des fantômes, elle s'entourait de souvenirs. Il y aurait bientôt trois mois que Georges n'était plus là. Sa chaise à la housse usée le lui rappelait constamment.

Les récoltes du potager étaient en dormance dans la cave de terre battue. Camille avait tout rentré seule. «Le travail occupe l'esprit», se plaisait-elle à rappeler à Paul et à Martine qui lui reprochaient d'abuser de ses forces.

Camille évitait de se donner en spectacle. Elle avait horreur des plaintes et des lamentations. Celles de Martine lui rendaient parfois la vie insupportable. Bien sûr que Mélanie était partie! Bien sûr que Laurence ne donnait pas de nouvelles! Qu'y pouvait-elle, à part s'interroger sur les causes et les effets de l'absence de ces deux femmes?

Faisant mentir toutes les prévisions, Camille surprenait par sa manière de vivre sa solitude. Elle s'en était fait une complice, disait-elle. Contrairement à Martine, qui ne semblait s'intéresser à rien, Camille reprenait à la vie ce qu'elle lui avait volé. Ses feuilles de musique adossées à la caisse du piano le prouvaient; on n'avait jamais vu autant de livres marqués d'un signet traîner dans la maison.

Ce soir-là, le piano était resté silencieux à cause du retard que Camille avait pris sur son tricot : des bandelettes d'un mètre de long sur dix centimètres qu'elle tricotait, enroulait et plaçait ensuite dans la boîte qui servirait à leur expédition dans une léproserie. Ce tricot était sa manière d'être utile.

Ces bandes de coton faisaient image pour la femme. Leur étrange ressemblance avec une page d'écriture la fascinait. Des lignes, des centaines de lignes bien droites, à la suite les unes des autres. Encore un peu et sa vie lui apparaissait. La figure tellement proche de la réalité la saisit davantage encore quand une maille glissa de l'aiguille. «Les mailles qu'on échappe laissent des trous béants et rapetissent la pièce d'ouvrage. Exactement comme quand ceux qu'on aime s'en vont et qu'on se retrouve seule», se disait-elle.

Son tricot se retrouva sur ses genoux. Un dernier brin de laine enroulé autour des doigts, Camille regardait vers la fenêtre. Du côté est, une voiture venait d'apparaître au loin.

Il ne passait presque plus personne dans le rang après le bulletin de nouvelles de vingt-deux heures. Ce véhicule était probablement celui de Paul et Martine qui, après avoir fait des courses, devaient s'être attardés au restaurant.

La voiture s'engagea dans l'entrée voisine. Ses occupants n'auraient pas à faire un détour pour venir aux nouvelles. Camille avait été on ne peut plus claire sur un point : personne ne devait la considérer comme une handi-capée ou une femme dépendante.

Martine et Paul ne vinrent pas. Cependant, lorsque la sonnerie du téléphone retentit, Camille crut que l'appel venait de la maison d'à côté. Un deuxième coup très rapproché du premier indiqua qu'on téléphonait de l'extérieur. Le regard de Camille Auclair se posa sur l'horloge, comme si l'heure détenait un indice révélateur de la provenance de l'appel.

Une femme répondit à la formule habituelle. Le son de cette voix fit naître un sourire sur ses lèvres. La main de Camille trembla.

– Laurence ! C'est toi ?

– C'est bien moi. Est-ce que je t'ai réveillée ?

– Pas une sainte miette. Je ne vais jamais au lit avant onze heures, des fois minuit. Je suis tellement contente de t'entendre. Dis-moi comment tu vas. Et Marc ? Est-ce que tu as vu Mélanie dernièrement ?

Le flot de questions provoqua l'effet contraire de celui escompté. Ses questions demeurèrent sans réponse. La gorge serrée, Laurence prononça un seul mot.

– Maman, dit-elle simplement.

Camille traîna l'appareil avec elle. Accablée par un pressentiment, elle avait besoin de prendre appui. Elle retourna à son fauteuil.

– Qu'est-ce qui se passe, ma grande ? Ça ne va pas, n'est-ce pas ?

Le moment des confidences se ferait attendre. Malgré son besoin de parler, Laurence mit son trouble sur le compte de sa joie de l'entendre. Le scepticisme de Camille n'allait pas gâcher son bonheur d'avoir sa fille au bout du fil. Elle prit sur elle de faire les frais de la conversation en y allant de quelques banalités au sujet de la température.

- À Montréal, il doit faire plus chaud qu'ici, dit-elle sans intérêt pour la réponse.

– Il fait beau, je crois.

– Tu crois ? Qu'est-ce que ça veut dire ? Tu n'es pas à Montréal ?

– Excuse-moi, maman. J'ai la tête ailleurs. Je suis à Montréal et il fait beau même si le fond de l'air se rafraîchit de jour en jour. Pour répondre à ta dernière question, j'ai vu Mélanie. Elle a dormi chez moi pendant quelques jours.

– Tu n'as pas eu envie de la garder avec toi ? Mélanie est si jeune et si inexpérimentée. Je pense… Nous espérions tous apprendre qu'elle vit avec toi plutôt qu'avec des étrangères. Ce serait tellement plus rassurant pour tout le monde. Ça ne me dit rien de bon de la savoir en ville, tu sais.

Personne n'avait été prévenu du changement survenu. Pour la famille, Mélanie partageait toujours l'appartement de ses copines. Laurence se garda de révéler la vérité.

– Mélanie est une adulte, dit-elle. Elle est libre de ses actes. Elle décide de vivre où elle veut et de faire ce qu'elle veut.

Il y eut un silence au bout du fil. La contrariété de Camille n'échappa pas à Laurence, qui choisit de passer outre en s'informant de Martine, qu'elle avait vainement tenté de joindre par téléphone. Camille comprit son manège et elle brûlait de parler d'autre chose que de l'absence de Martine. Laurence était trop discrète au sujet de Marc. Usant de toute la naïveté dont elle était capable, Camille ramena sa fille au sujet qui l'intéressait.

– Comment va Marc ? lui demanda-t-elle.

Le silence de Laurence parlait déjà. Les choses ne s'arrangeaient pas entre eux.

– Aussi bien te l'avouer, je quitte Marc. J'ai trouvé un appartement et j'emménagerai la semaine prochaine.

Sa fille lui tenait des propos incohérents. Elle parlait d'un prochain déménagement qui tantôt lui paraissait la meilleure chose pouvant lui arriver, tantôt un supplice. Camille l'écoutait en se demandant quand le fond de sa pensée allait transgresser toutes les convenances qu'elle s'était imposées jusque-là.

Ce moment-là vint plus vite qu'elle ne l'aurait cru.

— Maman, est-ce que quelqu'un a eu des nouvelles de Gabriel ? lança Laurence.

La rapidité avec laquelle elle avait parlé lui donna l'impression d'avoir bafouillé et, cette fois, tout était clair dans l'esprit de Camille. Sa fille ne s'était pas remise de son aventure. Son beau mariage avec Marc Olivier n'aurait pas lieu à Noël ni tant que Gabriel Dorval occuperait ses pensées et son cœur.

— Tu veux vraiment que je réponde à cela ? demanda-t-elle à son tour.

— Non ! Laisse. Je préfère ne pas savoir où il est. D'ailleurs, si je quitte Marc, ce n'est pas pour aller vers Gabriel. Je vais vivre seule un moment. Peut-être qu'un jour j'aurai assez payé pour le mal que je fais autour de moi. Ce jour-là, peut-être que je mériterai d'être heureuse.

— Je déteste t'entendre dire des bêtises, tu le sais, Laurence. Cesse de t'accuser de faire souffrir les autres quand c'est à toi que tu fais le plus grand mal. Ah ! ma pauvre petite. Qu'est-ce qui t'arrive depuis quelque temps ? J'aimerais tellement faire quelque chose pour t'aider. Pourquoi ne viens-tu pas à la maison pour une semaine ou deux, le temps de te changer les idées ? Il me semble que je pourrais t'aider à passer à travers ce dur moment.

— Ce que tu peux faire de mieux pour moi, maman, c'est de ne pas me juger et de continuer de m'aimer malgré tout, malgré mes folies.

– Laurence! Le fais-tu exprès pour me mettre à l'envers? De quoi parles-tu? Tu me caches des choses?

Un bruit de porte qu'on referme parvint à Camille. Laurence avait interrompu la conversation. Quelqu'un venait d'entrer chez elle.

Camille insistait quand même.

– Laurence, tu es là? répétait-elle.

– Maman, il va falloir que je te laisse. Je te rappellerai demain ou après-demain. Bonne nuit, maman. Prends soin de toi. Je te téléphone sans faute.

Comme une lamentation interminable, la tonalité se fit entendre et Camille l'écouta un instant avant de raccrocher à son tour. Elle était si lasse tout à coup et tellement déçue. Cet appel avait réussi à aviver son inquiétude.

* * *

Une main sur le récepteur, Laurence regardait Marc. Ses yeux rougis lui apparurent avec le blâme qu'ils portaient encore. Elle attendit avant de s'informer des raisons qui l'avaient poussé à revenir à l'appartement. Marc s'était assis dans ce fauteuil de cuir qu'il affectionnait particulièrement pour passer une soirée tranquille au coin du feu ou devant le téléviseur. Il respirait mal.

– Tu as changé d'idée, dit Laurence, incapable de supporter le silence qui persistait.

Il lui retourna la question, mais, ne jugeant pas utile de répondre, elle s'effondra dans son fauteuil à son tour. La voix de Marc lui parvint comme venant d'ailleurs. L'avait-elle bien compris? Il s'accrochait à un espoir, avait-il dit.

– Si tu acceptais de…

Il hésitait à prononcer le mot et Laurence le regardait, lui défendant d'aller plus loin.

— Si l'enfant n'était pas là, je crois que nous aurions une chance de recommencer à neuf, continua-t-il malgré son interdiction.

— Il n'en est pas question ! Je garde mon bébé ! Je te plains, Marc. Cette proposition est indigne de toi. Crois-tu qu'on puisse passer l'éponge aussi facilement sur ce qui nous arrive ? J'ai ramassé les morceaux du miroir que tu as cassé et la statue de porcelaine aussi. J'ai jeté tout ça à la poubelle. Tu voudrais que je fasse la même chose avec mon enfant ? As-tu réellement pensé à ce que cela pouvait signifier ?

— Je m'accroche à ce que je peux, Laurence. Je ne veux pas te perdre. Je t'aime, mais ne me demande pas de passer le reste de ma vie à regarder grandir l'enfant d'un autre et à imaginer dans quelles circonstances il a été fait. C'est déjà difficile pour un homme d'avouer sa stérilité, s'il faut en plus qu'il assume l'infidélité…

— Je vois que tu as compris. C'est exactement ce que je t'ai expliqué plus tôt. Ne crois pas que ce soit de gaieté de cœur que j'abandonne une partie de ma vie. Il y a toi et cet appartement et mon travail, mais avant tout ça, il y a le petit que je porte.

— Et tu aimes son père !

Fallait-il lui faire encore plus de mal, répéter ses propres paroles ? Laurence le fit pourtant pour elle-même en s'éloignant pour cacher son trouble et sa fatigue. Marc monta derrière elle. La discussion n'était pas encore close.

— As-tu imaginé quelle sera ta vie avec un enfant, ma pauvre Laurence ? Tu es habituée au monde, au beau monde, aux soirées, aux rencontres intéressantes, et tu vas te retrouver seule avec des biberons à préparer, des couches à changer. As-tu réfléchi ?

Marc lui servait les propos de Georges. Réfléchir encore. Quand donc se terminerait cette période de questions et de réponses qui clouait son regard au sol pendant de longues heures?

– J'ignore où tout cela va me conduire, Marc. Je suis en route vers l'inconnu. Je sais que je devrai compter sur mes propres forces pour passer au travers. La fatalité va me conduire quelque part où je cesserai de regarder en arrière et où ce que j'aurai sera meilleur que ce que j'ai laissé.

– Tu ne manques pas d'assurance, mais tu peux toujours rêver, Laurence. La vie réserve des surprises. Je sais de quoi je parle, laisse-moi te le dire.

Il valait mieux ignorer des propos dictés par la peine et le ressentiment. Se taire plutôt que d'engager une nouvelle dispute. Elle s'apprêtait à quitter la chambre, mais elle se ravisa.

– Si tu es revenu avec l'intention de dormir ici, c'est moi qui irai à l'hôtel, dit-elle.

Elle l'avait ramené à une réalité plus près d'eux. Marc était passé reprendre sa valise et quelques vêtements propres dans la penderie. Il n'avait aucunement l'intention de rester. Il lui laissait l'appartement pour elle seule.

– Si cela t'intéresse, je serai chez Fanny, le temps d'arriver à un règlement entre nous. Ensuite, je verrai, lança-t-il.

– Chez Fanny?

Conscient que sa décision la toucherait, Marc évaluait l'impact d'une révélation non préméditée. Laurence se mordit la lèvre, mais garda le silence. Elle devinait ses pensées. Il cherchait encore à la blesser. Elle ne niait pas le sentiment que lui inspirait le choix de Marc, mais elle refusait de se laisser toucher par une situation qu'elle avait elle-même provoquée. Elle attendit qu'il ait terminé de ramasser ses choses et le reconduisit à la porte.

Juste avant de partir, Marc lui conseilla de ne pas faire de projets à long terme parce qu'il se pouvait qu'il reparte pour Paris avant longtemps.

– Je devais te soumettre un plan et discuter d'une proposition qui m'a été faite là-bas. Maintenant que mes projets ne concernent que moi, j'agirai seul et au meilleur de ma connaissance. Qui sait ? Peut-être qu'une longue séparation est ce qui pouvait nous arriver de mieux en ce moment.

– Marc, si tu veux que nous en parlions ensemble…

– Est-ce utile ? Est-ce que cela changerait quelque chose à ta décision ?

Laurence fit un signe vague. Marc avait raison : il lui faudrait s'habituer à ne plus faire partie de sa vie. Un trouble soudain l'envahit, elle souhaita qu'il parte immédiatement, qu'il la laisse seule, car elle doutait de pouvoir se contenir encore longtemps.

24

LES JOURS passèrent et octobre déclinait. Le soleil disposait de plus d'espace pour atteindre les branches des arbres. Depuis des semaines qu'il rougissait les érables, qu'il réchauffait les ruelles à l'abri du vent du nord. Jolie disait s'en faire une réserve pour l'hiver quand, ouvrant son manteau long jusqu'à la cheville, elle découvrait les marques qui bleuissaient ses cuisses longues et maigrelettes. Mélanie la voyait régulièrement. Elle apprenait plus d'elle sur la vie que tous les livres de psychologie réunis n'auraient pu lui en apprendre, racontait-elle à Laurence quand les deux femmes se rencontraient à l'une ou l'autre des terrasses du Vieux-Montréal.

La froidure du temps n'avait encore aucun impact sur cette habitude. Il suffisait d'un chandail de plus pour résister une heure ou deux devant un café qui refroidissait dans les deux premières minutes.

Mélanie venait de plus en plus souvent rencontrer Laurence. Toutes deux ressentaient le poids de la solitude sans pour autant vraiment se l'avouer. Marc était parti pour Paris en compagnie de Fanny. Après entente au sujet de l'appartement, on avait décidé que Laurence habiterait les Cours Le Royer jusqu'à Noël. Ensuite, ils verraient si l'un ou l'autre continuerait d'y habiter.

* * *

L'après-midi tirait à sa fin et Mélanie venait tout juste de quitter les abords de l'université du Québec. Elle aimait se trouver là à la sortie des cours. Le contact avec cette foule en plein apprentissage la stimulait. Elle avait hâte d'en faire partie, car, malgré le mode de vie qu'elle avait choisi, il était clair dans son esprit qu'il n'était que temporaire.

Comme Jolie ne s'était pas présentée à leur rendez-vous, Mélanie avait dû organiser sa soirée autrement. Rue Sainte-Catherine, elle se mêla aux badauds qui traînaient devant les vitrines, avant de choisir un endroit où se restaurer. Elle toucha son estomac. Si Jolie ne s'amenait pas pour partager un sandwich et un café, il lui faudrait manger sans elle.

— Est-ce que tu permets que je t'invite?

La voix était venue de derrière. L'image de celui à qui elle appartenait se reflétait à côté de la sienne dans la vitrine. Mélanie ne crut pas utile de se retourner. Elle avait reconnu Gilbert Martel.

— Est-ce le journaliste ou mon sauveur qui me fait cette invitation? dit-elle sans bouger d'un centimètre.

— Celui que tu voudras. Peut-être les deux, à bien y penser.

— Il n'y a pas de sauvetage à faire ici ce soir. Aucun documentaire pour un reportage non plus. Ne perds pas ton temps, veux-tu?

Elle avait changé de place avec lui sur le trottoir, préférant être plus près de la rue que d'un mur.

— Tu as peut-être raison, mais laisse-moi en juger, reprit Gilbert.

Il l'avait obligée à lui faire face afin de mieux évaluer ses chances qu'elle accepte sa compagnie. Il attendait sa réponse et elle le faisait exprès pour le faire languir.

– C'est bon ! Si tu as du temps à perdre. Allons-y pour un café, dit-elle enfin.

Gilbert s'empressa de lui ouvrir la porte du restaurant avant qu'elle change d'idée. Mélanie le devança. Se gardant de laisser transparaître ses émotions, elle suivit l'hôtesse. Le bruit de ses talons hauts sur le plancher de tuile l'agaçait. Arrivée à leur table, la serveuse ne les laissa pas s'installer. Mélanie avait à peine ouvert son manteau pour se mettre à l'aise que la fille leur offrait à boire en déposant le menu sur la table.

– Tu nous laisses un peu tranquille ! Reviens quand on te fera signe, veux-tu ? lui lança-t-elle.

Mélanie s'était glissée plus au fond sur la banquette et Gilbert retenait difficilement son sérieux.

– Jolie a été un bon professeur et tu as vite appris tes leçons.

– Jolie ? Tu connais Jolie ? demanda-t-elle, manifestement surprise.

– Qui ne connaît pas Jolie, à l'université ?

– À l'université ? Ah oui ! J'oubliais que tu allais encore à l'université. J'ai fait erreur en te prenant pour un journaliste. Tu n'es en fait qu'un étudiant.

Il acquiesça d'un petit signe volontairement idiot. Qu'elle se soit souvenue d'un détail le concernant lui plaisait déjà. Peu importait l'impression qu'il avait fait sur elle. Pendant qu'elle enfouissait ses gants dans les poches de son manteau, il sortait un petit cahier noir, épaissi à force d'être malmené.

– Qu'est-ce que c'est ? demanda Mélanie, tout à coup intriguée et craintive. Tu n'as pas l'intention de m'interviewer ? Si c'est pour ça que tu m'invites, tu perds ton temps. Tu ne sauras rien de moi, lui dit-elle.

– Rien que je ne sache déjà, riposta-t-il.

– Qu'est-ce que cela signifie ?

– Que je joue le même jeu que toi. Tu suis Jolie et moi je vous suis toutes les deux.

Visiblement irritée, Mélanie bondit. Qu'est-ce qu'il ne fallait pas entendre ! Que signifiaient ces manières et cette intrusion dans la vie des gens ? Gilbert Martel la rassura tant bien que mal, car elle ne lui donnait aucune occasion de s'expliquer.

– Ne le prends pas mal. J'apprends mon métier, c'est simple. Si tu restes un peu tranquille et que tu me donnes cinq minutes…

– Je n'ai pas de temps à te donner ni d'explications à attendre de toi. Je m'en vais d'ici.

– Non ! Tu ne vas pas partir avant de m'avoir entendu. Ça fait des jours que je me demande comment t'aborder sans que tu te sauves. Maintenant que tu es là, je ne te laisserai pas t'enfuir avant qu'on ait parlé.

– Je ne reste pas ici. Je n'ai rien à faire avec toi, de toute façon.

– Tu vas rester, parce que tu es une fille intelligente, Mélanie Boyer.

Il connaissait assurément des choses sur elle, à commencer par son nom de famille. Personne ne l'avait appelée ainsi depuis des mois. Elle regardait attentivement ce Gilbert Martel, qui avait levé la main pour rappeler la serveuse.

– Apportez-nous votre menu du jour et deux bières, l'entendit-elle demander sans l'avoir consultée.

La serveuse ne resta pas plus de trente secondes. Quand ils furent de nouveau seuls, Gilbert reprit la parole. Il avait changé de ton.

– Qu'est-ce que tu comptes faire de ta soirée ? lui demanda-t-il.

Pas plus disposée à lui communiquer ses intentions qu'à aborder un autre sujet, Mélanie n'appréciait pas qu'il continue ses investigations. Son indépendance s'en trouvait atteinte.

– Cela ne te regarde pas, répondit-elle. Je mange avec toi et ensuite je rentre chez moi.

– Rue Sanguinet.

Cette fois, la colère alluma son regard. Pour qui se prenait-il, cet apprenti journaliste ? De quel droit l'avait-il suivie à son insu ? Un mouvement brusque signifia son intention de partir sur-le-champ. Réagissant promptement, Gilbert lui barra la sortie et se tint devant elle. Il était fermement décidé à ne pas céder sans avoir au moins tenté de se faire entendre.

– Ne pars pas comme ça, je t'en prie, dit-il.

La douceur de sa voix la désarma. Mélanie se laissa choir sur la banquette et retira son manteau. Cette fois, elle semblait parfaitement décidée à rester et à profiter du repas que Gilbert avait commandé pour elle et à boire la bière qui s'était retrouvée comme par magie sur la table. Ils restèrent silencieux pendant les minutes qui suivirent. Rien ne pressait d'entamer une discussion. Mélanie ne fit rien pour contrer la sensation de bien-être qui l'envahissait. Cela faisait des semaines qu'elle n'avait pas vécu comme les gens normaux, qu'elle ne s'était pas assise à une vraie table pour prendre un repas.

Gilbert commanda une deuxième bière. L'occasion lui était donnée de lui dire qu'il était heureux d'être là avec elle.

– J'en étais venu à me demander si je pourrais te parler vraiment un jour, lui dit-il.

– Tu avais du temps à perdre, pour te faire des problèmes avec ça! rétorqua bêtement Mélanie.

– Si c'était du temps perdu, je ne serais pas là aujourd'hui.

Une pointe d'espièglerie allumait le regard de Mélanie. Elle le trouvait un tantinet ridicule avec ses manières de gars tendre et ses lunettes sur le bout du nez.

– Qu'attendais-tu de moi?

– Rien de spécial. J'avais juste envie de parler avec une fille intelligente.

– Vous autres, les hommes, et vos idées toutes faites!

Ne trouvant aucune habile réplique, Gilbert se contenta de sourire. Mélanie ne pouvait pas savoir ce qui s'était passé en lui au moment où leurs regards s'étaient croisés au pied de la chute. Le souvenir de l'événement était si vague. Cependant, Gilbert n'était pas près d'oublier cet instant de sa vie. La vision d'une jeune fille venant de vaincre les rapides, son corps parfaitement dessiné sous des vêtements trempés et le mystère qui entourait la présence de Laurence Auclair dans ce lieu avaient été autant d'occasions d'éveiller en lui un sentiment inoubliable.

– Tu es jolie même quand tu dis n'importe quoi, dit-il encore, sous l'effet de ses pensées.

– Ça, je le sais, reprit-elle sans l'ombre d'une hésitation.

Tous deux éclatèrent de rire et il s'en fallut de peu pour que l'émotion eût raison du jeune homme. Les rires cessèrent tout d'un coup. L'un et l'autre venaient de revenir à la réalité et leurs rires parurent mal à propos.

– J'ai peur pour toi, Mélanie Boyer, dit Gilbert, devenu plus grave qu'il ne l'aurait souhaité.

Le regardant droit dans les yeux, tentant de deviner le fond de sa pensée, Mélanie se défendait de croire qu'il détenait une information qu'elle ignorait. Il était plus facile de penser qu'il était sur le point de simplement la mettre en garde contre les risques de sa situation, risques qu'elle constatait à chaque instant.

— Tu t'es mis les pieds sur un terrain dangereux. Le monde de Jolie n'est pas aussi joli que son nom.

— Je sais. Nous parlons souvent de cela, elle et moi, répondit-elle.

— C'est exactement ce que je crains. Jolie parle avec toi et des gens vous surveillent. Je le sais. Je les ai vus souvent vous suivre. Si quelqu'un pense qu'elle te donne des renseignements…

— Je m'intéresse seulement à ce que vit Jolie, à ce qu'elle ressent, pas à savoir qui sont ces gens. De toute manière, je ne pourrais rien contre eux.

— Ce que tu peux être naïve! L'un ne va pas sans l'autre. Dès que tu es informée de quoi que ce soit concernant ce monde-là, tu es dans leur champ d'action et considérée comme un risque.

Songeuse, elle repoussa son assiette et posa son manteau sur ses épaules, un geste dont elle s'était à peine rendu compte avant que Gilbert lui demande si elle avait froid. Un besoin subit de protection avait motivé la recherche de quelque chose de rassurant autour d'elle.

— Pourquoi fais-tu ça? demanda-t-elle. Pourquoi tu m'as suivie?

Le risque de se compromettre existait vraiment. Comme Gilbert hésitait à répondre, elle lui demanda s'il pouvait au moins lui dire depuis quand il le faisait. Gilbert se mit alors à chercher dans son cahier noir. La réponse était inscrite en rouge au coin d'une feuille.

— Si tu veux des dates exactes… Voyons… Je t'ai croisée pour la première fois le… C'était le 15 septembre. En te voyant, j'ai tout de suite su que je t'avais vue quelque part. Je t'ai suivie un moment. Tout d'un coup, à cause de ta démarche, je me suis souvenu. Je ne me suis pas décidé à t'aborder, pour mille raisons. D'abord à cause de ta manière de te vêtir. Ça ne ressemblait pas à l'idée que je m'étais faite de toi. J'ai continué de m'intéresser à toi à distance en attendant l'occasion de me manifester.

— Tu parles de notre rencontre dans le Vieux-Montréal?

Gilbert confirma sans toutefois avouer qu'il avait employé beaucoup de son temps libre entre ses cours et ses tests pratiques à la chercher et à l'observer ensuite.

— Cela ne me dit pas pourquoi tu es à mes trousses comme un chien de poche.

— C'est un peu à cause d'un travail que j'ai à remettre pour la fin du trimestre, commença-t-il.

— Un travail qui a quelque chose à voir avec moi? Avec Jolie?

— Si tu veux. Je fais une recherche sur le comportement des jeunes qui vivent une première expérience à la ville. Ton modèle et celui de Jolie m'ont bien servi jusqu'à maintenant.

— Il ne te servira plus à l'avenir. Tu m'entends? Je t'interdis de te servir de moi pour…

S'étant avancée sur son siège, Mélanie lui arracha son carnet noir des mains. Tout à fait décontenancé par sa vive réaction, Gilbert se défendit. Il n'avait aucune chance, cette fois. Son manteau sous le bras, Mélanie courut vers la sortie pendant qu'il tentait d'apercevoir la serveuse pour payer l'addition d'un repas qu'ils ne prendraient pas. Le jeune homme ne se pardonnait pas sa maladresse. Tant d'heures à étudier le métier, des journées entières à faire le pied de grue sur le coin des rues pour recueillir des tas d'informations intéressantes, et voilà qu'il venait de gâcher la rencontre à laquelle il tenait plus que tout.

À l'extérieur, aucune trace de Mélanie. Il n'y avait rien pour surprendre le jeune homme, déjà convaincu que, tant que la colère guiderait ses actes, elle l'éloignerait de lui. Il ne lui restait qu'à descendre une rue au hasard en conservant un faible espoir de la rejoindre. Sinon, il était à peu près certain de la retrouver du côté des Cours Le Royer. Mélanie avait dû se diriger vers l'appartement de sa tante. À mesure qu'il descendait vers le Vieux-Montréal, ses élans se refroidissaient. Son comportement le surprenait. Qu'avait-il à s'accrocher à une fille qui le fuyait ? Pourquoi lui accorder une telle importance alors qu'il lui avait à peine adressé la parole ?

Convaincu que de poursuivre cette Mélanie avec trop d'insistance risquait de l'éloigner davantage, il ralentit le pas.

Tout à coup conscient de son environnement et du temps qu'il faisait, Gilbert regarda plus attentivement autour de lui. À trente mètres devant, il vit une ombre qui longeait le mur d'un édifice désaffecté. La silhouette de cette femme qui titubait et qui touchait les murs du bout des doigts lui était familière. Encore sous l'effet de la surprise, il s'approcha en prononçant son nom pour ne pas l'effrayer.

– Jolie ! Qu'est-ce que tu fais là ? Qu'est-ce que tu cherches comme ça ?

Ses grands yeux perdus s'étaient posés sur lui. Gilbert avait pourtant la nette impression qu'elle ne le voyait pas. Jolie ne disait rien. Sa lèvre tremblait. Une odeur infecte se dégageait de sa personne. Un sac entrouvert se trouvait à ses pieds.

– Dis-moi, où étais-tu aujourd'hui ? Mélanie t'a cherchée ? continua-t-il à tout hasard.

– Mélanie ? reprit Jolie.

L'espace d'une seconde, le nom de Mélanie éveilla une image dans l'esprit engourdi de la jeune itinérante. L'instant d'après, totalement inconsciente d'une présence auprès d'elle, Jolie reprenait son manège. Ahuri, Gilbert persistait à vouloir lui venir en aide.

– Tu devrais déjà être au refuge à cette heure. Tu sais que les places sont rares quand il fait plus froid. Où vas-tu coucher, ce soir ?

– Coucher ?…

Son impuissance lui apparaissant subitement dans toute sa dimension, il buta contre un objet qui traînait le long du mur. Jolie imita son geste et, ayant raté la cible, elle tituba de nouveau. Un mot vulgaire s'échappa de sa bouche. Gilbert la retint et lui évita de trébucher. Jolie refuserait de le suivre, il en était parfaitement conscient, mais il lui offrit tout de même de l'accompagner là où elle désirait aller.

Il en était aux suggestions quand sa réponse lui vint d'ailleurs, de cet homme qui avait parlé fort et sec.

– Elle n'ira nulle part avec toi, maigrichon. Nous emmenons la petite avec nous, avait dit l'homme en cravate.

Il avait parlé à la première personne du pluriel et Gilbert n'avait toujours aperçu que sa tête de dur à cuire quand, sortant d'une ruelle, une voiture aux phares éteints s'approcha lentement. Deux hommes sortirent du véhicule de grand luxe. Ils passèrent près du journaliste et agrippèrent Jolie sous les bras. Avant d'avoir réalisé ce qui lui arrivait, la petite itinérante se retrouva sur la banquette arrière.

Estomaqué, Gilbert se retrouvait seul pour courir derrière ces gens, seul pour rattraper la voiture. La main dans les airs, il interpellait ses occupants, mais la voiture était loin et le froid humide s'engouffrait sous sa veste. Il ne lui restait qu'à partir. Gilbert Martel marcha droit devant lui, en empruntant des rues sombres et des avenues en pleine lumière. Il arriva au Vieux-Montréal sans savoir ni pourquoi ni comment il avait parcouru ce chemin.

25

GILBERT avait deviné juste en supposant que Mélanie irait chez Laurence en le quittant. Lorsqu'elle se présenta chez elle, Laurence ne manifesta ni joie ni surprise en l'apercevant.

— Je te dérange ? s'enquit-elle.

— Non, pas du tout. Entre, Mélanie.

Mélanie désirait être rassurée. L'attitude de Laurence et ses yeux rougis la portaient à croire qu'elle arrivait au mauvais moment.

— Tu es certaine que je ne te dérange pas ? demanda-t-elle de nouveau.

Laurence lui fit signe de la suivre et vint se rasseoir dans la chaise qu'elle occupait avant d'ouvrir. Elle replia ses genoux sous elle et jeta un mouchoir de papier dans le panier, avec les autres qui recouvraient le fond du récipient de rotin. Cette fois, Mélanie la regarda droit dans les yeux.

— Tu as pleuré, toi, lui dit-elle.

Laurence mordit sa lèvre et renifla. Machinalement, elle retira de sa poche une lime à ongles qu'elle utilisait nerveusement, pour se donner une contenance.

— C'est le rhume. Il fait froid, ces temps-ci, et on ne sait plus comment s'habiller. J'ai dû subir un refroidissement hier soir ou ce matin, je ne sais plus.

– À une autre, ma vieille. Raconte ça à une autre. Je sais reconnaître les symptômes de la grippe.

Toute retenue devenant impossible, Laurence éclata en sanglots. Elle remit sa lime à ongles dans sa poche et chercha à attraper la boîte de mouchoirs qui se dérobait à sa vue embrouillée.

– C'est difficile, Mélanie. Tellement difficile. J'ai peur de ne pas tenir le coup. Marc me manque énormément. Et je… je résiste de plus en plus mal à l'envie d'entreprendre des démarches sérieuses pour contacter Gabriel. Il est toujours dans ma tête. Je le cherche partout. Je rêve qu'il m'apparaît et qu'il m'annonce qu'il vient me chercher. Mélanie, est-ce que je deviens folle ?

Il n'était pas dans les habitudes de Mélanie d'exprimer sa compassion, Laurence avait réussi à la secouer. Elle s'approcha. Une main posée sur son épaule, elle attendit pour intervenir. Ce qu'elle avait à lui dire risquait de provoquer une vive réaction.

– J'ai un aveu à te faire, commença-t-elle.

Laurence la regarda d'un air soupçonneux. Mélanie était-elle décidée à lui livrer son secret, à se confier ? Le cas échéant, le temps était mal choisi, car elle savait déjà ne pas pouvoir être une bonne oreille.

– Un aveu ? répéta-t-elle.

Mélanie s'éloigna de quelques pas, puis elle se mit à marcher dans la pièce en frottant ses mains l'une contre l'autre.

– À quoi joues-tu ?

– Je ne joue à rien. Je fais comme quand j'étais petite et que je voulais me dégager de la responsabilité de mes gestes ou de mes paroles. J'essaie de me laver les mains d'une erreur que j'ai faite en pensant bien faire.

— Tu m'étourdis. Viens t'asseoir et parle.

— Bon, allons-y! J'ai l'adresse de Gabriel. Il me l'avait donnée avant de partir, au cas où. Je pense que le «cas où» est venu, n'est-ce pas?

— Qu'essaies-tu de me dire là? Toi, Mélanie Boyer, tu as l'adresse de Gabriel?

— Attention. Je ne l'ai pas sur moi, mais à mon appartement.

— À quoi as-tu pensé? Pourquoi avoir attendu pour me la remettre?

— Parce que j'ignorais si je devais le faire ou attendre que tu finisses par manifester un vrai désir de revoir Gabriel. Est-ce que je sais? Tu vois maintenant pourquoi j'avais besoin de me laver les mains de mon geste.

— Tu n'avais pas le droit de décider pour moi! Tu n'avais pas le droit de me cacher…

— Pardon! Je ne t'ai pas dit cela pour me faire engueuler, reprit vivement Mélanie. J'ai déjà assez de mes problèmes.

Un silence lourd s'installa dans la pièce. La conversation se réamorçait difficilement. Laurence retrouva progressivement son calme et elle sentit même le besoin de s'excuser de son attitude.

— Je te parle de mes problèmes sans prendre de tes nouvelles. Je suis heureuse que tu te sois décidée à venir, lui dit-elle. Dis-moi ce qui t'amène. Tu as l'air bizarre.

Mélanie fixait le sol droit devant elle. Son orgueil lui interdisait de livrer le fond de sa pensée, mais sa lassitude prit le dessus.

— Il a réussi à me convaincre, dit-elle.

De qui parlait-elle? Étonnée et surtout très attentive, Laurence cherchait dans les révélations antérieures un indice ayant rapport avec l'homme dont lui parlait Mélanie.

– J'ai rencontré Gilbert Martel. Ce nom te dit quelque chose?

Le nom lui rappelait effectivement quelqu'un sans pour autant qu'elle puisse identifier la provenance de l'impression familière qu'il évoquait. Mélanie n'eut qu'à mentionner le camping et la chute pour que l'image du jeune homme qui lui avait porté secours lui revienne en mémoire.

– Le jeune journaliste qui t'a sauvé la vie! Il s'appelait Gilbert Martel. Je me rappelle, maintenant.

Mélanie rectifia les faits. Gilbert Martel était sur les lieux de l'incident. Il ne lui avait pas sauvé la vie, disait-elle. Ce que Laurence ne jugea pas utile d'approuver ni de corriger. Cela avait peu d'importance si elle l'informait des circonstances les ayant remis en contact. Mélanie raconta leur première rencontre dans le Vieux-Port. Quand elle en fut à la seconde, qui en fait remontait à un peu plus d'une heure, le ton changea. Cet entretien l'avait marquée. Gilbert lui avait communiqué ses craintes et, malgré de visibles efforts pour se convaincre du contraire, cela se sentait. Un fond d'orgueil dominait encore. Il valait mieux s'en tenir à un sujet de moindre importance.

– Je refuse d'être un cobaye pour ses recherches et pour ses thèses, comprends-tu? Je refuse de me sentir espionnée et suivie partout où je vais.

Laurence avait une assez juste idée de la situation; Gilbert et elle utilisaient le même procédé, en fin de compte. Sa manière d'agir avec elle ressemblait étrangement à la sienne avec Jolie.

– À première vue, peut-être, mais le but est différent, fit valoir Mélanie. Je ne recherche pas le sensationnel en m'intéressant à Jolie. Je veux l'aider, la sauver si possible. Je suis certaine de réussir. J'y suis presque, je t'assure. Jolie était sur le point d'accepter une cure de désintoxication la dernière fois que je l'ai vue. Elle me l'a dit.

– Chère petite fille qui pense sauver le monde en se sauvant du monde. Ce n'est pas si facile de récupérer une personne qui vit dans la marginalité. Qu'est-ce qui te fait croire que tu vas la sauver ?

– Je l'ai empêchée de prendre du mauvais «stock». Je l'ai obligée à se nourrir et nous avons parlé, beaucoup parlé. J'ai pensé que, le jour où elle se sentirait vraiment comprise, elle changerait d'attitude. Je suis certaine que cette fille est récupérable. Elle était venue en ville pour étudier. C'est à cause d'une malchance qu'elle s'est retrouvée dans la rue. Elle n'a pas été la seule à vouloir s'amuser un peu après avoir quitté la famille. Pourquoi devrait-elle souffrir toute sa vie pour un accident de parcours ?

Quelles louables intentions ! avait envie de dire Laurence. Mélanie continuait de raconter mille choses concernant cette Jolène Paris qui se faisait appeler Jolie à cause d'un surnom lui venant de son grand-père. Quand elle n'eut plus rien à dire à son sujet, elle se tut un instant.

– Maintenant que j'ai partagé mes économies avec elle, c'est à mon tour de me retrouver sans un sou en poche, avoua-t-elle ensuite.

– Toutes tes économies y ont passé et tu es sans ressources ?

– Je ne suis pas complètement sans ressources. Il me reste de quoi payer ma chambre pour le reste du mois et un billet de retour à la maison. Il faudra que je trouve du travail si je décide de rester en ville en attendant d'entrer à l'université en janvier.

— Tu sais à quoi je pense, Mélanie ?

— Dis toujours.

— Je pense que toi et moi nous pourrions avoir la plus belle vie du monde si nous le voulions, mais que nous faisons exactement tout pour que le contraire arrive. Nous mettons tellement d'énergie à nous mettre les pieds là où il ne faut pas que c'est à mourir de rire. Tu me ressembles physiquement et en plus tu agis comme moi. Quelle belle paire d'entêtées nous sommes ! Avant de me demander de l'aide, j'ai l'impression que tu vas te traîner dans la rue comme ta Jolie. Et moi, avant de demander à Gabriel de venir, je vais sécher sur place comme une belle idiote. Me diras-tu à quoi ça rime, tout ça ?

— Cette fois, tu te trompes. Je suis venue te demander de m'aider. J'ai peur, Laurence. Ce Gilbert Martel a réussi à me faire perdre ma belle assurance. J'ai agi comme une fille naïve et sans expérience en m'attaquant seule à un monde dont j'ignore les règles. Jolie m'a raconté les horreurs auxquelles ils la soumettent. Et son problème est devenu le mien parce que je ne sais pas comment faire pour la sortir de ce pétrin.

— C'est impossible. Mets-toi ça dans la tête, Mélanie. C'est impossible.

— Qu'est-ce que Jolie va penser de moi si je l'abandonne ? J'ai toujours cru que, lorsqu'on a la confiance de quelqu'un, on a aussi un engagement moral envers cette personne. Tu vois sa déception si je disparaissais de sa vie ?

— Qui a dit que tu étais tenue à l'impossible ? Je crois que tu ne peux la tirer de là par tes propres moyens. D'autres ont essayé avant toi, tu sais.

Mélanie se retrouvait dans une impasse et Laurence, emportée par un courant imprévisible. Le problème de Mélanie était réel et, qu'elle l'affronte ou le fuie, il l'impliquait. Son attachement pour sa nièce liait ses mains aux siennes.

Elle demanda à réfléchir.

– J'aimerais rencontrer ce Gilbert Martel. Tu sais où le joindre ?

– Je sais qu'il va à l'université. Avec de la patience, on finira bien par le rencontrer ou au moins par obtenir son adresse.

– Nous n'en sommes pas à une minute près, je suppose. Est-ce que tu as mangé ?

– Comme je t'ai dit, j'ai tout laissé en plan. Le repas et le journaliste.

Laurence non plus n'avait pas pu avaler une bouchée quand l'heure du repas était venue. Des nausées lui enlevaient le goût de toute nourriture depuis des jours. Elle suggéra de sortir manger dans un restaurant pas très loin de là.

– Je t'invite et je ne veux pas entendre un mot sur le sujet, ajouta-t-elle.

– Je fais horreur. Tu n'oseras pas te présenter en public avec une fille accoutrée comme ça.

– Je suis heureuse que tu le constates toi-même. Remarque que cela n'aurait rien empêché. Si tu acceptes que je te prête un pantalon et un chandail, peut-être qu'on pourrait arriver à faire quelque chose de présentable avec ça.

– Avec ça ? Tu as une haute estime de ma personne.

– La même que toi, je suppose, sinon tu porterais autre chose, n'est-ce pas ?

— Quelle vieille fille ! Quelle parvenue !

— À chacun ses vices. J'admets ça et plus encore. N'oublie pas que la mode est mon métier et que le bon goût réside dans les moindres petites choses qui peuvent embellir la vie.

— Assez de sermons pour ce soir. Tu me la montres, cette garde-robe ?

Mélanie passa sous la douche. Ensuite, elle rejoignit Laurence qui l'attendait dans sa chambre devant une penderie révélant l'extravagance de la propriétaire des lieux.

— Tu crois vraiment que je dois porter ce genre de déguisement ?

— Tu as encore le choix. Moi, je vais prendre une douche à mon tour, dit Laurence.

Seule dans la pièce, Mélanie admirait le décor, la richesse de chaque meuble, le bon goût avec lequel il avait été choisi. Était-ce cela, la vraie vie, ou l'autre, la sienne, qui se limitait à subsister dans un réduit, ou encore celle de Jolie, qui ne possédait que ce qu'elle portait sur elle et ne dormait jamais au même endroit ? Trois femmes et trois univers, trois façons de vivre la misère, se dit-elle alors qu'elle était revenue se placer devant la grande glace à côté de la penderie. Son image lui apparut si différente dans ce peignoir de fine soie, teinté de framboise et brodé de blanc cassé. Ses pieds qui en dépassaient lui apparurent. Ils étaient difformes à force de marcher dans cette ville qui n'en finissait plus de s'étendre d'une rive à l'autre.

— Mon nom est Mélanie Boyer, mademoiselle, murmura-t-elle. Je suis Mélanie Boyer, la fille de Paul Boyer et de Martine Auclair. La petite fille de Georges et Camille Auclair et la nièce de Laurence Auclair et la nièce de

Sébastien Boyer… Sébastien Boyer… Sébastien Boyer…
Sébastien Boyer…

Laurence était derrière Mélanie, qui, totalement inconsciente de sa présence, répétait sans arrêt le nom de Sébastien Boyer. Le visage transformé, les yeux pareils à des lance-flammes alimentés par la rage et une peine immense, elle pleurait doucement. La situation avait subi un revirement de taille en quelques minutes. L'attitude de Mélanie le lui prouvait.

– Je crois bien que nous n'irons pas manger tout de suite, dit Laurence.

Mélanie se jeta dans ses bras. Elle avait reçu sa réponse. Un flot de larmes s'échappait de ses yeux; de tout son être, semblait-il. Laurence la berçait doucement et se rappelait tous ces instants où elle-même aurait souhaité trouver une épaule sur laquelle s'appuyer pour déverser le trop-plein de son cœur.

Elles restèrent ainsi pendant quelques minutes. Mélanie se ressaisit et, lentement, se dégagea de l'étreinte. Les larmes avaient cessé. Laurence crut retrouver la fillette laissée derrière au moment de sa propre fuite vers la grande ville. Elle eut l'impression que son âme d'enfant s'était échappée de ses grands yeux apeurés.

– C'est Sébastien? demanda-t-elle.

Sa réponse vint d'un petit signe de la tête. Mélanie s'éloigna de Laurence et trouva refuge dans un des fauteuils servant admirablement bien le décor. Recroquevillée, elle cachait son visage entre ses mains. Laurence éteignit toutes les lampes. La lumière du corridor éclairait suffisamment la pièce. Elle était assise de travers au pied de son lit et sa silhouette se dessinait sur le mur. Il faisait chaud dans cette partie de l'appartement et c'était bien comme ça.

– Tu préfères qu'on en parle ou bien on laisse filer encore?

– Il faudra bien que je me libère un jour. Il y a trop de choses qui ne tournent pas rond dans ma petite tête. Je suis fatiguée de vivre avec la colère au cœur. J'en veux à tout le monde.

Ses confidences étaient si difficiles que toute intervention risquait de rompre le fil de la communication qui s'établissait entre elles. Laurence se terra dans le silence. Elle écouta Mélanie raconter cette terrible nuit.

Sébastien Boyer était l'oncle de Mélanie. Laurence connaissait très bien le frère cadet de Paul. Dans le temps, il fréquentait les mêmes groupes de jeunes que Gabriel et Jacques. Elle avait souvent eu à le côtoyer lors de réunions familiales. À quelques occasions, elle avait eu maille à partir avec lui. «Ce gars-là a des mains partout», disait-elle à la blague à l'époque. Voilà que les confidences de Mélanie étaient des plus sérieuses, qu'elles accusaient de viol ce père de deux enfants occupant un poste d'importance dans le milieu des affaires.

Ce qui, selon la jeune fille, avait été présenté comme un service très ordinaire s'était vite transformé en cauchemar. Sébastien avait été mis au courant que Mélanie devait revenir par le dernier autobus. Comme il était en ville, il avait fait un détour par le terminus des autobus pour lui offrir de la ramener. Elle avait accepté en pensant gagner près d'une heure de sommeil en rentrant plus tôt.

«Nous passerons par le petit rang. Un de mes amis m'a demandé de le prendre en passant pour le conduire à la mine», avait prétexté Sébastien. La maison de son ami était plongée dans le noir. Aucun signe de vie à l'intérieur ni à l'extérieur. Il avait dû trouver un autre moyen de transport, avait simplement dit Sébastien, sans se préoccuper de vérifier l'exactitude de ses dires.

Il avait quand même emprunté le chemin conduisant à la mine. C'était plus court d'où ils se trouvaient. Il faisait très noir et la route était déserte. Déjà habitée par un doute affreux, Mélanie avait insisté pour qu'il conduise plus rapidement. Plus vite elle serait à la maison, plus vite cesserait cette inquiétude persistante. Le décor changea brusquement. Sans prévenir, Sébastien avait modifié le parcours à suivre. Leur destination était devenue cette route étroite, bordée d'arbres et sans issue, d'après ses souvenirs.

Les yeux grands ouverts, Laurence regardait Mélanie. Quelque chose chavirait au-dedans d'elle. Le spectacle était d'une telle clarté qu'une subite envie de lui porter secours lui faisait oublier que des mois s'étaient écoulés depuis l'événement, que nul ne pouvait en changer le cours. Et Mélanie continuait son récit. Elle disait avoir déjà eu précédemment à se défendre contre un autre homme. Elle parlait du garçon qui vivait dans la montagne et qui avait ramené Laurence et Gabriel après leur accident. Il avait fait une tentative dans ce sens. Comme il était moins costaud, elle s'en était débarrassé facilement. Avec le frère de son père, il en avait été autrement.

Devenu fou, Sébastien s'était rué sur elle en lui avouant que depuis des années, depuis qu'elle avait douze ans, elle le rendait malade de désir. Des paroles capables d'éveiller un sentiment de culpabilité. Mélanie avait tenté de raisonner l'homme, de lui rappeler qui il était et qui elle était. «On ne fait pas cela à la fille de son frère», lui avait-elle crié avec la force du désespoir.

— Il n'a rien entendu. Il m'a retenue et il…

Sa rage avait retrouvé toute son intensité. Des cris étouffés sortaient de sa gorge. Mélanie maudissait Sébastien et tous les hommes. De nouveau, elle disait détester ce corps de femme, la cause de tous ces ennuis.

Laurence quitta la place qu'elle avait occupée sans broncher et s'approcha de la jeune fille en pleurs. Elle la toucha à peine, avec tendresse. Mélanie ne répondit pas. Incapable de revenir au présent, elle continuait de vivre ce temps passé.

– J'ai su très vite que j'étais enceinte. Comme mon cher oncle ne s'était pas montré le nez à la maison, je suis allée le voir à son bureau. Il était tellement changé que j'ai pensé qu'il était malade. Je l'ai souhaité même. Oui, je l'ai souhaité. La pire des maladies n'était pas encore assez pour lui. Quelle belle occasion de lui crier mon dégoût quand je lui appris qu'il allait être père une autre fois! Il a reçu la nouvelle comme un coup de poing en plein visage. Plus j'y pense, plus je réalise à quel point il avait peur. Il avait prévu le coup, parce qu'il m'a tout de suite dit qu'il arrangerait cela.

– Et tes parents?

– Ils n'ont jamais rien su. J'ai pensé en parler à maman, puis je me suis dit que j'étais capable de passer à travers toute seule. Nous venions tout juste d'apprendre la maladie de grand-père et maman était dans tous ses états. Elle passait la plus grande partie de son temps auprès de grand-mère. Et papa, lui, était aussi absent qu'il est capable de l'être sans avoir l'air de le faire exprès. Je venais de laisser Bernard. C'était l'alibi parfait pour mes sautes d'humeur et mes yeux rouges! Je ne regrette rien. À quoi cela nous aurait servi de mettre la bisbille dans la famille, de risquer que mon père ait à payer pour les actes de son frère?

Émue et troublée, Laurence se disait que d'habitude ces choses-là ne se passaient que dans les autres familles. Cette fois pourtant, la tempête était passée dans la vie de ceux qu'elle aimait.

«Je suis passée à travers toute seule», redit Mélanie, comme si de le répéter allait la convaincre que tout était terminé. Son aversion pour les hommes lui prouvait le contraire. Sur la défensive aussitôt qu'on l'approchait ou qu'on parlait de ce sentiment qui provoque des gestes amoureux, elle avait développé une manière de ne plus être présente d'esprit quand il lui était impossible de fuir.

Des images si nettes revenaient à l'esprit de Laurence. Ce soir-là, quand elles étaient sous la tente, Mélanie avait coupé court à ses confidences à propos de son escapade avec Gabriel. Et cette cicatrice au sein. Quelle était la vérité au sujet de cette marque violacée qui épousait le galbe parfait?

Mélanie avait-elle deviné ce qui se passait dans son esprit? Elle raconta la suite, ce qui s'était passé une semaine après son avortement, alors qu'elle cherchait une manière facile et propre d'en finir avec cette vie qui lui pesait davantage chaque jour. Il lui fallait plus de courage pour avouer ce qu'elle qualifiait de lâcheté.

— Je savais où trouver de la corde dans la grange du voisin. J'y suis allée un après-midi. J'étais certaine de n'y rencontrer personne. Je me croyais seule dans la grange. Je marchais en regardant les poutres quand j'ai buté contre quelque chose. C'était un agneau. Je me demande encore comment la petite bête avait réussi à se fourvoyer de la sorte. Il s'était enroulé dans la corde que je cherchais. Il étouffait. Quand je l'ai vu, j'ai eu l'impression de vivre ma propre agonie. Je l'ai vite délivré. J'étais en état de choc. Je pleurais sans penser qu'on pouvait m'entendre. Quand le petit agneau est parti en courant, je me suis jetée à plat ventre sur un tas de foin. Il y avait là cette fourche à foin.

— Une fourche…

Cette fameuse cicatrice résultait d'un accident et Mélanie l'avait caché et ensuite jugé intéressant d'être en mesure de décevoir le prochain mâle qui oserait mettre ses mains sur elle, expliqua-t-elle. Laurence avait envie de la bercer, de lui témoigner sa compassion. Elle s'en garda. Mélanie aussi détestait faire pitié ; un autre point qui leur était commun.

– J'aimerais savoir comment te dire ce que je ressens, mais je l'ignore. Franchement, je ne trouve pas les mots, dit-elle finalement.

Son explication trouva écho chez celle qui n'avait pas su expliquer son sentiment en apprenant que Laurence venait se marier chez elle. Mélanie avait lancé quelques boutades à ce sujet. Des phrases toutes faites et vides de sens, comme : « La vedette de la famille va daigner leur faire plaisir » ou encore : « Il était à peu près temps qu'elle se rappelle qu'on existe. » Mélanie s'était cachée derrière un mur de silence. Elle avait fait taire sa joie. Pourtant, un espoir était né. En venant lui parler de la vie à la ville, Laurence allait peut-être l'aider à commencer une nouvelle existence.

Tout avait marché de travers depuis. Dès les premières heures suivant son arrivée, elle l'avait fuie. Quand étaient survenues l'accident et la mort de Georges, elle avait été propulsée dans des montagnes russes, elle avait vécu des hauts et des bas. Ce qu'elle avait interprété comme un refus n'était que l'aboutissement du désordre provoqué par sa crainte maladive de perdre sa dernière chance. Laurence était repartie. Son départ avait marqué le début de l'échafaudage d'un plan servant à prouver qu'elle n'avait plus besoin de personne pour survivre. Elle irait seule à Montréal.

Sa rencontre avec Jolie avait remis les choses en place. Mélanie n'était pas la seule à souffrir. Qui s'occupait de Jolie qu'on violait plusieurs fois par semaine à cause de son besoin de drogue ? Qui s'en préoccupait ? Au contact de cette fille qui avait presque oublié son vrai nom, Mélanie avait changé sa manière de juger les gens. Plus tenace encore, sa haine des hommes persistait cependant, capable de la défendre contre le plus insistant. Gilbert Martel risquait de subir le même traitement.

On en était là. Les confidences de Mélanie avaient fait oublier sa propre tristesse à Laurence. Son problème relégué au second plan, elle était entièrement disponible pour sa nièce.

— Je suis fatiguée, déclara Mélanie.

— Nous avions parlé d'aller manger. Est-ce que ça tient toujours ?

Mélanie quitta le fauteuil et vint se placer devant la glace.

— Est-ce que tu crois que je serai présentable avec ces yeux-là ? demanda-t-elle.

Laurence ne dit rien. Elle se dirigea se placer devant la penderie et sortit quelques vêtements.

— Tiens ! Tu choisis ce que tu veux et tu passes une débarbouillette sur ton visage. Nous sortons après, et pour ce qui est de l'opinion des gens, qui a dit qu'on devait s'en préoccuper ?

— On pensera que c'est le froid qui me rougit le nez !

Le rire de Mélanie détendit l'atmosphère. Tout à coup, un calme étrange et tellement agréable régna dans la pièce. Laurence entoura ses épaules et l'entraîna vers le corridor. Arrivées devant la chambre d'amis, elles s'arrêtèrent.

— Cette pièce est à toi pour ce soir et pour le temps que tu voudras, dit Laurence.

Mélanie sourit de nouveau, mais ne répondit pas. Elle pénétra dans la chambre. Assise sur le bord du lit, elle attendit que Laurence revienne avec les vêtements qu'elles avaient oubliés en sortant.

26

L'AIR SENTAIT BON l'automne. Les gens profitaient du confort d'une belle soirée pour se balader dans les rues. Plus aucune fleur dans l'allée centrale des Cours Le Royer, des lampadaires jaunâtres éclairant des îlots de briques vides, et un couple d'amoureux à l'abri sous un portique, voilà ce que virent Laurence et Mélanie, qui sortaient plus tard que prévu.

Le nouveau look de Mélanie plaisait à Laurence. C'était fou, l'effet qu'elle produisait sur les gens. Les têtes se tournaient et les regards parlaient un langage qui ne plaisait pas particulièrement à la jeune fille.

Aux Jardins Nelson, il y avait déjà affluence. Plus une table aux abords des fenêtres n'était disponible ; mais il y en avait quelques-unes dans un coin où la pénombre créerait un climat favorable à la conversation. Les deux femmes optèrent pour une table le long du mur. Elles avaient encore à parler, car Mélanie avait été peu loquace depuis ses confidences. Le sujet demeurait pénible.

À l'autre bout de la salle, le jeune homme qui les regardait suivre l'hôtesse balbutia le nom de Mélanie. Il était heureux de voir son vœu le plus fou se réaliser. Le cœur battant, Gilbert repoussa sa tasse et reprit le bout de papier sur lequel s'alignaient des mots lui ayant tenu lieu de pistes de réflexion. La pénombre allait le servir admirablement car, malgré son besoin de discuter de Jolie avec Mélanie, il se donnait le temps de se ressaisir. Il comptait suffisamment de bévues à son actif depuis quelques heures pour s'en permettre d'autres.

Attablées sous un rayon de lumière dorée, les deux femmes lui apparaissaient d'une grande beauté. Malgré leur fascinante ressemblance, combien elles étaient différentes! La maturité et les manières de Laurence lui attribuaient tout le charme de la trentaine. Cependant, les qualificatifs lui manquaient pour décrire Mélanie. Il passa de longues minutes ainsi dissimulé à leurs regards, à épier leurs gestes. Ceux de Mélanie surtout. Aucun de ses sourires, aucune de ses moues enfantines, aucun de ses regards, gais ou tristes, ne lui échappaient. Pendant un instant, il regretta de ne pas savoir lire sur les lèvres. Peut-être parlait-elle de lui, osait-il rêver.

La serveuse revint à sa table pour lui offrir de remplir sa tasse. Il refusa et lui demanda l'addition; il était prêt à entreprendre une démarche.

Laurence fut la première à l'apercevoir. L'image de ce jeune homme qui avançait vers leur table lui était familière. C'était celui à qui elle avait adressé quelques mots avant de quitter le terrain de camping de la chute à l'Ours; le même garçon dont lui avait parlé Mélanie. Son visage dut se transformer car, ayant levé les yeux sur elle, Mélanie se retourna vivement.

Son expression cloua Gilbert sur place. La crainte de la voir fuir lui enlevait ses moyens. Il s'adressa exclusivement à Laurence.

— Madame Auclair, dit-il poliment, respectueusement.

Laurence répondit à sa salutation. Elle aussi attendait la réaction de Mélanie.

– Monsieur Martel veut-il se joindre à nous ?

L'invitation venait de Mélanie. L'exagération dans le ton était significative. Gilbert comprenait que, si elle avait laissé tomber l'uniforme, la guerre n'était pas tout à fait chose du passé. Il continua de s'adresser uniquement à Laurence.

– Je ne voudrais pas vous déranger, madame Auclair, mais il faut que je parle à Mélanie.

Laurence regarda sa nièce, qui fixait intensément Gilbert. Mélanie le voyait vraiment pour la première fois, semblait-il, à sa manière de le dévisager. S'en défendre était inutile ; elle n'était pas indifférente au charme de sa paupière tombante, de ses yeux pairs lui donnant l'allure des acteurs américains des années cinquante.

Gilbert était loin de ces observations. Préoccupé par l'incident survenu plus tôt, il pensait à Jolie, à son besoin d'en discuter sur-le-champ avec elle. L'inquiétude avait chassé le sourire courtois conservé jusque-là.

– Ils l'ont emmenée, dit-il sans autre préambule.

Laurence ne comprit rien à son langage. Aucune explication supplémentaire n'était requise. Une prompte réaction souleva Mélanie de son siège. Qui, à part Jolie, était susceptible de les intéresser tous les deux ? Elle le regarda, avide de savoir.

– Jolie ? dit-elle simplement.

Gilbert confirma, sans plus. Mélanie n'allait pas se contenter de si peu. De qui parlait-il ? Qui avait emmené Jolie ?

Gilbert n'avait toujours rien dit. Son interminable haussement d'épaules devenait agaçant. Ne tenant plus sur sa chaise, Mélanie exigeait une vraie réponse. Elle avait élevé la voix.

— Je ne te demande pas des noms. Je veux seulement que tu me dises si c'est la police ou les autres qui ont emmené Jolie.

— Ce n'est pas la police, dit Gilbert.

Sa serviette de table se retrouva dans son assiette et elle, sur ses jambes. Répondant à une vive impulsion, Mélanie semblait avoir oublié tout le reste, Laurence y compris. Elle annonça qu'elle rentrait à sa chambre. Si Jolie avait besoin de son aide, c'est là qu'elle viendrait.

— Je veux être là pour l'accueillir, déclara-t-elle.

Gilbert ne partageait pas son avis. Elle allait trop vite. Il fallait d'abord en discuter, connaître les intentions de ces gens-là avant de courir des risques inutiles. Savait-elle au moins ce qu'ils voulaient à la jeune itinérante ?

Ils perdaient du temps, reprit Mélanie, qui ne pensait plus qu'à Jolie et à ses chances de se tirer d'affaire seule.

— Nous n'avons pas de temps à perdre. Qui va la sortir du pétrin si nous restons là à jaser ?

Elle l'avait mal compris. Gilbert parlait trop rationnellement d'un sujet qui la touchait droit au cœur. Pourtant, il avait déjà fait le tour de la question et déjà évalué les possibilités avant même de lui faire part de la disparition de Jolie. À la suite d'un appel fait à Julien, ses propres élans de sauveteur s'étaient refroidis. Son colocataire et compagnon de tous les jours l'avait carrément traité de fou. «Ne mets pas ton nez là-dedans. Ça ne sent pas très bon», avait-il dit. Depuis, Gilbert avait fait de son mieux pour la retrouver. Dans les rues du Vieux-Montréal, il avait interrogé des gens à son sujet. L'expression des visages lui avait fait craindre le pire.

Son jugement se modifiait. Devenue plus conciliante, Mélanie lui communiqua des informations au sujet de sa protégée.

– Jolie ne vient jamais au Vieux-Port le soir. Elle préfère rôder près de la rue Saint-Denis, parce qu'on y donne parfois à manger devant l'église. C'est là qu'il faut aller. S'ils l'ont relâchée, c'est là qu'elle ira.

Aspirée par le tourbillon, Laurence les regardait chacun leur tour. Mélanie avait fini par inviter Gilbert à prendre place à ses côtés. On parlait d'une décision à prendre. Mélanie manifestait de nouveau son désir de se rendre à son appartement. Sa décision semblait irrévocable, cette fois.

Gilbert s'affirma davantage. Si elle allait là-bas, il l'accompagnerait, car il était hors de question qu'elle parte seule. À son air, il était évident qu'il n'accepterait aucune opposition. Il ne restait donc qu'à se mettre d'accord lorsque Laurence intervint.

– Est-ce que je peux vous accompagner? demanda-t-elle.

Mélanie et Gilbert se regardèrent. La réponse leur vint au même moment. La présence de plusieurs personnes étrangères éveillerait les soupçons de Jolie et provoquerait sa fuite, expliqua Mélanie. Gilbert était de son avis. Elle ne ferait pas partie du sauvetage.

– Je pourrais au moins vous faciliter le travail. Si je vous prêtais ma voiture? Attention! Seulement à condition que Mélanie me promette de revenir dormir à la maison.

L'idée plaisait à Gilbert, qui s'inquiétait de la sécurité de Mélanie. Il serait bien qu'elle vive auprès de sa tante jusqu'à ce qu'on ait éclairci la situation de Jolie. La prudence lui paraissait de rigueur en pareil cas. Mélanie proposa donc de passer une heure ou deux à sa chambre. Si Jolie ne s'était pas manifestée, elle laisserait sa porte déverrouillée et reviendrait chez Laurence. Si, plus tard, Jolie décidait de venir, elle pourrait entrer, expliqua-t-elle.

L'idée se tenait. Laurence tendit ses clefs à Gilbert et accompagna le couple jusqu'à sa voiture. «Vous serez prudents», s'entendit-elle dire en les voyant installés sur la banquette avant. Elle reçut une réponse évasive, faite du bout des lèvres et pour la forme; Mélanie et Gilbert étaient déjà ailleurs. Leur esprit vagabondait dans des lieux qui lui étaient inconnus.

* * *

Au lit depuis des heures, Laurence demeurait éveillée. Elle entendit Mélanie entrer et se diriger vers la cuisine. Elle se leva, s'enveloppa dans son peignoir et descendit la rejoindre. Son regard portait déjà à lui seul toutes les interrogations qui se bousculaient dans sa tête.

— Et alors? demanda-t-elle.

Mélanie était pâle et fatiguée, et surtout pas très pressée d'avouer leur échec. Gilbert et elle avaient parcouru la moitié de la ville, inutilement, pour ne revenir qu'avec le tout petit espoir tiré d'une conversation avec Ti-Père, un habitué des centres d'hébergement. Le vieux clochard leur avait appris des choses concernant Jolie. «La petite est devenue trop rebelle, trop indépendante. C'est clair que ça ne plaît pas à ces messieurs. Ils ont voulu lui servir un avertissement. Jolie pourrait être de retour demain ou après-demain. Tout dépend d'elle», avait-il dit sans même lever la tête.

Une interrogation surgissait dans l'esprit de Laurence.

— Crois-tu y être pour quelque chose? demanda-t-elle.

— Ça se pourrait. Qui sait? Peut-être que mon amitié pour Jolie commençait à porter ses fruits. J'espère seulement qu'il n'est pas trop tard.

— Gilbert doit avoir son idée là-dessus. Le jugement de deux personnes aide à se faire une idée de la situation. Qu'est-ce qu'il en pense?

– Gilbert pense que tout est possible. On possède si peu d'éléments. Tout demeure dans le domaine de l'hypothèse et des suppositions. Pour le moment, j'aimerais oublier tout ça. Je suis fatiguée, lessivée, et toi aussi, je crois. Est-ce que tu as réussi à te reposer ?

– Je n'ai pas dormi, mais ce n'est pas la fin du monde. Tu es revenue et c'est ce qui compte, répondit Laurence en tournant le dos à Mélanie.

– Je te cause des problèmes, beaucoup trop, reprit celle-ci. Je le sais. Tu as pourtant assez des tiens.

– Ne parlons plus de ça ! Tu veux quelque chose à manger ? As-tu réalisé que tu as à peine touché à ton assiette ce soir ? ajouta-t-elle aussitôt afin de s'assurer qu'on ne reviendrait pas sur le sujet.

Mélanie sourit. Elle avait l'habitude de ces repas pris à toute heure et constitués de ce qui lui tombait sous la main. Elle se laissa choir sur la chaise se trouvant au bout de la table de la cuisine. Laurence s'affairait autour de la cuisinière. Elle y avait mis du lait à chauffer.

– On dirait ma mère en brune, lança soudain la jeune fille. Tu lui ressembles parfois. Pas les traits. Les manières. J'aime cela. Je pense que je commence à m'ennuyer.

– Tu veux retourner au Saguenay ?

– Gilbert me le conseille. Nous en avons discuté en attendant Jolie. Je crois que Gilbert a un bon jugement. C'est un gars intelligent. Oui. Il est intelligent et drôle. Tu sais qu'il me préfère comme ça.

Mélanie s'était levée. Elle posait dans sa tenue de jeune femme. L'air rieur, elle montrait le chandail et le pantalon empruntés. Mais soudain elle redevint grave.

– Il pense aussi que si je reste, je devrais continuer à laisser mes cheveux sur les épaules et à porter ce genre de vêtements, pour qu'on m'oublie.

– Qui ça, «on»?

Fallait-il vraiment expliquer ou s'attacher uniquement aux compliments déguisés de Gilbert, à l'effet qu'elle avait fait sur lui? Elle était troublée. La tristesse assombrit de nouveau son regard.

– Quand est-ce que ça va tourner rondement dans ma vie? Le sais-tu, toi? demanda-t-elle.

Laurence lui tendit un chocolat chaud et s'assit à ses côtés. Silencieuse, elle fixait le plateau de fruits au centre de la table. Combien de fois s'était-elle posé semblable question à son sujet, pour en être réduite à attendre toujours la réponse! Tout n'était qu'une question de temps, dit-elle enfin. Les choses finissent toujours par se placer, quelle que soit la façon. Parfois, ce qui avait paru être mauvais devient bon. Depuis le début du monde il en était ainsi. Deux filles venues de la campagne n'allaient rien y changer.

Son discours ne prouvait rien. Ses propres expériences n'étaient-elles pas demeurées sans effet sur sa recherche du vrai bonheur? Mélanie garda ses réflexions pour elle. Elle regardait cette femme vêtue de son peignoir de ratine blanche et portant ses cheveux libres sur ses épaules. Elle était belle et triste; trop triste pour qu'on laisse le chagrin marquer son joli visage.

Un éclair traversa son esprit, et elle se leva pour se diriger vers le vestibule.

– Où vas-tu? s'enquit Laurence.

– Je me demandais où j'avais mis mon sac, répondit-elle en s'éloignant.

– Il est juste devant toi, sur la chaise, à côté de ta petite valise.

Mélanie se déroba au regard de sa tante. Quelques instants plus tard, elle réapparaissait avec une enveloppe scellée. De son visage émanait une joie à peine dissimulée. Étonnée et visiblement émue, Laurence n'arrivait pas à détacher ses yeux de cette petite chose blanche qu'elle agitait.

– Tu as pensé à prendre la lettre de Gabriel, dit-elle. Je n'osais pas l'espérer. Tu avais tellement de préoccupations.

Laurence toucha la mystérieuse enveloppe et la porta à son visage. Pour un instant, l'empreinte de Gabriel, son parfum s'y retrouvaient. Progressivement, étrangement, la peur l'envahit.

– Ce qui se cache là-dedans risque de me faire mal, se crut-elle obligée d'expliquer en glissant l'enveloppe dans sa poche.

– Es-tu en train de me dire que j'ai fait une deuxième erreur en te rapportant son message? s'enquit Mélanie.

– Non, Mélanie. Ta manière d'assumer le blâme pour tout est embêtante, à la fin.

– Ta réaction me laisse croire que…

– Tu n'as rien à voir avec ce qui se passe dans ma tête et dans mon cœur. Oublie ça. Tu as assez de tes propres embêtements, petite Mélanie.

- Ne m'appelle plus jamais comme ça! s'écria Mélanie.

Sa réaction démesurée et son changement d'attitude décontenançaient. Deux larmes étaient apparues dans les yeux de Mélanie. Quelqu'un avait dû, en d'autres temps et en d'autres circonstances, utiliser ces mots : «petite Mélanie». Un souvenir cuisant qui, sans contredit, ravivait son agressivité.

– C'est à cause de lui, n'est-ce pas? C'est Sébastien qui t'appelait comme ça? demanda Laurence.

– Il a sali mon nom comme le reste.

Leur équilibre était à ce point fragile que le scénario se poursuivait. À peine l'une avait-elle ouvert une porte sur ce qu'elle vivait que l'autre s'y faufilait avec sa propre peine, son propre drame. Mélanie avait eu un mouvement brusque qui avait entraîné la chute de sa tasse de lait au chocolat. Désemparée, elle essuyait du revers de sa manche le liquide renversé sur elle et sur la table. Laurence enfouit la lettre de Gabriel dans la poche de son peignoir. Elle suppliait Mélanie de se reprendre.

Mélanie cessa de frotter la table et regarda les vêtements empruntés à Laurence. Elle était désolée.

– C'est du joli, n'est-ce pas ? J'ai gâché tes vêtements.

– Laisse ça et viens enlever ce chandail. D'ailleurs, je crois que nous devrions aller dormir.

– Ce serait mieux que de remuer ciel et terre pour essayer de comprendre ceci ou cela, n'est-ce pas ?

Laurence balançait la tête. Elle approuvait. C'était certainement préférable que de continuer de gaffer de la sorte, dit-elle.

– Tu sais que je devrais être très fâchée ? Ce chandail m'a coûté deux jours de travail.

– Je m'excuse encore.

– Ne le prends pas comme ça. Je te taquine. Viens ! Nous aurons le temps de réparer ça demain matin. Je ne vais pas au travail avant dix heures trente. Tu en profiteras pour te reposer, toi aussi.

* * *

En refermant la porte derrière elle, Laurence savait déjà qu'il était inutile d'essayer de dormir tant que le contenu de la lettre de Gabriel resterait secret. À quoi bon se torturer l'esprit? se dit-elle en allumant la lampe. Pourquoi remettre au lendemain la lecture d'un message datant de quelques mois déjà?

La main tremblante, maladroite, elle ouvrit l'enveloppe et déplia la lettre. Alors que des larmes embrouillaient sa vue, elle lut : «Je t'aime, Laurence Auclair. Je t'aimerai toujours.» Au-dessous du texte, en lettres géantes, la signature de Gabriel était suivie de deux numéros de téléphone. L'un devait être celui de sa résidence et l'autre, de l'endroit où il travaillait; des numéros sans grande importance pour l'instant, car les deux courtes phrases retenaient à elles seules toute son attention. Laurence se souvenait de la douceur de la voix de Gabriel lorsqu'il s'évertuait à lui répéter qu'il l'aimait, qu'il n'avait jamais cessé de l'aimer. Cela se passait là-bas, dans son pays du bout du monde, au beau milieu d'un champ de baies sauvages fouettées par des vents fous, lavées par la pluie, ravagées par la grêle.

Le visage enfoui dans le papier, elle se berçait lentement sur le bord de son lit. Ses larmes coulaient sur les mots.

— Je t'aime, Gabriel Dorval, murmura-t-elle. Je t'aimerai toute ma vie; à travers le petit que je porte, à travers nos souvenirs, à cause de notre folie. Je t'aime, mais je n'oserai jamais t'imposer quoi que ce soit. Pas même cet enfant. Et surtout pas l'image d'une femme changeante et irresponsable. Plutôt passer ma vie à relire ceci que de risquer un nouvel échec.

Il y eut un léger bruit derrière la porte, comme le froufrou d'un vêtement passant trop près. Mélanie s'était arrêtée en revenant de la salle de bains. Laurence la devina toute proche et lui ouvrit.

— Tu ne dors pas? demanda-t-elle.

– Je ne dors pas. Je sais que tu es malheureuse et je me demandais si… Est-ce que je peux venir dormir avec toi ? Il y a de la place pour nous deux dans ce grand lit.

– Tu as raison. Ce lit est beaucoup trop grand. Je pense à m'en débarrasser. Il ferait mieux l'affaire d'une femme qui dort avec son amant ou son mari et une bande d'enfants, dit Laurence en ouvrant largement la porte pour livrer passage à sa nièce.

– Tu dis n'importe quoi, Laurence Auclair. Ça me fait plaisir de voir que ça arrive à d'autres qu'à moi.

Elles s'étaient glissées sous les draps. Les cheveux de Mélanie s'étendaient librement sur l'oreiller, encadrant son joli visage. Elle attendait que Laurence dise quelque chose, mais Laurence se taisait. Des larmes coulaient sur ses joues.

– Tu as ouvert la lettre, n'est-ce pas ?

– Oui, je l'ai ouvert. Gabriel m'aime et il m'aimera toujours. C'est ça qu'il me dit dans cette lettre.

– Il y a aussi un numéro de téléphone, je suppose. Gabriel m'a remis cette lettre en me disant qu'elle contenait ses coordonnées. Il t'aime et il te donne le moyen de le joindre et tu pleures !

– C'était il y a trois mois, tout ça. C'était immédiatement après…

– Après que vous avez fait l'amour, continua Mélanie. S'il était sérieux dans ce temps-là, pourquoi aurait-il changé d'avis ?

– Parce que… ! Est-ce que je sais ? Moi aussi, j'ai changé d'avis depuis, et plusieurs fois. Je n'ai pas oublié que je l'ai pratiquement chassé de ma vie. Peut-être qu'il ignore que je n'ai pas épousé Marc ? Et s'il le sait… Mélanie, je n'en peux plus de réfléchir, de repasser tout ça à l'envers et à l'endroit. Je voudrais dormir pendant vingt ans et me réveiller quand je serai une vieille femme qui n'a plus besoin d'aimer.

– Si tu veux mon avis, il y a des choses à faire entre-temps. Comme de téléphoner à Gabriel et de vérifier si tes doutes sont fondés. Il sera toujours temps de t'avouer vaincue.

– Tu joues encore à la mère avec moi.

– Je ne joue à rien du tout. Laurence, quand vas-tu comprendre que tu ne pourras pas toujours demeurer assise entre deux sièges? Tu vis dans la maison d'un homme que tu as refusé de marier et tu en gardes un autre dans ton cœur. Je n'ai pas encore vingt ans et je sais déjà que ça ne se fait pas.

Elle avait raison de la secouer, mais Laurence résistait encore. Elle demandait du temps, quelques jours, pour prendre une décision. Mélanie la bouscula.

– Je t'accorde quelques heures, pas plus. Tant que je serai à tes côtés, je te talonnerai pour que tu téléphones à Gabriel. Ou bien à son appartement ou bien à son bureau.

– C'est si facile de régler le problème d'une autre. Si je te comprends bien, je n'ai plus tellement le choix d'agir ou pas?

– C'est à peu près ça, de répondre la jeune fille en la regardant droit dans les yeux.

Le jour allait se lever quand elles éteignirent enfin la veilleuse. Cette drôle de soirée se terminait par une nuit sans sommeil. Mélanie avait cessé de faire la leçon à sa tante. Une certaine sérénité habitait Laurence. Le silence se prolongea plus longtemps, cette fois. Leur respiration devint régulière. Elles s'étaient endormies.

27

GILBERT venait de terminer une dure semaine de cours. Parce qu'il comptait profiter d'une fin de semaine tranquille, sa promesse faite à Julien de le rejoindre au centre sportif pour une partie de squash lui pesait au point d'avoir envie de se désister.

Plus de deux semaines s'étaient écoulées depuis la disparition de Jolie, et il rencontrait régulièrement Mélanie pour en discuter. L'avis de recherche déposé au poste de police demeurait sans résultat. «Jolie est de ces filles qui disparaissent et reviennent», leur avait-on dit, ou bien pour les rassurer ou bien pour leur faire comprendre que les miracles n'existaient pas dans ce milieu.

Gilbert se surprenait parfois à penser que, sans la disparition de la jeune itinérante, ses rapports avec Mélanie Boyer auraient été différents, pour ne pas dire impossibles; de là la fragilité de leur relation. Le retour de Jolie risquait de tout remettre en question. Cette fille intelligente, attirante et si jolie et qui l'obsédait mettait souvent son pouvoir de persuasion à l'épreuve. Leurs rencontres, toujours très brèves et arrachées à force d'arguments, se passaient la plupart du temps dans un parc grouillant de monde où à une terrasse abondamment illuminée. On parlait de Jolie. Ensuite, Mélanie manifestait son envie de partir. Gilbert avait imaginé une ruse pour la retenir. Son travail au sujet des étudiants vivant une première expérience à la ville progressait, sans sa participation, bien sûr. Le jeune homme avait réussi à éveiller son intérêt pour son projet. C'était, disait-il, une merveilleuse manière de comparer la vie des jeunes de l'époque et de découvrir que la plupart vivaient des difficultés avant de venir se perdre dans la foule anonyme de la grande ville.

Mélanie l'écoutait et Gilbert s'appliquait à lui démontrer comment le mode de vie du siècle présent était mis au banc des accusés quand on parlait de l'insatisfaction de la jeunesse et de ses désillusions. Elle se gardait pourtant d'intervenir de quelque façon. Parfois, si le sujet la touchait particulièrement, elle interrogeait sans livrer ses impressions. Ce soir-là, elle avait accepté de manger avec lui chez *Da Giovanni*. On s'était donné rendez-vous devant la sortie principale de l'université à seize heures pile. Il passait seize heures trente quand elle s'y présenta et Gilbert avait décidé de ne plus l'attendre. Il s'apprêtait à quitter les lieux quand il l'aperçut.

— Je m'excuse pour le retard. Des problèmes à la maison. Enfin, chez Laurence, expliqua-t-elle brièvement.

Comment déchiffrer ce qu'elle disait? Comment savoir d'où provenait son inquiétude? Si elle avait décidé de se taire, l'interroger ne donnerait aucun résultat. La connaissant suffisamment, Gilbert s'étonna de sa subite initiative. Elle avait pris son bras et l'entraînait vers la rue Sainte-Catherine.

— Viens. Marchons! Il faut que je te parle, dit-elle en le retenant près d'elle.

Le geste de Mélanie avait été d'une spontanéité étonnante. Troublé, Gilbert posa sa main sur la sienne et, la retenant, il pressa le pas comme Mélanie l'y obligeait.

— Qu'est-ce qui se passe? Des nouvelles de Jolie? demanda-t-il.

Mélanie ralentit, puis elle s'arrêta complètement.

– Jolie me préoccupe moins que Laurence, ces temps-ci. Ma tante court tout droit vers une sérieuse dépression si elle ne réagit pas.

– C'est si grave ?

Jusqu'à ce jour, Mélanie s'était gardée d'étaler les problèmes de Laurence. À peine le sujet avait-il été abordé devant le jeune homme. Cette femme vivait un dur moment, voilà à quoi s'étaient limitées ses confidences. Une confiance accrue au cours des jours, au gré de leurs rencontres, devait l'acheminer vers l'inévitable. Elle était décidée à lui faire part de certains événements. Pour les détails, elle passerait outre. L'important tenait dans un bref aperçu de sa saisissante histoire. Elle parla de la rencontre de son premier amour et de son mariage raté et des troubles qui en avaient découlé. Sans faire mention de l'enfant qu'elle attendait, elle en était à ses démarches la conduisant vers Gabriel Dorval.

– Ça s'est gâché depuis ce coup de téléphone. Elle a trop attendu pour l'appeler. Gabriel a quitté et son emploi et son appartement. Maintenant, elle se retrouve devant rien. Cela est trop dur pour elle. Laurence méritait mieux. Ah ! l'amour et les hommes ! Si on pouvait vivre sans...

– Tu as quelque chose contre l'amour et les hommes ? reprit Gilbert.

Il avait oublié le reste de l'histoire ou n'avait pas voulu s'y intéresser vraiment. Son intervention la choqua.

– Là n'est pas la question, riposta-t-elle. Je pensais que tu pourrais me dire comment agir. J'ai tout essayé pour lui remonter le moral.

– Nous pourrions déposer un avis de recherche pour retrouver ce gars, comme on a fait pour Jolie.

Mélanie retira vivement son bras.

– Quel idiot! Qu'est-ce qui m'a prise de me confier à un imbécile? Dire que je pensais que tu avais quelque chose dans la tête. Tu n'es qu'un homme, et ça, ce n'est pas un compliment.

Une autre de leurs discussions se terminait par la fuite de Mélanie et laissait Gilbert en rogne contre lui-même. Par sa lamentable manière d'agir, il avait tout gâché et, une fois de plus, blessé la fille qu'il aimait.

Bousculé par les badauds qu'il ne pensait pas à éviter, Gilbert marchait comme un automate. Devait-il tout laisser tomber? se demandait-il quand, de la voiture roulant en bordure du trottoir, quelqu'un lui fit signe. Il s'arrêta et l'homme sortit la tête par la fenêtre de la portière.

– Hé! vous. Vous pouvez me dire le nom de la jeune fille qui vient de vous quitter? demanda-t-il.

– Vous voulez savoir le nom de…? Qu'est-ce que ça peut bien vous faire? lança Gilbert en poussant sur la portière avec son genou.

– C'est bon. Excusez-moi, dit l'homme. J'avais cru reconnaître… J'avais pensé reconnaître une fille qui se nomme Mélanie. J'ai fait erreur. Excusez-moi encore.

La voiture avait repris sa place au milieu de la circulation et Gilbert tira un crayon de sa poche pour noter le numéro de sa plaque d'immatriculation. Les trois premières lettres de la séquence lui révélaient son appartenance; c'était une voiture de location. Ses idées voyageaient à une vitesse vertigineuse, plus saugrenues les unes que les autres. Gilbert avait peur pour Mélanie. Peur de cet homme qui peut-être faisait partie de la bande qui avait enlevé Jolie. Qui connaissait Mélanie à part ces gens?

Il allongea le pas. Animé par l'espoir que Mélanie se soit arrêtée un peu plus loin, il marcha dans la même direction. Une pensée le troublait; le cas échéant, l'autre qui roulait en voiture l'avait déjà rejointe. À bout de souffle, il s'engouffra dans une cabine téléphonique et composa un numéro.

Après deux coups de sonneries, une voix de femme lui répondit.

— Madame Auclair, est-ce que Mélanie est là? Est-ce que je peux lui parler?

Gilbert lui tenait un langage incompréhensible. Mélanie ne devait-elle pas être avec lui? Il y avait une heure qu'elle était partie. Que se passait-il? Gilbert ne répondit pas vraiment. Il bafouilla quelques explications susceptibles de la rassurer, puis il raccrocha.

Les jours s'écourtaient de plus en plus et la nuit était presque tombée sur la ville. Seul avec son amertume, Gilbert se dirigea vers un endroit familier, les terrasses du Vieux-Montréal. Faute d'y retrouver Mélanie, il serait près de l'endroit où elle rentrerait dormir, se disait-il.

* * *

Après l'appel de Gilbert, la sonnerie du téléphone retentit de nouveau dans l'appartement des Cours Le Royer. Personne ne répondit, car Laurence était descendue prendre l'air.

L'hiver allait bientôt saupoudrer les trottoirs d'un peu de blanc. La pensée que le froid s'installerait pour de bon lui faisait horreur depuis qu'elle sentait une vie à l'intérieur d'elle. Laurence marchait en réfléchissant à cela et aussi à l'ambiance de l'atelier, qui devenait malsaine pour elle. Elle perdait du terrain. Des groupes se formaient, on chuchotait dans son dos, et les regards en disaient long sur les pensées des gens. Il était évident qu'on connaissait son histoire. Marc et Fanny avaient parlé à certains, d'autres avaient deviné une partie de la vérité. Il n'en fallait pas plus pour créer une situation intenable qui, hélas, devait se prolonger jusqu'à la prochaine présentation de modèles. Ensuite seulement, elle serait libre de partir.

Partir! Laurence n'aspirait plus qu'à partir pour le Sud, pour sentir le vent chaud dans ses cheveux et ne plus voir personne qu'elle connaissait; être seule avec son petit et regarder grossir son ventre, et – qui sait? –, peut-être ne plus revenir. Depuis sa déception de ne pas avoir retrouvé Gabriel, elle s'accrochait à cette image heureuse. À Mélanie qui lui conseillait de retourner vivre avec Camille, elle avait dit vouloir éviter de nouveaux tourments à cette femme. L'explication ne tenait pas. Selon Mélanie, Camille saurait comment l'apaiser, vivre l'attente avec elle, la cajoler comme si elle était toujours sa petite fille.

L'image était parfaite, car si la femme en était arrivée à combler le vide de sa vie en regardant passer un bateau dans le port de Montréal, la petite fille qui existait encore au plus profond de son âme souffrait d'un mal dont elle ne savait guérir.

Ce fut une promenade de courte durée; un simple aller et retour d'à peine quinze minutes entre la place Jacques-Cartier et le boulevard René-Lévesque. Remontée chez elle, Laurence prit un livre, qu'elle referma aussitôt. Installée devant le téléviseur, elle regardait les images sans les voir vraiment lorsqu'un bruit annonça l'arrivée de Mélanie.

Sa manière de refermer la porte était des plus significatives. Mélanie était maussade, contrariée surtout.

— Tu rentres tôt, lui fit-elle remarquer.

Mélanie ne répondit pas. Elle s'attardait intentionnellement dans le vestibule. Intriguée par son attitude, Laurence crut devoir insister pour obtenir une réaction de sa part.

— Gilbert a téléphoné. Il te cherchait. Vous avez réussi à vous rejoindre ? lui demanda-t-elle.

— Il peut toujours courir, celui-là, répliqua Mélanie en allant vers le fauteuil libre à côté de celui de Laurence. Il a le don de me mettre en rogne. Je me demande pourquoi je continue à le voir. S'il n'y avait pas Jolie, je t'assure…

Laurence mit sa nièce au défi de la regarder dans les yeux.

— Tu peux me jurer que tu vois Gilbert Martel uniquement à cause de Jolie ?

La riposte fut virulente. Elle ne perdrait pas son temps avec un petit journaliste s'il ne pouvait pas l'aider à retrouver son amie, lança-t-elle en quittant brusquement la pièce. C'était sa façon de couper court à un possible interrogatoire. De la cuisine où elle s'était réfugiée, elle entendit Laurence lui enjoindre de faire un geste.

— Le simple savoir-vivre exige que tu le rappelles. Comme je connais ce garçon, il doit sûrement s'inquiéter pour avoir osé appeler ici, lui dit-elle.

Un fond d'orgueil lui interdisant cette démarche tout à fait naturelle, elle fit semblant de ne pas avoir entendu. Mais, se ravisant, elle revint sur ses pas et se dirigea directement vers le téléphone.

— Tu as eu un appel. On dirait le même numéro que j'ai effacé hier, dit-elle en lisant les chiffres inscrits sur l'afficheur.

Le numéro apparaissant dans le rectangle vitré lui étant totalement inconnu, Laurence supposa qu'on avait dû appeler chez elle par erreur. Coupant court aux suppositions, Mélanie composa celui de Gilbert. Personne ne répondit à l'appartement du jeune homme. Julien était absent et visiblement Gilbert n'était toujours pas rentré. Mélanie dut se résoudre à laisser un message sur son répondeur.

La communication était coupée, mais elle n'avait toujours pas raccroché. L'appareil en main, pensive, elle était en proie à un trouble soudain. D'où venait cette émotion qui la déstabilisait ainsi ? Sa confusion fut de courte durée. Ce garçon n'allait pas être la cause d'un désordre émotionnel, se dit-elle en s'installant auprès de Laurence, qui finalement accordait un intérêt soutenu à l'émission de télévision en cours. De temps à autre, elle lançait un regard furtif de son côté. Un semblant de paix se lisait sur son visage. Peut-être Laurence allait-elle finalement retrouver le goût de vivre ? Un vœu d'une telle fragilité ne supporterait pas l'affrontement ; la jeune fille resta muette.

Laurence fut la première à rompre le silence.

— C'est là que je veux aller, lança-t-elle.

Le décor dans lequel évoluaient les personnages était magnifique, presque irréel. Mélanie lui donna raison de rêver d'un pareil endroit.

— Tu veux aller au Mexique ?

— Au Mexique ou ailleurs. J'ai besoin de changer d'air. J'ai le goût de sentir le soleil sur ma peau, de marcher sur une plage, de regarder la mer. J'ai surtout besoin de paix intérieure, ajouta-t-elle.

Laurence coupa le contact du téléviseur et se tourna vers Mélanie. Son attitude était surprenante, mais la joie de vivre qu'elle affichait l'était davantage.

– Mélanie ! Si nous partions toutes les deux ? dit-elle. Si nous prenions l'avion pour… pour… ?

Les objections ne tardèrent pas. Laurence allait trop vite. Faire des rêves de mer et de soleil était dans le domaine du possible pour une femme de sa condition, mais il en était autrement pour Mélanie, qui avait à composer avec une foule de restrictions.

– Avant que je puisse me payer de telles vacances, il va couler beaucoup d'eau sous les ponts. As-tu oublié que je vis à tes crochets depuis deux semaines ? rétorqua-t-elle.

Le détail était sans importance. Laurence possédait plus que le nécessaire pour vivre pendant plusieurs années sans travailler. Payer les frais du voyage lui semblant tout à fait normal, elle revint à la charge.

– Ne te préoccupe pas de ça, Mélanie. Si tu acceptes de venir avec moi, je paye tout. L'avion, l'hôtel, la bouffe. Tout.

– C'est absolument hors de question. Tu fabules. Ce n'est pas sérieux, tout ça ! Laurence, penses-tu vraiment ce que tu dis ?

– Je ne fabule pas et je n'ai jamais été aussi sérieuse.

Mélanie était de plus en plus contrariée. Elle l'accusait de lui faire miroiter un projet tout à fait différent de celui qu'elle s'apprêtait à mettre à exécution.

– Tu me mets l'eau à la bouche quand je viens tout juste de prendre la décision de retourner chez nous, dit-elle.

Mélanie venait de lui rappeler la précarité de leur situation ; elle n'était que de passage dans la vie de Laurence. Le choc était violent. L'importance qu'elle avait prise dans son existence lui apparaissait énorme comme le vide qui suivrait son éventuel départ. Était-ce possible qu'en si peu de temps elle en fût venue à penser qu'elle resterait à ses côtés jusqu'à Noël et qu'elle reviendrait ensuite, le temps de faire ses études ? Sa décision de partir la chavirait. Parce qu'on lui arrachait une partie d'elle-même, elle ne sut pas cacher son humeur. L'intervention qui suivit portait le poids de sa déception et un semblant de reproche.

– Faut-il que je te dise que tout ça m'est égal ou bien veux-tu entendre ce que je pense de ta décision ? dit-elle.

– Laurence, qu'est-ce que tu as ? Tu ne vas pas me faire la tête parce que je réalise que le choix que j'avais fait en venant ici n'était pas le bon. Me refuses-tu le droit de m'être trompée ?

– Veux-tu vraiment connaître le fond de ma pensée, Mélanie ?

– Dis toujours.

– Je pense que tu as peur de toi-même. Tu connais les sentiments de Gilbert et tu as peur de ce qui peut arriver si tu restes dans son entourage. Tu fuis, Mélanie !

– Où vas-tu chercher des idées aussi farfelues, ma pauvre Laurence ? Il existe autre chose que l'amour, dans la vie. Je peux très bien vivre dans l'entourage de Gilbert Martel, comme tu dis, et continuer à le rencontrer. Gilbert est un ami.

– Tu es prête à en faire le pari ?

– Je ne joue pas à ce jeu. D'ailleurs, je n'ai plus envie de parler pour ne rien dire. Ni de voyage ni de Gilbert Martel. Tiens, je préfère aller au lit tout de suite.

Mélanie disparut dans la salle de bains. Quelques minutes plus tard, le bruit de l'eau coulant dans la baignoire se fit entendre. La jeune fille trempait dans une eau parfumée lorsque que la sonnerie du téléphone retentit. Laurence répondit et vint près de la porte de la salle de bains avec l'appareil portatif.

– C'est Gilbert, dit-elle. Tu veux l'appareil ?

– Je vais lui parler. Entre.

Installée devant le téléviseur, Laurence ne prêtait plus attention à l'action qui s'y déroulait. Elle était avec Mélanie en pensée. Leur conversation évoquait toujours de tristes images ; des images à la couleur de sa nouvelle solitude. Une réaction s'imposait.

Mélanie avait à peine parlé à Gilbert. Inconsciente que l'eau s'était refroidie, elle ne sortait toujours pas de sa retraite. Elle réfléchissait à ses propos. «Cet homme semblait te connaître», avait-il dit. Que signifiait cette incursion étrangère dans sa vie ? Un fait singulier lui revenait : le numéro de téléphone inconnu sur l'afficheur. Et si on avait déjà tenté de la joindre ? Si quelqu'un était sur sa trace ?

Simplement enveloppée dans une serviette, Mélanie quitta la pièce et fila directement vers le téléphone. Il était plus urgent de revoir ce numéro et de le composer pour enfin en découvrir la provenance, que de tout expliquer à sa tante, qui visiblement s'interrogeait.

Un message vocal ayant signifié l'impossibilité de recevoir des appels à ce numéro, Mélanie raccrocha et s'éloigna de l'appareil. Assise sur le banc attenant à la petite table, elle répétait le message, sous le regard interdit de Laurence.

– Ça devait être un faux numéro, dit-elle.

Laurence lui apporta son peignoir en ratine et lui conseilla d'au moins enfiler le vêtement si elle n'était toujours pas décidée à lui dire ce qui leur arrivait.

– Je pense qu'il est temps que je retourne chez nous. Je deviendrai cinglée si je reste ici une semaine de plus.

Mélanie faisait référence à sa conversation avec Gilbert et à ce qui s'était passé ensuite.

– Je l'ai laissé en plan. Il a de ces réflexions de mauvais goût parfois! Au téléphone, il m'a dit avoir été accosté par un homme qui semblait me connaître. C'est bizarre, cette histoire-là. Je suis inquiète. J'ai peur qu'on soit sur mes traces à cause de Jolie.

Peu rassurée elle-même, Laurence lui donna raison de vouloir partir. Le plus tôt serait le mieux, ajouta-t-elle. Mélanie sauta sur l'occasion pour revenir à la charge.

– Pourquoi tu ne changes pas d'idée? Viens là-bas avec moi, insista-t-elle. Pense à grand-mère et à maman. Elles seraient tellement heureuses de nous voir revenir ensemble. Il ne reste que six semaines avant Noël. Réfléchis à tout ça, veux-tu?

– Mon idée de partir en voyage ne te plaît pas, à ce que je vois. Si tu avais déjà senti le soleil sur ta peau et la fraîcheur de l'eau de la mer, tu n'hésiterais pas une seconde. Tu choisirais une destination soleil plutôt que de retourner dans le froid.

– Laisse-moi y penser. Demain, nous reparlerons de tout ça. De ton côté, promets-moi de réfléchir à ma suggestion. Le Sud, c'est bon, mais la famille, ce n'est pas mauvais non plus.

Elle avait mis tellement de temps et d'énergie à se convaincre qu'elle n'avait aucune famille; faire marche arrière était aussi difficile à Laurence. Depuis sa conversation avec sa mère, elle se reprochait le manque de courage dont elle faisait preuve en lui cachant son état; maintenant, elle imaginait sa réaction lorsqu'elle la verrait arriver avec son petit ventre rond.

– La famille, répéta Laurence.

Mélanie devina ses pensées. Elle s'approcha et posa sa main sur son ventre. Ses yeux s'embrouillèrent.

– Le mien serait à la veille de naître si je… si je ne l'avais pas sacrifié, dit-elle.

Les paroles lui manquaient, cette fois. Laurence se contenta de caresser la chevelure de sa nièce et d'accueillir son regret. Les deux femmes étaient encore ainsi quand la sonnerie du téléphone les fit sursauter. Elles se regardèrent, hésitant à répondre. Laurence se décida à décrocher avant que le répondeur prenne la relève.

L'appel était en provenance de Paris. Au bout du fil, Marc Olivier s'était identifié. La surprise la rendant muette, Laurence cherchait à se ressaisir. Marc supposa que la communication avait été coupée.

– Je suis là, Marc, dit-elle enfin. C'est que je n'attendais pas ton appel. Comment vas-tu?

Habité par un trouble imprévisible, Marc éprouvait une certaine difficulté à paraître impassible. Il vérifiait la vivacité de ses sentiments à l'égard de cette femme tenue responsable de leur rupture. Il répondit vaguement, poliment, et lui retourna la question.

– Comment je vais? Ça dépend des jours et des heures. Je survis, Marc. Je pense souvent à toi, à ce qu'aurait pu être notre vie ici.

– Ce qui veut dire…?

– Ça veut dire que je ne suis pas un monstre, que j'ai encore un cœur. Me crois-tu vraiment capable de repousser du revers de la main ce que nous avons fait ensemble?

– Je dois répondre à ça?

Marc réalisait à quel point la conversation était mal engagée. D'ailleurs, il ne l'appelait pas avec l'intention de lui faire mal. Il désirait simplement la prévenir de son retour à Montréal. Cette annonce déstabilisa momentanément Laurence.

– Quand arrives-tu ? demanda-t-elle.

Elle avait besoin d'établir un plan, de régler l'essentiel ; la manière dont ils vivraient ce retour. Marc prévoyait de rentrer au début de la semaine suivante. La collection parisienne fonctionnait parfaitement alors qu'à Montréal son absence commençait à se faire dangereusement sentir, expliqua-t-il.

– Le compte à rebours commence plus tôt que prévu, mais cela me donne suffisamment de temps pour trouver un appartement, dit Laurence.

Son regard croisa celui de Mélanie, qui s'efforçait de saisir la situation sans avoir l'air d'être trop indiscrète. Laurence commençait à croire que la solution à son problème résidait peut-être dans la proposition de sa nièce. Aller au Saguenay était peut-être la meilleure chose à faire dans les circonstances. Sa réflexion l'avait de nouveau rendue muette.

– Alors ? dit Marc.

– Nous avions convenu de prendre une décision à Noël ; aussi bien la prendre maintenant. Il faut en venir à la seule conclusion possible. Les choses ne vont pas changer entre nous, n'est-ce pas ?

– Tu ne peux me demander l'impossible, Laurence. Je préfère souffrir seul que de risquer de faire payer un innocent. Mais je me demande encore comment cela a pu nous arriver. Toi et moi, nous avions tout pour être heureux. Tout !

– Il faut croire qu'il manquait quelque chose quelque part, Marc. Le destin…

– Ne me parle pas du destin! Il y a assez de Fanny qui ne jure que par le destin.

L'avait-il fait exprès de mentionner le nom de cette femme? Peut-être qu'il était normal qu'il parle de celle avec qui il partageait maintenant la plupart de ses intérêts.

– Elle va bien, Fanny?

– Fanny va bien. Elle rentre aussi à Montréal.

– Ah bon!

– Tu ne vas pas être jalouse! Ce serait d'un ridicule, ma chère.

– Je ne suis pas jalouse. Je réfléchis à voix haute. Tant pis si cela touche une corde sensible.

Poursuivre cette conversation ne donnerait rien de plus. Ils le savaient très bien. Aussi y coupa-t-on court en se fixant un rendez-vous pour le mardi suivant. Lorsque Laurence raccrocha, il y avait longtemps qu'elle n'avait vu aussi clair. Plantée devant Mélanie, elle la regarda attentivement pour juger de sa réaction.

– Fais tes bagages. Nous rentrons à la maison, dit-elle.

– Laurence! Me diras-tu enfin ce qui arrive?

– Marc revient et je remets ma démission comme convenu. Mon ancienne vie est finie. Je me sens libre tout à coup! Quelque chose m'empêchait de respirer, mais maintenant je repars à neuf. Mon enfant n'aura probablement jamais de père, mais il aura au moins une mère qui a repris goût à la vie.

La même sensation de bien-être les transportait. Les deux femmes passèrent un bon moment à discuter d'un avenir encore tellement incertain.

28

Martine était transportée depuis que Mélanie avait annoncé son retour en compagnie de Laurence. Une nouvelle joie de vivre l'habitait. Tellement de jours s'étaient écoulés depuis son départ; tellement de temps sans l'entendre lui dire son affection et surtout à fouiller dans ses souvenirs pour se retrouver devant le même mystère. Le moment où sa petite Mélanie lui avait échappé restait dans l'ordre des suppositions.

Camille lui avait interdit de s'apitoyer sur son sort. «On ne peut pas vivre la vie de ses enfants, Martine. Il faudra que tu te mettes ça dans la tête.» Il lui était facile de donner des conseils, elle qui partageait son temps entre son tricot, son piano et ses mystérieuses sorties en taxi. Camille oubliait le principal. N'avait-elle pas elle-même servi d'exemple à sa fille? À vivre à ses côtés, Martine n'avait pu qu'apprendre à se faire du mauvais sang.

Il y avait de l'enthousiasme dans l'air. L'hiver pouvait venir. Noël et le nouvel an arrivaient en novembre cette année, se disait Martine, impatiente de faire part de la nouvelle à Paul.

Heureusement, Paul arriva plus tôt que prévu. Philippe Gagné s'était offert à faire le surplus de travail à sa place. Grande fut sa surprise de retrouver sa femme arborant un large sourire. Tout à coup Martine était jolie comme avant et lui réalisait qu'il en était venu à oublier l'éclat d'un visage joyeux. Martine bougeait nerveusement. Elle faisait exprès d'afficher ce petit air de posséder un secret qu'elle se mourait de dévoiler.

— Tu ne devineras jamais, dit-elle avec un grand sourire.

— Toi, tu as eu des nouvelles de ta fille ou je donne ma main à couper.

— Elle revient, Paul. Notre fille sera avec nous pour un bon moment. Tu entends? Mélanie et Laurence reviennent ensemble. Comprends-tu ce que ça veut dire?

Paul n'osait verbaliser l'ardent souhait qui montait en lui. Si le retour de Mélanie ramenait le sourire matinal de Martine, s'il lui donnait le goût de quitter sa robe de chambre avant midi, de sortir respirer l'air pur, ce serait effectivement un événement heureux. Un fait le dérangeait cependant. Laurence aussi revenait.

— Tu es bizarre, Paul. Dis-moi à quoi tu penses. Je ne suis pas certaine que tu sois aussi heureux que moi.

— Ce n'est pas ce que tu crois. Tu as dit que Laurence aussi revenait et ça me fait penser à ce que Philippe Gagné m'a dit tout à l'heure. La dernière fois qu'il a parlé à Gabriel, il était encore sous l'impression que Laurence avait fini par épouser Marc. Philippe n'a pas pu le détromper là-dessus, parce qu'il le croyait lui aussi.

— Tu ne l'avais pas mis au courant?

— Ces choses-là, nous, les hommes, on n'en parle que si c'est nécessaire. C'est seulement aujourd'hui que j'ai appris à Philippe que cela allait plutôt mal pour Laurence.

— J'ai hâte d'en savoir davantage à son sujet. Je la trouve bien mystérieuse, ma sœur.

Paul avait pris place au bout de la table. Il n'avait rien à ajouter sur un sujet qui l'intéressait lui aussi. On ignorait presque tout de Laurence depuis son retour en ville. Il craignait un autre chamboulement provoqué par la venue de sa belle-sœur.

– Ta mère est sûrement au courant. Qu'est-ce qu'elle en dit?

Camille jubilait. L'odeur de sa cuisine confirmait les dires de Martine. Sa mère faisait de la place dans son congélateur et rafraîchissait sa demeure à grands coups de torchon savonné. Pour une fois, Martine lui donnait raison. Elle pensait déjà à se rendre en ville pour faire des emplettes. Elle avait besoin de tout; son garde-manger était vide et l'appétit lui revenait, disait-elle.

– Je vais nous faire un de ces bons petits soupers dont tu te souviendras longtemps, dit-elle à Paul qui se préparait à passer sous la douche.

29

À DES KILOMÈTRES DE LÀ, Mélanie avait commencé à préparer un plat simple pour le repas du soir. Laurence n'était pas rentrée de l'atelier. Ce jour devait être le dernier où elle occuperait cet endroit qui avait été le témoin silencieux de l'évolution de sa carrière. Elle avait dit vouloir vider ses tiroirs et dégarnir les murs de son bureau avant d'assister à la petite fête organisée pour souligner son départ.

Il passait dix-neuf heures quand elle rentra. Des signes de fatigue se lisaient sur son visage. Quitter le monde de l'atelier avait été plus difficile que prévu à cause de la lourdeur de l'atmosphère. Accepter de parler franchement à ses collègues aurait facilité les choses, mais Laurence avait préféré se taire plutôt que de verser dans les demi-vérités. Julia avait tenté de l'embarrasser. Une question directe, indiscrète, et l'ambiance s'était refroidie. «C'est vrai que tu es enceinte ?» avait demandé la blonde et douce réceptionniste. À une attaque bête, elle avait répondu bêtement. Fallait-il qu'elle lui fasse un dessin ? Les autres avaient ri. Laurence Auclair s'y connaissait en dessin.

On l'avait observée, examinée ensuite. La confirmation était à ce prix. Son petit ventre rond, ses seins plus agressifs, son regard brillant ; qui voulait voir avait deviné. La réponse n'était pas venue de sa bouche. Marc donnerait sa version s'il le désirait. En attendant, on avait dû se contenter de la sienne. Elle s'accordait une année sabbatique avant de réorienter sa carrière. Sa renommée devait être garante de son avenir.

Tout cela était du passé et Laurence n'avait pas envie d'en parler, ni avec Mélanie ni avec personne, ni ce soir ni jamais. La porte de l'atelier s'était refermée derrière elle. Devant, une vie nouvelle l'attendait.

– Il y a eu un autre appel, venait de dire Mélanie.

– Toujours le même numéro ? Quelqu'un peut-il se tromper trois fois de suite ?

– Je commence à penser sérieusement que quelqu'un cherche à joindre l'une de nous.

Mélanie ne croyait plus à l'erreur répétée. Aussi cachait-elle mal son angoisse. Par contre, Laurence semblait trop soucieuse pour se préoccuper davantage de l'incident du téléphone. Elle mentionna quelques vagues possibilités, rien de très convaincant.

– Si on rappelle encore, je prendrai contact avec le service téléphonique. En attendant, je monte. Je ne tiens plus sur mes jambes.

– Tu ne manges pas ?

– Non. Le goûter qu'ils ont servi me suffit pour ce soir.

Mélanie n'insista pas. D'une certaine façon, cela l'arrangeait car toute envie d'avaler quoi que ce soit avait disparu. Elle avait décidé d'aller faire un tour dehors.

* * *

Les premiers flocons de neige tournoyaient dans le ciel. Quelques-uns venaient fondre sur ses joues. L'automne cédait sa place prématurément. La plupart des clochards avaient trouvé un endroit pour dormir. Casquette en main, Ti-Père était toujours à la recherche de quelques pièces de monnaie. Mélanie le reconnut à son allure particulière. L'odeur de tabac flottant autour de lui la rejoignit bien avant qu'elle se retrouve à sa hauteur. L'homme la regardait venir en découvrant des dents jaunies et rares.

S'étant arrêtée devant lui, elle lui parla de la petite itinérante aux cheveux colorés. Avait-il des nouvelles de Jolie? Ti-Père resta suspendu entre ses pensées et la vision. Cette jeune fille élégante lui parlait avec la voix de la copine de Jolie, mais elle était tellement différente dans ses vêtements bien taillés.

– Eh bien! En voilà, un changement, dit-il. Je ne vous aurais pas reconnue si vous ne m'aviez pas parlé la première. Je suis content de vous voir, parce qu'on a de bonnes nouvelles. Jolie était en ville aujourd'hui. C'est Bouboule qui me l'a dit. Si Bouboule l'a dit, c'est que c'est vrai. La petite va recommencer à traîner sa bosse dans les parcs et à se geler les pieds comme nous autres.

Mélanie sentit son cœur faire un bond dans sa poitrine. Jolie était quelque part en ville et vivante surtout. Il fallait prévenir Gilbert tout de suite. Elle laissa le clochard sur le coin de la rue et remonta la ruelle. Ti-Père attendit qu'elle disparaisse dans l'entrée des Cours Le Royer pour reprendre son poste.

* * *

Gilbert était à l'entraînement au gymnase de l'université. Il devait être là dans moins d'une heure, lui dit Julien au téléphone. Mélanie laissa un message à son intention. Il fallait qu'elle lui parle le soir même. Julien promit de lui transmettre l'information.

L'attente de son appel lui laissait le temps de faire part de la nouvelle à Laurence et d'échafauder des plans pour une prochaine rencontre avec Jolie. Une parole revenait sans cesse. Mélanie parlait de sa joie de la savoir vivante, mais elle parlait surtout de trahison. Comment apprendre à Jolie qu'elle repartait? Comment lui dire qu'elle allait passer les fêtes avec les siens en la laissant seule pour affronter l'hiver et un monde hostile?

– Jolie n'est pas vraiment seule. Elle a des amis, dit Laurence.

L'objection fut repoussée. Laurence n'avait rien compris si elle le pensait vraiment.

L'appel de Gilbert mit fin à leur discussion. Quelques phrases suffirent pour qu'on en vienne à la conclusion qu'il serait préférable de se parler de vive voix. Gilbert, le premier arrivé à leur rendez-vous à la sortie de la station de métro Champs-de-Mars, décida d'aller à la rencontre de Mélanie. En route vers la rue Notre-Dame, il se retrouva à l'endroit précis où Jolie lui était apparue le soir de sa disparition. Instinctivement, il scruta les alentours. Il vit arriver Mélanie, superbe dans son manteau long entrouvert, sa chevelure volant au vent. Il lui sourit sans rien dire. Quelque chose dans son comportement avait l'air de la troubler. Peut-être réalisait-elle que le temps des brèves rencontres tirait à sa fin, qu'à partir de la semaine suivante Gilbert Martel ne ferait plus partie de sa vie avant son entrée à l'université?

– Tu as fait vite, dit-elle.

Le stratagème fonctionnait merveilleusement. Gilbert en profitait pleinement. Il ne disait rien, l'obligeant à faire la conversation.

– J'ai le goût d'un café très chaud et très corsé, dit-elle en allongeant subitement le pas.

Ils entrèrent dans le premier bistrot se trouvant sur leur route et elle choisit une table le long du mur, là où la lumière abondait et où le couvert était dressé pour deux. Gilbert détacha son paletot pendant qu'elle enlevait son foulard et ses gants.

— Tu es encore plus jolie quand tu as le bout du nez gelé, finit-il par lui dire.

La tête basse, elle chercha à dissimuler son émotion. La diversion créée par l'arrivée de la serveuse la servit à merveille. Elle s'empressa de commander un café et deux crèmes. Gilbert fit de même sans regarder du côté de la femme vêtue en vert tendre. Captivé par ce qu'il voyait, il eut l'impression qu'un changement était en train de s'opérer. Tout à coup, le mur qui les séparait s'effritait. Peut-être était-il trop tard ou trop tôt? C'était une question qu'il refusait absolument de se poser. Cet instant de sa vie avait le goût d'un matin de printemps venu en plein mois de novembre. Rien ni personne n'allait le lui ravir.

Mélanie déposa sa petite cuillère dans sa soucoupe et le regarda droit dans les yeux. Il soutint son regard. Sa lèvre trembla.

— Dis-moi que tu ne vas pas partir pour de bon, dit-il.

— Je reviendrai en janvier, pour le trimestre d'hiver. Tu le sais bien.

— C'est dans deux mois. C'est très long, deux mois, tu sais.

Elle n'allait pas le contredire quand elle était sur le point d'être de son avis. Il était préférable de passer au sujet qui les avait amenés à cet endroit.

— Jolie se trouve quelque part en ce moment, peut-être tout près, dit-elle afin de capter davantage l'attention de Gilbert. Un ami de Ti-Père l'a vue. Il n'a pas mentionné l'endroit.

— Jolie! Qu'est-ce qu'on peut faire pour cette fille? Toi, tu pars dans une semaine, et moi… Je me demande si j'ai le goût de courir derrière elle le reste de ma vie.

— Tu te demandes si tu as le goût de t'impliquer sans moi? C'est ça?

Ce qu'il désirait éviter se produisait. Sa déception se lisait dans son regard. Mélanie partait avec l'espoir qu'il devienne l'ange gardien de Jolie, mais elle avait eu tort d'entretenir de telles pensées. Aucun engagement moral ne liait Gilbert à l'itinérante. Mélanie savait à quoi s'en tenir à présent. Si Jolie ne l'intéressait pas, elle la retrouverait avant de partir et toute seule.

— Quand je saurai ce qui lui est arrivé, je verrai ce que je peux faire. Je te jure que si j'avais la plus petite chance de la sauver, je resterais.

— Mélanie, arrive en ville. Tu n'as encore rien compris. On ne peut rien pour une personne qui ne s'aide pas elle-même d'abord. Absolument rien. D'autres ont tenté l'expérience avant toi et se sont heurtés à des murs.

— Ce n'est pas pareil pour Jolie!

— C'est pareil pour tout le monde. À part ça, des fois, je me demande… Si on se parlait franchement, pourrais-tu me dire qui tu veux aider en t'accrochant à cette fille? Est-ce que c'est Jolène Paris ou Mélanie Boyer?

Il se permettait de lui parler un langage nouveau. Il l'acculait au mur. Un autre jour encore très rapproché, Mélanie aurait réagi, crié plus fort qu'il n'avait parlé, pour ne pas entendre. Cette fois, elle se taisait. Gilbert avait visé au-delà de ses limites de défense. Il avait lu dans son âme. Sa faiblesse et son besoin de justifier sa présence sur cette terre étaient mises à nu. Jolie traînait sa propre existence sous son manteau usé. Elle lui ressemblait de l'intérieur.

Mélanie faisait taire ses peurs en jouant un rôle qui ne lui convenait pas.

Il y avait sur la table deux tasses de café qui refroidissaient. Autour, un gars silencieux et un fille qui rattrapait une larme.

— Je déteste discuter dans ces endroits où tu m'emmènes toujours. Tu ne veux pas que nous allions chez moi ? J'ai ce qu'il faut pour un taxi, proposa Gilbert en sortant de son mutisme.

La réponse vint vivement. Il était hors de question qu'elle aille dans l'appartement d'un garçon pour se retrouver seule avec lui. Gilbert l'avait compris quand il l'informa de la présence de Julien sur les lieux. Elle hésitait, semblait-il. Son indécision lui permettait d'espérer la convaincre. Il déposa un billet sur la table et se leva, prêt à partir.

— Je t'enlève. Il faut que nous parlions tranquillement sans avoir l'impression d'être sous les projecteurs.

— Tu es certain que Julien sera là ?

— Mélanie, est-ce que je te fais peur à ce point ? Depuis le temps qu'on se voit, tu n'as pas encore compris que je ne suis pas l'étrangleur de Boston ? Ce que tu peux être bornée ! Une vraie fille de la campagne !

La sévérité de son jugement avait réussi à l'ébranler. Elle lui demanda de l'attendre pendant qu'elle préviendrait Laurence de son retard. Quelques minutes plus tard, elle revint vers lui.

— On ne peut pas dire que l'idée de venir avec moi te réjouit, lança-t-il en voyant son air grave.

Elle le laissa dire et sortit. Gilbert proposa de prendre un taxi, mais elle refusa en prétextant qu'ils avaient deux bonnes heures devant eux et que la marche ne lui faisait pas peur. Elle avait d'ailleurs l'habitude de circuler entre le centre-ville et le Vieux-Montréal, fit-elle remarquer.

Ils marchèrent jusqu'au boulevard René-Lévesque. De temps à autre, Mélanie éprouvait le besoin de se retourner. L'impression d'être suivie l'incommodait. Une série de chiffres revenait à sa mémoire ; un numéro apparaissant sur le cadran du téléphone de Laurence. Elle ralentit le pas.

Craignant d'être confronté à un changement de programme, Gilbert héla un taxi. La voiture américaine qui les avait pris en course roulait lentement à cause de la densité de la circulation. Sur la banquette arrière, assise tout près de Gilbert, Mélanie regardait défiler les immeubles. Chacune des ruelles cachait une partie de sa vie. Elle les avait toutes parcourues. L'odeur de chacune lui était familière, ainsi que ses bruits.

— Arrêtez ! cria-t-elle au chauffeur.

— Comment savais-tu qu'on était arrivé ? demanda Gilbert.

— J'ai vu Jolie. Elle était à côté de ce balcon. Regarde ! C'est là. Près de l'édifice en briques rouges.

Gilbert donna un billet au conducteur et Mélanie était déjà loin. Elle courait vers l'endroit désigné en appelant la jeune fille aux cheveux rouges.

— Jolie ! criait-elle.

Plus personne autour. Aucune trace de Jolie sous l'escalier ni derrière l'amoncellement de poubelles, ni entre les voitures garées en bordure du trottoir. Mélanie tenait sa tête à deux mains. Avait-elle réellement vu Jolie ou son ardent désir de la voir était-il responsable de la vision ? Confondue, elle se retrouva devant Gilbert qui lui tendait la main.

– Nous allons chez moi. C'est juste là-haut, dit-il. Viens, ça ne sert à rien de chercher. Jolie n'est pas là.

Presque inconsciente de ses gestes, Mélanie le suivit jusqu'à l'entrée principale. Avant même que Gilbert n'ait inséré la clef dans la serrure, la porte s'ouvrit sur Julien qui sortait.

– Il s'en va? dit-elle.

Julien s'arrêta et les regarda.

– J'allais juste chercher de quoi grignoter, mais si vous voulez que je reste un peu dehors, vous n'avez qu'à le dire.

– Ce ne sera pas nécessaire. Reviens quand tu veux. Je ne reste pas, dit Mélanie.

Julien interrogea Gilbert du regard, mais il dut se contenter d'un signe vague de sa part. Gilbert était trop occupé à convaincre Mélanie de rester. Le jeune homme demeura un moment devant la porte; aucun bruit ne lui parvint de l'intérieur. Il sourit et partit en sifflant.

– «Ah! ce Gilbert», se dit-il en descendant l'escalier en courant.

La pièce était quelque peu embarrassée, quoique proprement tenue pour un appartement de jeunes hommes. Deux ordinateurs, une chaîne stéréo de bonne qualité, un divan et deux chaises formaient le mobilier de la pièce principale. Au fond se trouvait la chambre. Une pièce plus grande et munie de deux lits. Que faisait-elle dans cet appartement? se demanda Mélanie en se souvenant de ses copines et de leurs amis profiteurs et libertins. Pourquoi Julien et Gilbert seraient-ils différents de ces garçons? La question devint à ce point impérative qu'elle la posa.

– Tu oublies une petite chose, Mélanie, répondit Gilbert. Julien et moi, nous n'avons plus vingt ans. Nous avons passé le temps des folies. Quand on revient aux études après avoir tout laissé tomber, on ne voit pas la vie de la même façon.

— Qu'est-ce que je fais ici alors ? Tu dois être en période d'examens.

Gilbert la fit taire et disparut dans sa chambre. La porte resta grande ouverte après son passage. D'où elle se tenait, Mélanie faisait face au mur du fond de la pièce. Au-dessus de ce qui devait être le lit de Gilbert se trouvait une photo d'un mètre sur soixante-quinze centimètres, une photo intrigante au possible.

— Est-ce que je rêve ? dit-elle en s'approchant lentement.

Gilbert se retourna. Dans la porte, hypnotisée et muette, Mélanie regardait la photo, puis le regardait. Elle était tellement jolie qu'il ne ressentait aucun besoin d'expliquer.

— Je t'aime, Mélanie, dit-il. Je t'aime depuis ce jour.

Tout y était, sur cette photo : la table de camping, le muffin écrasé, le sac renversé à côté de ses pieds et son visage… Sur son visage triste, une telle beauté…

— Comment as-tu fait ? murmura-t-elle.

La tête appuyée au cadre de la porte, elle se sentit défaillir. Il avait suffi d'un appareil avec téléobjectif pour qu'il capte son image alors qu'elle discutait avec Laurence, à cet instant précis où elle lui révélait son secret. Depuis, dans ce monde appartenant à Gilbert Martel et à son insu, elle avait eu la meilleure place. Il ne faisait rien pour le lui dissimuler ; c'était à croire que sa réaction lui importait peu à présent.

— Je t'aime, dit-il de nouveau.

Elle se dirigea vers le fauteuil se trouvant à côté de la porte tandis que cet homme de huit ans son aîné la regardait.

Il attendait une réaction de sa part, mais elle traînait une si lourde expérience de la vie que mille ans pesaient sur ses épaules.

– C'est fou, la vie. Je me tue à le répéter. C'est fou et fait pour les fous. Pourquoi m'aimes-tu, Gilbert Martel? M'as-tu bien regardée?

– Plutôt dix fois qu'une. J'ai perdu le sommeil depuis que tu m'as annoncé ton départ. Avant, je rêvais, j'attendais que tu m'appelles. Il a fallu la disparition de cette chère Jolie pour que je te voie. Je sais que je lui dois toutes nos rencontres. Il y en a eu quinze. Je les ai comptées, et chaque fois j'ai eu envie de te dire de tout lâcher pour t'occuper seulement de moi.

– Je suis là, ce soir.

– Si peu. Tu es si peu présente. Je le sens et tu as peur. Peux-tu me dire pourquoi, Mélanie? Pourquoi tu as encore peur de moi?

– Gilbert. Je… je… Je voudrais rentrer. C'est vrai que j'ai peur. Raccompagne-moi chez ma tante, veux-tu?

– Pas tout de suite. C'est probablement la dernière fois que je te vois avant ton départ. Ne me demande pas ça. Reste encore. Attends au moins que Julien revienne.

Elle avait oublié Julien et ses friandises, Julien qui tarderait à monter à présent qu'il la savait là et qu'il supposait un tas de choses. Gilbert s'était approché et il avait pris sa main. Silencieux, il caressait ses doigts, les tenant fermement entre ses mains d'homme.

– Tu es un gars extraordinaire, Gilbert. Je le sais. Beaucoup de filles aimeraient être à ma place en ce moment. Non, ne dis pas le contraire! J'ai des yeux pour voir et j'ai aperçu des regards qui en disaient long quand nous étions ensemble. Tu plais aux femmes, Gilbert.

– Je ne veux pas plaire aux femmes. C'est à toi que je veux plaire, rien qu'à toi, et tu pars.

– Je pars pour revenir. Peut-être qu'en janvier…

– Ce serait tellement plus simple si tu me disais tout de suite si j'ai raison d'espérer. Est-ce que j'ai des chances que tu m'aimes un jour?

Gilbert avait porté sa main à ses lèvres. Il les touchait amoureusement. Mélanie freina son geste.

– J'ai compris. Je te raccompagne. J'ai affaire à une sainte ou à une femme qui a été violée, lança-t-il, exaspéré.

– Je t'interdis de parler comme ça. Gilbert Martel. Je te l'interdis. Tu m'entends?

À peine avait-elle ouvert la porte que le bruit de ses pas s'entendait dans l'escalier. Mélanie fuyait, mais, cette fois, ils étaient si près de son départ pour le Saguenay. Malgré les lumières de la ville, il se crut en pleines ténèbres quand il se retrouva sur le trottoir tandis qu'elle filait dans le taxi qui l'emmenait au loin. Désemparé, le jeune homme s'assit dans les marches de l'escalier. La tête dans les mains, il laissa le temps passer. C'est ainsi que le trouva Julien à son retour.

30

Laurence s'était levée très tôt. Mélanie aussi était debout, sans être tout à fait consciente de l'être. Une nuit blanche se terminait. La journée qui commençait l'était aussi car, ce matin-là, la neige recouvrait le sol. Ce phénomène lui rappelait la longueur des hivers dans sa région natale. En ville, cette blanche intruse ne résisterait pas aux premiers rayons du soleil, mais là-bas il en était autrement. Novembre, c'était déjà l'hiver.

– Tu parlais du Sud dernièrement et nous partons pour le nord. Où est passé notre bon sens? dit-elle en quittant la fenêtre pour rejoindre Laurence à la table.

– Ce n'est que partie remise. Je n'ai pas abandonné mon projet parce que je vais chez nous.

– C'est ça! Tu partiras quand je serai aux études! Et moi, comme une sotte, je penserai à toi et à la belle vie que tu auras…

Laurence sourit. Aucune méchanceté n'animait les paroles de Mélanie, seulement un peu de mélancolie. Le temps était venu de parler de choses plus sérieuses. De sa rencontre avec Gilbert, par exemple.

– Tu es allée chez Gilbert pour discuter du cas de Jolie, hier. Tu as du nouveau? Ta protégée est vraiment de retour? lui demanda-t-elle.

Mélanie fit un signe traduisant son ignorance et laissa échapper un long soupir. Elle emporta avec elle sa tasse de café et prit place sur le tabouret à côté du comptoir.

– J'ai cru la voir hier, mais je pense que c'était mon imagination. Toujours pas de Jolie, mais pour le reste… Gilbert est vraiment amoureux de moi. Il me l'a avoué et, pour faire différent, je me suis enfuie en courant. Décidément, je suis très douée pour les gaffes.

– J'entends que tu me parles de regrets. Qu'est-ce qui te dérange ? De ne pas l'avoir écouté ou de ne pas être restée avec lui ?

– Ni l'un ni l'autre. Je suis très loin de cela. J'ai peur, Laurence. Qu'est-ce que me réserve l'avenir si je ne peux plus sentir la main d'un homme sur moi ? C'est affreux de se poser pareille question quand on n'a pas encore vingt ans.

– Si je te disais que je comprends très bien ce que tu ressens, est-ce que cela te redonnerait confiance ? On t'a blessée, Mélanie. Les cicatrices sont encore fragiles. Peu importe qui t'a fait mal. Aujourd'hui, tu souffres, et c'est tout. On ne met pas des souliers neufs quand on a des ampoules aux pieds.

– Des ampoules au cœur, tu devrais dire. Merci de si bien me comprendre. Ça me fait du bien, mais je voudrais tellement… Gilbert est si gentil. En fin de compte, il faut que je l'avoue, j'éprouve quelque chose pour lui. J'ai passé la nuit à ruminer. Sébastien m'a brisée. Il a fait de moi une infirme. Je le déteste pour ça aussi.

Qu'ajouter à ce cri de détresse ? Laurence l'avait bien entendu, même si elle ne paraissait pas pressée de partager ses pensées. D'une certaine manière, la situation de Mélanie ressemblait à la sienne. Des murs hauts comme le mont Royal s'étaient élevés autour d'elles. Les escalader demanderait une bonne dose de détermination.

— Tu comptes le revoir avant ton départ? s'enquit-elle.

— Hier, je t'aurais dit que non, mais ce matin, c'est différent. J'aurais envie de penser que Gilbert mérite de connaître la vérité. Si je suis franche avec lui, il comprendra.

— Serait-ce que tu as l'intention de lui dire ce qui s'est passé avec Sébastien?

Seulement si c'est nécessaire et je ne crois pas que ce le soit. Si je lui donne un espoir et que je lui demande de l'aide, il va m'attendre.

Mélanie sourit. Ses dents blanches ainsi découvertes, elle était encore plus jolie. Laurence partageait cet instant avec elle. Au moins, l'une des deux avait des chances de connaître des jours heureux.

La sonnerie de l'interphone annonça une présence à la porte principale. Les deux femmes se regardèrent.

— Tu attends quelqu'un? demanda Mélanie.

— Non, personne. À moins que ce ne soit Gilbert ou…

Laurence n'osait verbaliser sa pensée. Une ombre inconnue rodait dans sa tête, une ombre qui venait sans avoir été invitée.

— Qui est là? demanda-t-elle.

Une voix d'homme annonça une livraison de fleurs pour Mme Laurence Auclair. Une grande confusion envahit son esprit. Personne ne faisait parvenir des fleurs à sept heures et demie du matin.

— Elles sont de la part de qui, ces fleurs? demanda Mélanie.

— Je ne sais pas, madame. Je ne connais pas l'expéditeur.

Le mystère avait assez duré. Décidée à en avoir le cœur net, Laurence annonça qu'elle descendait. En bas, elle se retrouva devant un livreur n'ayant rien de conventionnel. Un homme portant un vêtement trop léger pour la saison et une barbe de plusieurs jours disparaissait derrière une gerbe de roses rouges. Elle hésitait à prendre le bouquet.

— Vous êtes madame Auclair?

Elle le confirma sans quitter les roses des yeux.

— Alors, elles sont à vous. Tenez! Prenez-les, dit l'homme en mettant la gerbe dans ses bras.

Laurence remonta vers Mélanie, qui l'attendait sur le pas de la porte. Impatiente de savoir, elle retira la carte sans signature insérée à l'intérieur d'une enveloppe non cachetée. Trois bleuets garnis de rosée matinale apparurent; trois baies sauvages peintes à la main qui parlaient à son cœur.

— Gabriel est en ville, dit-elle.

— À quoi tu penses, Laurence? s'écria Mélanie. Il ne faut pas laisser partir le livreur sans en savoir davantage. Peut-être que Gabriel était juste en bas. Peut-être qu'il attendait une réponse, et tu restes là, le nez dans un bouquet de roses.

Laurence se rua vers l'ascenseur sans refermer la porte de son appartement. Arrivée en bas, elle retrouva le jeune homme, qui se tenait au chaud en repliant un billet de dix dollars.

— Qui t'a chargé de livrer ces roses? demanda-t-elle.

— Je ne sais pas, madame. Je marchais sur le trottoir, en bas, quand il est descendu d'un taxi et m'a demandé de vous porter les fleurs avant que vous partiez travailler. Regardez, il m'a donné ça pour la commission.

— Où est-il? Où est cet homme?

— Il m'a attendu. Quand il a vu que je revenais sans message pour lui, il est reparti. C'est de sa faute. Il m'avait dit de répondre seulement aux questions qu'on me poserait.

Répondre aux questions! Elles arrivaient trop tard, les questions.

— Comment était cet homme? risqua-t-elle à tout hasard.

— Un bel homme. Bronzé et bien habillé. Il avait quelque chose à une jambe, je crois. Oui. Il a eu de la difficulté à descendre de la voiture.

Ses propres jambes défaillaient. Son cœur battait trop vite. Gabriel était venu si près et il était reparti. Elle continua de harceler le garçon. L'homme avait-il dit quelque chose d'autre? Avait-il mentionné où il allait?

— Oui. Il allait à l'aéroport. Enfin, je pense qu'il allait à l'aéroport, parce qu'il a dit au chauffeur du taxi de le conduire à Dorval.

— À l'aéroport?

Il repartait sans l'avoir vue, sans lui avoir parlé. Elle devait faire un mauvais rêve. Un réflexe la poussait à sa poursuite. Il était urgent de monter dans sa voiture et de se rendre à Dorval. Des objections surgissaient. Quelles étaient ses chances de le rattraper avec cette circulation matinale et ensuite l'affluence au guichet de départ? Sans compter qu'elle ignorait sa destination.

Chaque instant d'hésitation mettant la tentative en péril, elle remonta en toute hâte.

— Il faut faire vite, Mélanie. Je vais à l'aéroport et tu viens avec moi, dit-elle en montant à sa chambre.

«Trente minutes d'attente sur l'autoroute», venait de dire l'annonceur à la radio. Un accrochage à la sortie de la route 13. Habitée par l'appréhension de voir s'enfuir Gabriel avant de l'avoir revu, Laurence s'impatientait. Pourquoi tant d'automobilistes empruntaient-ils cette route? se disait-elle.

Puis, soudain envahie par un espoir, elle bénit ces mêmes gens. S'il ratait son départ ? Si, à cause d'un bouchon de circulation, Gabriel n'arrivait pas à temps ?

Il leur fallut un peu moins d'une heure pour arriver sur les lieux. Un espoir était permis. Devant les guichets, une foule moins dense, et quelques voyageurs tuant le temps. Un rapide coup d'œil leur ayant permis de juger de la situation, Laurence et Mélanie se partagèrent les recherches.

Mélanie fut la première à revenir au comptoir d'Air Canada, devant lequel on s'était donné rendez-vous. Laurence la suivit de près avec un simple indice. Gabriel n'était nulle part, mais il y avait un avion pour Paris en bout de piste.

— Tu veux qu'on reste encore un peu ?

D'un signe négatif, Laurence signifia qu'elle préférait quitter cet endroit. Si Gabriel était passé dans ce couloir, s'il était dans l'avion, l'attendre encore serait une aberration. Incapable de réfléchir froidement, elle accusait la vie d'inventer de nouveaux subterfuges, de faire apparaître des mirages et d'abuser de ses forces. Plus rationnelle, Mélanie élucidait un mystère. Les appels et l'interpellation de Gilbert en pleine rue trouvaient leur explication. Gabriel Dorval était en ville et il avait vainement tenté de joindre Laurence.

* * *

Cette façon imprévue de commencer la première journée d'un long congé chambardait leur programme. À cause de l'arrivée prochaine de Marc, Laurence avait échafaudé des plans, commencé l'emballage. Il y avait tant à faire, avait-elle dit. Voilà qu'elle annonçait la fin des grandes manœuvres. Son cœur et son esprit en avaient assez. La lutte était terminée.

– On prépare nos valises et on attend Marc. Après le grand dérangement, on partira ensemble pour le Saguenay. J'ai envie de recommencer à neuf, de tout laisser derrière…

Profondément touchée, Mélanie ne dit rien. Elle réfléchissait aux conséquences du geste de Laurence. Ses propres préoccupations s'y ajoutaient. Comment rester en dehors de tout ça si elle décidait d'attendre Laurence?

Le souvenir d'un appartement vint à son esprit; un logement contenant un divan pouvant se transformer en lit. Cette pensée née spontanément s'accompagna d'un serrement au cœur. Gilbert avait donc pris tellement de place dans sa vie, pour qu'elle décide naturellement de chercher un refuge. Elle pensa à ses copines, à ces jeunes filles avec qui elle avait partagé un appartement durant ses premières semaines à Montréal. La répulsion fut vive. Il valait mieux dormir avec Jolie que de se frotter de nouveau avec ce monde, se dit-elle.

Cette pensée eut un triste effet. Voilà que dans sa tête se promenait une jeune itinérante aux yeux hagards. L'envie de communiquer avec Jolie ne la quitterait plus, car il était hors de question qu'elle parte sans l'avoir revue.

– Mélanie, tu sais comment on conserve les roses?

Laurence la ramenait au lieu les abritant, surtout au moment présent. Elle l'interrogeait sur un sujet simple et complexe à la fois. Pour conserver les roses, on pouvait ajouter un cachet à leur eau ou les enduire de porcelaine. Tout ne résidait-il pas dans la valeur qu'on leur accordait?

– Je ne suis pas tellement au courant de la manière de conserver les fleurs, mais je connais des choses plus importantes, pour ne pas dire plus intelligentes.

Elle ne se limitait pas à répondre à sa question. Laurence le devinait sans vraiment savoir où elle voulait en venir, car une profonde mélancolie la privait de ses moyens. Mélanie ne tarda pas à l'éclairer.

– Je veux dire qu'il faut absolument que tu retrouves Gabriel. Tu l'aimes, il t'aime, et il y a l'enfant. Qu'est-ce qu'il te faut de plus pour agir ? Moi, j'attends seulement ton autorisation pour téléphoner à Bernard. Son père doit savoir où habite Gabriel. S'il ne le sait pas, il cherchera, et quand nous serons chez nous, tu agiras.

– Chez nous, répéta Laurence. Tu penses qu'un jour je me sentirai chez moi dans cette maison où je retourne ?

Songeuse, Laurence caressait son ventre en se demandait quelles étaient les chances que son enfant connaisse des joies semblables à celles de son enfance. Le verrait-elle courir lui aussi dans ces espaces, grands à perte de vue, qui avaient fait sa joie pendant de si nombreuses années ?

– Qu'est-ce qu'elle va dire ? dit-elle.

– De qui parles-tu ? C'est à mon tour de ne plus te suivre.

– Je me demande comment maman va réagir en apprenant que j'attends un enfant.

Mélanie fit une drôle de moue.

– Tu as toutes les raisons de croire qu'elle va être très heureuse. Il y a tellement longtemps que grand-mère n'a pas serré un bébé dans ses bras.

– Appelle Bernard, Mélanie. Appelle-le tout de suite, la supplia Laurence.

– Ça peut attendre à ce soir. Il est à l'école en ce moment.

Bernard était à l'école. Laurence avait-elle oublié qu'ailleurs la vie continuait ?

31

Plus que quatre semaines et demie avant Noël. On le disait et on le répétait. Dans les magasins, lumières et décorations donnaient le ton. Les airs de Noël s'entendaient de partout. Les soirées, le magasinage et les décorations, tout y était déjà, et trop tôt. On y allait à grands coups de publicité et d'appels à la consommation à outrance.

La veille, Gilbert avait aperçu Jolie dans une ruelle. Il avait vainement tenté de l'approcher. À peine avait-il manifesté sa présence qu'elle avait fui en courant jusqu'à une brèche béante dans le mur d'un immeuble désaffecté. Sa première réaction : prévenir Mélanie, lui indiquer le lieu de retraite de sa protégée.

* * *

Marc arrivait ce soir-là, mais il ne viendrait que le lendemain chez Laurence. Ils avaient rendez-vous à onze heures. Mélanie pouvait encore dormir chez elle sans passer pour une intruse. Depuis sa conversation avec Gilbert, la présence de Jolie aux environs de la rue Saint-Denis la préoccupait davantage que les problèmes du couple. Aussi avait-elle annoncé sa venue au jeune homme, en l'informant de son intention de porter des vêtements familiers à Jolie et de dissimuler ses cheveux sous un chapeau de laine. Jolie devait se sentir en confiance, sinon elle la fuirait aussi, croyait-elle.

Comme convenu, Gilbert l'attendait au coin de la rue Sainte-Catherine. Avoir l'exclusivité de ce rendez-vous aurait été tellement plus sympathique, mais il en était autrement. Mélanie ne venait pas parce qu'il le lui avait demandé, parce qu'elle désirait le revoir avant de partir, mais, encore un fois, à cause de Jolie. Partager un moment avec elle à cause de cette petite itinérante, n'était-ce pas ce à quoi il avait consenti depuis le début de leur relation?

Mélanie arriva à son tour. Elle portait des vêtements familiers à Jolie. Gilbert n'aimait pas la voir ainsi, mais la cause justifiait qu'il se garde de tout commentaire. Parce qu'elle portait ces vêtements, Mélanie était redevenue l'appât qui refuse de devenir la proie d'une bête fauve. Elle regardait autour d'elle, épiait chaque personne s'approchant à plus de dix pas.

– On ne reste pas ici, dit Gilbert. Il est quatre heures. C'est à cette heure-là que j'ai vu Jolie hier. Si on a de la chance, elle fera comme d'habitude.

Mélanie demeurait silencieuse. Tant de jours à espérer cette rencontre avec Jolie et voilà que l'envie de fuir, de laisser tomber, s'emparait d'elle. La voix de Gilbert et sa main sur son bras pendant qu'il lui indiquait une ombre appuyée au mur provoquèrent une montée d'adrénaline.

– Elle est là, avait dit Gilbert.

Mélanie se dirigea vers Jolie. Gilbert ne bougea pas. Il restait aux aguets, prêt à intervenir. Sa participation aux recherches de Jolie et les confidences de Mélanie à son sujet avaient fait de cette fille un être à part, désarmant. L'obscurité venue prématurément ajoutait une part de mystère à la démarche. Si le journaliste était en éveil, l'amoureux l'était davantage. Les attentes de Mélanie devenaient les siennes, son sauvetage, le sien, peut-être.

Jolie ne se sauva pas. Elle regarda venir Mélanie sans quitter le mur sur lequel elle prenait appui.

— Salut! Ça fait un bout! dit-elle.

— Ça fait un bout, comme tu dis. Où étais-tu passée?

Jolie fit un geste vague et montra toutes les directions à la fois.

— J'étais partout et nulle part. Dans ma tête, ça ne tourne pas rond, fille. Tu sais que j'oublie des choses.

— Tu te souviens de moi?

— Toi, ce n'est pas pareil. À part la vieille fille qui dormait en bas de mon dernier vrai appartement, personne n'a pris le temps de me parler. Et toi, où tu étais? Je ne mange pas aussi bien depuis que tu as foutu le camp.

— Je n'ai pas foutu le camp. C'est toi qui es partie un soir. Tu ne te rappelles pas? Ils t'ont emmenée en auto.

— Peut-être bien. Je ne sais pas. Je ne sais plus… Qu'est-ce que ça change, hein? Il va tomber une maudite neige de merde pareil!

— Jolie, tu as faim? Tu as mangé aujourd'hui?

D'un signe, elle fit comprendre le peu d'importance de la chose, puis elle pointa vers Gilbert son doigt qui sortait d'un gant troué.

— Qui c'est, celui-là qui me court après? Tu le connais?

— C'est un ami, Jolie. Un ami à moi. Tu n'as rien à craindre de lui.

— Si c'est un ami, il doit avoir ce qui me manque.

Mélanie la laissa supposer des choses. C'était sa manière de la retenir, de calmer sa méfiance, car Jolie était sur ses gardes, cela se voyait à son regard, à sa manière de se retourner vivement à chaque instant.

– Nous allons manger une pizza au coin là-bas. Tu viens avec nous ? C'est lui qui paye.

Jolie dodelina de la tête. Pendant un instant, son estomac vide parla plus fort que sa raison et ses craintes. Elle décolla son dos du mur et fit quelques pas vers la lumière crue. Puis elle recula de nouveau. Mélanie lui tendit la main.

– Allons, ne reste pas plantée là. Il va changer d'idée si on ne se grouille pas, insista-t-elle gentiment.

– Toi et moi, on reste là. Lui, il va nous chercher à manger, dit la fille pâlotte.

Gilbert attendait l'approbation de Mélanie. Il saisit son signal et disparut à l'intérieur du restaurant. Les deux filles restèrent seules sous le lampadaire et Mélanie comptait sur ce moment d'intimité pour annoncer son départ à Jolie ; cette rencontre serait probablement la dernière avant des mois, pensait Mélanie.

La petite voix de Jolie la désarma.

– Il fait plus froid que l'année passée, dit-elle en collant son corps menu contre celui de Mélanie. Je ne pense pas que je passerai l'hiver en ville.

– Où veux-tu aller ?

– Chez moi. Chez mon vieux.

Elle lui enlevait les mots de la bouche. Elle faussait le jeu aussi. C'était à elle d'annoncer son départ, pas à Jolie. Quelque chose lui échappait.

– Qu'est-ce que tu as à me regarder comme ça ? Tu ne crois pas que je retourne en bas pour Noël ?

– Je te crois. Nous serons deux à partir. Moi aussi, je retourne à la maison.

Jolie frappa son front contre le mur glacé. Elle avait menti en révélant le rêve qui la gardait au chaud pendant des nuits, mais Mélanie, qui ne faisait pas le même rêve, ne se nourrissait pas du même fantasme. Si elle ne mentait pas, c'était qu'elle avait vraiment l'intention de la laisser seule dans la gadoue et la fange.

– Salope! Judas! Tu es comme les autres. Comme ma mère, comme ma sotte de sœur! Tu fais risette et puis bonjour la visite!

Des larmes coulaient sur ses joues. Son mascara bon marché la rendait affreuse. Une buée blanche s'échappait de sa bouche et son nez coulait. Surprise par sa violente réaction, Mélanie était incapable de penser, de parler. Cependant, sa main tendue vers Jolie témoignait toujours de son envie de faire davantage pour elle.

– Tu veux vraiment que je reste? demanda-t-elle enfin.

Jolie pleurait doucement. Elle s'était écrasée sur le sol humide et avait levé la tête vers Mélanie.

– Non. Je ne veux pas que tu restes. Tu as raison de partir. Il n'est pas trop tard pour toi.

– Il n'est pas trop tard pour toi non plus, Jolène. Si je ne peux plus t'aider, d'autres personnes le peuvent. Il y a des endroits où aller pour guérir. Il fait chaud dans ces maisons-là, tu sais.

– Elle m'appelle Jolène. J'avais oublié que j'avais un nom avant de vivre dans cette merde, avec cette racaille qui cogne et qui pose des questions après.

– Tu vois comme tu as besoin d'aide et de protection. Je me suis trompée en pensant te sauver. J'étais presque aussi mal en point que toi quand je suis arrivée ici. J'ai compris des choses depuis ce temps-là. Tu m'as sauvée, Jolie. Je me réconcilie tranquillement avec ma vie. Il ne faudrait pas que tu coules à pic quand je remonte au-dessus de la vague. Ce ne serait pas juste !

– Tu parles trop vite. Tu dis n'importe quoi. Je vois bien que tu ne comprends pas où je suis rendue. Sens un peu et tu vas savoir dans quelle merde je marche.

– Qu'est-ce que je ne comprends pas ?

Jolie posa son doigt sur sa bouche. Les yeux démesurément ouverts, elle regardait autour d'elle. Elle se dressa comme une bête prête à bondir. Puis un semblant de sourire apparut sur ses lèvres.

– Il arrive avec la pizza, dit-elle.

Le soulagement de Mélanie était visible. Constamment sur la défensive, Jolie lui avait communiqué ses craintes.

– Voici votre livreur de pizza, annonça joyeusement Gilbert.

Jolie se précipita sur la boîte et déchira le couvercle. Sans précaution aucune, les mains gantées, elle arracha une pointe dégoulinante de fromage fondu. Ni Mélanie ni Gilbert n'osaient toucher à ce qui restait. L'appétit coupé, ils la regardaient s'empiffrer.

– Vous n'en prenez pas un bout ? dit la jeune fille, soudain consciente de leur attitude.

Mélanie retira une pointe de la pizza pour Gilbert et une autre pour elle-même en déclarant qu'elle mourait de faim. Puis ils ne dirent rien pendant un moment. Jolie laissait échapper de petits rires nerveux entre deux énormes bouchées, sous le regard de Gilbert qui pensait à autre chose. Si Mélanie lui disait qu'elle ne partait plus, elle n'allait pas le surprendre après cette rencontre avec Jolie. Cependant, que ce fût la chose à faire n'était pas aussi certain.

On jeta la boîte dans une poubelle déjà pleine. Jolie ne parla pas de partir ni de chasser Gilbert. Collée au mur, complètement dissimulée par la haute stature du couple, elle attendait.

– On réfléchit mieux le ventre plein, dit-elle.

– Bon ! Qu'est-ce qu'on fait, maintenant ?

– On ne fait rien, dit Jolie.

– Il me reste deux jours en ville. Ça nous donne le temps d'agir. Si tu veux, on peut aller rencontrer quelqu'un demain. Quelqu'un qui va…

Mélanie espérait encore, mais Jolie ne l'écoutait plus. Son attention se portait vers la rue principale, vers cette silhouette masculine qui regardait de leur côté. Le visage livide, crispée de tout son être, elle se projeta de côté. Avec une force insoupçonnable, elle les bouscula et prit la fuite.

– Jolie ! Où vas-tu ? cria Mélanie,

Jolie était déjà loin et Gilbert courait à sa suite. Quelques minutes plus tard, on se rendit compte de l'inutilité de cette course. C'était perdu d'avance. Jolie fuyait cet homme qu'elle avait aperçu. Elle cherchait à demeurer hors d'atteinte.

Toute la déception du monde se lisait sur le visage de Mélanie, qui mordait sa lèvre pour ne pas pleurer. Gilbert s'approcha. Il lui enleva le petit chapeau qui retenait sa chevelure prisonnière. Il attira sa tête sur son épaule et l'embrassa tendrement sur le front et sur le nez. Mélanie lui tendit ses lèvres et les lèvres du jeune homme se posèrent sur les siennes. Il avait recommencé à neiger. La douleur de Mélanie avait fait tomber le mur qui les séparait. Ému, attendri même, le jeune homme n'osait la brusquer. Il la tenait dans ses bras, bien au chaud, à l'abri du monde extérieur.

– Je t'aime, Mélanie, lui murmura-t-il à l'oreille.

Elle sembla revenir au monde. Lentement, elle se dégagea de l'étreinte. Un sourire éclaira son visage quand soudain elle s'inquiéta de leur comportement.

– De quoi avons-nous l'air ? dit-elle.

– On a l'air de deux amoureux qui s'embrassent, rétorqua Gilbert en posant un doigt sur ses lèvres.

– Je voulais dire : pourquoi s'aimer au moment où on va se séparer ?

Gilbert l'embrassa de nouveau et, la prenant par la taille, l'entraîna vers la rue illuminée. Elle avait deviné qu'il l'emmenait à son appartement, qui se trouvait tout près, mais elle n'opposa aucune résistance.

– Jolie ? dit-elle.

Gilbert ne la laissa pas continuer. Ils ne pouvaient rien pour elle ce soir, ils avaient mieux à faire, dit-il. Mélanie n'était cependant pas tout à fait de son avis. Un relent de compassion l'empêchait de profiter de l'étreinte de Gilbert qui guidait ses pas vers son appartement.

Le couple marchait en silence.

Une ombre les suivait à distance. Toujours aux aguets, Jolie était prête à fuir si sa présence était découverte. Elle pensait d'abord à sauver sa peau.

32

DÈS SON ARRIVÉE à Montréal, Marc avait téléphoné pour confirmer leur rendez-vous du lendemain. Depuis, Laurence était songeuse. Marc lui avait paru trop détaché pour que cela lui semble normal. S'il avait adopté une attitude pour la déstabiliser, il avait réussi, car elle n'arrivait pas à se concentrer sur une quelconque tâche à entreprendre.

Mélanie tardait. Elle avait promis de revenir aussitôt après avoir parlé à Jolie. Si elle ne la retrouvait pas, comme Gilbert le prévoyait, elle serait de retour vers dix-neuf heures, avait-elle dit.

La sonnerie du téléphone retentit. C'était Mélanie.

— Où es-tu ? s'enquit Laurence.

— Chez Gilbert.

Laurence ne l'interrogea pas sur les raisons qui l'avaient amenée là. Elle ne savait d'ailleurs que penser de ce revirement. Mélanie agissait étrangement depuis sa dernière rencontre avec Gilbert, qui, de son propre aveu, ne lui était pas indifférent.

— Tu penses rentrer tard ?

— Non. Justement, je voudrais te demander un service. Tu pourrais venir me chercher en voiture à neuf heures ? Je serai à la porte de l'édifice. Tu n'auras pas à monter.

Laurence comprenait de moins en moins. C'était la première fois que Mélanie lui demandait un service de ce genre. D'habitude, les transports publics ne lui faisaient pas peur, ni la marche. Elle accepta et, après avoir noté l'adresse, elle raccrocha.

L'heure avançait et Laurence surveillait les aiguilles de sa montre. Elle ne s'inquiétait pas outre mesure pour sa nièce. Elle se disait même que la vie avait bien fait les choses en mettant ce jeune homme sur sa route. Gilbert Martel était un garçon bien et doué d'une sensibilité peu commune. Tant de qualités réunies finiraient par avoir raison de toute résistance, croyait-elle.

* * *

Depuis qu'elle avait raccroché, Mélanie demeurait appuyée au comptoir de la cuisinette. Elle se taisait. Gilbert avait réussi à la secouer en lui demandant de reconsidérer sa décision de partir. Il ne manquait pas d'arguments.

— Je termine mes études en mai, disait-il. Ensuite, je travaillerai pendant que tu continueras tes études.

— Tu vas trop vite, Gilbert ! Je t'ai dit que je n'avais plus envie de partir, mais ça ne veut pas dire que je ne partirai pas. Ça ne veut pas dire que j'ai envie de me mettre en ménage avec toi non plus. J'ai fait des promesses à ma tante et mes parents m'attendent pour le temps des fêtes. Ne me brusque pas, veux-tu ? Ce n'est pas pour rien que j'ai demandé à ma tante de venir me chercher. Je voulais me protéger de toi et de moi. Je voulais empêcher ce qui arrive. Ça va nous mener où de foncer à tête perdue dans une aventure sans lendemain ?

Gilbert battit en retraite. Il avait compris que quelques baisers passionnés ne l'avaient pas transportée sur un nuage. Mélanie était bien consciente de sa position.

– Tu as gagné, dit-il. Je te laisse partir, mais dis-toi que ce n'est pas facile. Je vais penser à toi à chaque minute. Je vais les compter toutes. Le début du trimestre d'hiver va me sembler très loin, cette année. Ce sera tout un changement avec le temps où je trouvais les vacances trop courtes.

– Tu pourras prendre l'autobus et venir me voir chez mes parents.

– Tu arranges les choses à ta façon, Mélanie. Nous avons déjà perdu beaucoup trop de temps.

Il s'était rapproché. Son corps touchait le sien. La chaleur de ses lèvres se sentait déjà. Mélanie ne résista pas. Elle glissa ses bras autour de sa taille et resserra l'étreinte. Soudain, elle devint incapable de garder ses bras autour de Gilbert, incapable de sentir ses lèvres sur les siennes. Une vision était revenue. Incontrôlables, des images bouleversantes défilaient dans sa tête. Sur une route de campagne, un autre homme faisait les mêmes gestes. Il chassait Gilbert.

– Non, laisse-moi! cria-t-elle.

Mélanie pleurait doucement et lui, il s'interrogeait. Avait-il été si maladroit pour qu'elle se retrouve à l'autre bout de la pièce? Dans le regard de la jeune fille était apparue la même expression que sur la photo se trouvant dans sa chambre.

– Mélanie! Qu'est-ce qu'il y a? Pourquoi?

La déception avait fait place au dégoût. Sébastien allait-il continuer de hanter ses pensées, de lui faire perdre ses chances d'être heureuse? À quel prix se délivrerait-elle de la souvenance d'un soir maudit? Mélanie pleurait doucement. Incapable de répondre, elle regardait Gilbert, qui s'était retourné pour ouvrir le robinet, non parce qu'il avait soif, mais à cause d'une soudaine envie de plonger sa tête sous le jet d'eau froide pour se ressaisir avant de la blesser.

– Je veux partir, dit Mélanie. Tu vas dire que je me sauve encore, mais, cette fois, c'est différent. J'ai seulement besoin de temps. Je sais que je vais revenir.

Gilbert ferma le robinet. S'il avait bien entendu, un espoir était permis. Mélanie reviendrait vers lui. Elle revenait déjà vers lui pour appuyer sa tête sur sa poitrine.

– Si tu ne crois pas être capable d'être patient, tout ça ne sert à rien, mais si tu veux me donner une chance…

Il y avait eu un bruit dans le couloir. La porte principale venait de se refermer. Mélanie regarda l'heure. Il était vingt et une heures dix.

– C'est Laurence. Elle en a eu assez d'attendre et elle est montée, dit Mélanie en regardant en direction de la porte.

Un autre bruit, inquiétant celui-là, suivit. On frappait tantôt à la porte de l'appartement voisin, tantôt à la porte de l'appartement de Gilbert. Une voix de femme appelait au secours !

– C'est Jolie, dit Gilbert. Elle a dû nous suivre pour savoir où j'habite.

– Il faut lui ouvrir. Vite. Elle a besoin d'aide.

Gilbert ouvrit et Jolie tomba dans ses bras. Elle était à bout et d'une effroyable pâleur. Elle tenta de dire quelque chose, aucune parole ne sortit de sa bouche. Les explications étaient devenues superflues. Dans la porte ouverte, un homme braquait une arme sur qui oserait bouger.

– On t'avait prévenue. Le patron ne pardonne pas, dit-il en s'adressant à Jolie.

Un bruit à faire crouler les murs résonna dans tout l'immeuble, suivi d'un silence de mort. La porte de l'édifice se referma derrière l'homme qui courait en tenant son arme collée à son avant-bras.

Ameutée par le bruit et en proie à une angoisse in-descriptible, une femme s'était engagée dans l'escalier. L'homme la bouscula.

— Tasse-toi, cria-t-il.

La crosse de son arme lui servant de massue, il en asséna un coup en plein ventre à Laurence qui montait au secours de Mélanie. Sa chute sembla ne plus avoir de fin. Elle se retrouva au pied de l'escalier, à demi consciente. Quand elle ouvrit les yeux, des gens étaient là. On s'in-quiétait pour elle.

— Ne restez pas là, dit-elle. Il faut aller à leur aide. Ma nièce et son ami sont là-haut.

Étendue au sol, Laurence se plaignait de douleurs au ventre. Entre ses cuisses, une impression de chaleur lui arracha un gémissement.

— Mon bébé, cria-t-elle. Je vais perdre mon bébé.

Des voitures de police arrivèrent en trombe. Une poli-cière lui porta assistance pendant que son compagnon éloignait les curieux. Deux de leurs collègues montèrent à l'étage. Par la porte ouverte, l'hécatombe leur apparut. Un homme et deux femmes gisaient sur le sol. L'une des femmes avait les yeux ouverts et fixait le plafond. L'autre, qui saignait abondamment, était inconsciente.

— Occupez-vous d'elle. Moi, je peux attendre.

Cette voix un peu éraillée était celle de Gilbert. Cloué au sol par deux balles dans une jambe, le jeune homme pressait sa cuisse pour stopper l'hémorragie.

— Vous connaissez ces femmes ? demanda un des policiers.

— Je les connais. Celle-là, c'est Jolène Paris. On l'appel-le Jolie dans son milieu. L'autre, c'est… c'est ma fiancée.

L'homme en uniforme se fit rapidement une idée de la situation. Pour Jolie, il n'y avait plus rien à faire. Pour Mélanie, il n'y avait pas de temps à perdre, dit-il. Gilbert maîtrisait mal son anxiété. Il le pressait de questions.

– Est-ce qu'on a appelé une ambulance ? Mélanie a une mauvaise blessure au côté et une autre à la tête. Elle s'est blessée sur la table en tombant.

– L'ambulance est là. On embarque la femme qui a été blessée en tombant de l'escalier. Je vais attacher votre jambe avec votre ceinture. On s'occupe de vous le plus tôt possible. Vous savez qui est cette femme qui montait rejoindre sa nièce ?

Le destin les marquait tous. Laurence aussi faisait partie de son jeu diabolique. Elle partageait cet instant qu'il avait choisi pour frapper. Gilbert s'effondra.

Mélanie blêmissait de minute en minute, toujours inconsciente. Les brancardiers arrivèrent et, sous le regard impuissant de Gilbert, ils amenèrent Mélanie.

* * *

Il passait deux heures lorsque Laurence revint de la salle d'opération. Personne ne l'attendait. Personne ne l'assisterait non plus. Ses larmes seraient recueillies par une infirmière déjà débordée, qui avait très peu de temps à lui accorder.

– Comment va ma nièce ? demanda-t-elle.

– Elle est toujours au bloc opératoire. Son état nécessite une délicate intervention. Ça risque de se prolonger encore un moment. La balle est mal placée.

– On va la sauver, n'est-ce pas ?

– Bien sûr qu'on va la sauver. On en a vu des plus mal en point s'en sortir. Il ne faut pas vous inquiéter pour elle.

Pensez à vous. Il faut dormir et reprendre des forces. Vous n'avez vraiment personne à Montréal ? En attendant que vos parents arrivent, peut-être qu'un ami pourrait venir passer un moment avec vous ?

Laurence imaginait la réaction des siens. Camille, Martine et Paul avaient été prévenus, mais ils ne seraient pas là avant des heures, probablement pas avant la fin de l'après-midi. Elle demanda qu'on lui apporte le téléphone.

— Je vais appeler un ami. Peut-être qu'il viendra, dit-elle.

L'infirmière se rendit à son désir. Elle approcha l'appareil et s'offrit à composer pour elle le numéro. Laurence accepta. Sa vue se voilait à cause des effets persistants de l'anesthésie. Le service téléphonique lui donnerait le numéro de Fanny Haubert, qu'elle ne connaissait pas de mémoire.

— J'ai le numéro, dit la femme.

— Attendez ! Je ne sais pas si…

— Pourquoi hésitez-vous ? Votre situation vous donne le droit de déranger les gens, vous savez.

Elle avait prononcé les paroles justes pour vaincre sa résistance. Sa situation lui donnait une excuse pour appeler chez Fanny. Si Marc n'était pas chez elle, Fanny saurait où le retrouver.

L'infirmière composa le numéro et une voix enrouée répondit après le premier coup de sonnerie. Fanny avait évidemment été tirée d'un profond sommeil. Laurence demanda simplement à parler à Marc. Fanny parut réticente.

— J'ai besoin de Marc, Fanny. Je suis à l'hôpital. Mélanie aussi. Il est arrivé un accident et nous n'avons personne. Dis-moi où je peux le joindre.

– Attends un instant, Laurence. Marc est ici. Je te le passe.

Le moment n'était pas aux longues explications. Laurence avait eu raison de s'en remettre au bon jugement de Marc, qui comprit et annonça qu'il serait là dans vingt minutes.

Laurence laissa tomber le récepteur. L'infirmière le lui retira doucement.

– Marc Olivier sera ici dans peu de temps, dit-elle.

– C'est très bien. Vous et votre nièce avez besoin de quelqu'un.

Sa douleur au bas-ventre s'était ravivée, mais la blessure de son âme était si grande que tous les bras du monde n'auraient pu la contenir. Laurence sanglotait.

– Si Mélanie ne s'en sort pas, je ne veux plus vivre, moi non plus. J'en ai assez de perdre ceux que j'aime. Maintenant que j'ai perdu mon bébé, je n'ai plus rien de l'homme que j'aime.

L'infirmière la borda gentiment et essuya ses larmes. Elle ne disait rien. Un tel chagrin ne se guérissait pas avec des mots. Il fallait temps et amour pour l'atténuer. Elle lui administra un calmant.

– Avec ça, vous dormirez en attendant votre ami. Ne vous inquiétez pas, je le conduirai immédiatement à votre chevet quand il arrivera. Dormez tranquille, maintenant.

Elle répéta le mot «dormir» jusqu'à ce que le médicament l'empêche de prononcer la moindre parole.

* * *

Le soleil se levait quand elle rouvrit les yeux. La silhouette de Marc lui apparut à contre-jour dans la fenêtre.

Tout lui revint d'un coup, depuis l'accident jusqu'au moment où l'infirmière l'avait quittée. Elle ne put retenir ses larmes.

— Marc! Je suis impardonnable de t'avoir dérangé, dit-elle entre deux sanglots.

— Ne dis pas de sottises. Si tu as pensé à m'appeler c'est que tu conserves encore un peu d'estime pour moi.

— Marc, il faut que je te dise.

— Nous avons tout notre temps. Nous n'avions rendez-vous qu'à onze heures. J'ai pris de l'avance… Alors, calme-toi. Je suis au courant de tout. L'infirmière m'a raconté.

— Est-ce qu'elle t'a dit…?

— Elle m'a tout dit! Je suis sincèrement désolé. Tu peux me croire.

— Je te crois, Marc. Tu as des nouvelles de Mélanie?

Son silence était inquiétant. Laurence implorait Marc. Il devait lui dire ce qui se passait!

— Mélanie est aux soins intensifs. On a fait ce qu'on pouvait pour elle. Tout le monde s'accroche à un espoir. On peut la sauver si d'autres complications ne s'ajoutent pas. Le chirurgien dit qu'elle est forte et en santé. Ça va jouer en sa faveur.

Laurence s'enfonça dans son oreiller. Un nuage gris s'élevait autour d'elle et l'empêchait de respirer. Dans ce brouillard, Gilbert apparut tout à coup. Pourquoi personne ne lui avait parlé du jeune ami de Mélanie?

— Gilbert? Qu'est-ce qui est arrivé à Gilbert Martel? demanda-t-elle.

— Gilbert va bien, madame Auclair, entendit-elle.

Le jeune homme apparut à la porte de sa chambre. Son copain Julien l'avait amené dans un fauteuil roulant avant de repartir à l'appartement pour répondre aux policiers, car l'enquête continuait. Sa jambe pansée tendue devant sur un support, les yeux rouges et le teint hâve, Gilbert attendait depuis un bon moment déjà l'occasion de se manifester.

– Qu'est-ce que ce bandit t'a fait?

– Il m'a fait exactement ce qu'il fallait pour m'empêcher de le poursuivre. Je vais m'en sortir à bon compte. Mélanie aussi va s'en sortir. Je viens de la voir. On m'a laissé entrer une minute parce que je leur ai dit qu'elle était ma fiancée. Sinon, je n'aurais pas pu m'en approcher.

Le monde de Laurence avait déjà changé. Marc, qui s'était un peu retiré pour faire place au fauteuil de Gilbert, le constatait. Il les écoutait parler de Jolie, de Mélanie, de leur rencontre et de l'incursion de l'itinérante dans son appartement. La suite demeurait floue; une image maculée de sang.

– On a eu de la chance, dit le jeune homme. Enfin, une certaine chance. Pour Jolie, c'est autre chose. Elle est partie avant les grands froids de l'hiver. Bien mince consolation pour une fille de vingt ans.

Gilbert ignorait toujours que Laurence avait perdu son bébé. Mélanie lui avait caché qu'elle était enceinte. Les raisons de son silence demeuraient encore obscures. Aussi ne pouvait-il pas deviner la peine qui la ravageait. Il regardait tantôt du côté de Marc, tantôt de son côté, en se demandant si les épreuves pouvaient faire surgir des sentiments endormis. Pourquoi ne rapprocheraient-elles pas un couple qui s'était aimé? se disait-il.

Marc s'approcha de Gilbert pour se présenter à lui de façon plus formelle et ce dernier fit de même.

— Je suis Gilbert Martel. Je suis étudiant de dernière année en journalisme.

Son titre à lui seul éveillait toute une série d'images. Celles qui se retrouveraient dans les journaux du matin, celles qui associeraient le nom de Laurence Auclair à cette sombre histoire. Qui avait besoin d'une telle publicité ?

— Vous avez contacté des journaux ? demanda-t-il.

— Mon copain Julien s'est occupé de rédiger un article. Il faut prendre les devants dans ce genre de choses.

— J'aime mieux ça, dit Marc.

Laurence était loin des préoccupations de Marc. La vie de Mélanie comptait davantage que la publicité entourant le drame. Comme elle avait fermé les yeux, Gilbert jugea préférable de quitter la pièce, car il éprouvait un certain malaise à prolonger l'entretien sans elle.

— Je rentrerai chez moi dès que j'aurai vu mon médecin, dit-il en faisant une manœuvre pour s'éloigner du lit.

— Tu rentres à l'appartement ?

Laurence avait ouvert les yeux. L'étonnement se lisait sur son visage. Gilbert n'allait pas retourner sur les lieux du drame, revoir les traces de sang…

— Je ne retourne pas là tout de suite. Pas avant d'être certain au sujet de Mélanie. Ensuite, j'irai chez ma mère, qui vit dans le nord de la ville depuis la mort de mon père.

Laurence lui tendit la main.

— Mélanie a eu de la chance de te rencontrer, Gilbert. Tu ne peux pas en dire autant, n'est-ce pas ?

— Au contraire. Le jour où Mélanie est apparue dans ma vie a été le plus beau jour de ma vie. Ce n'est pas du plomb dans une jambe qui va me faire changer d'idée.

Il se préparait à quitter la pièce quand, le devançant, Marc lui ouvrit plus largement la porte. Marc revint ensuite vers Laurence. Coupée du monde, la femme ne sentait pas le besoin de communiquer. Il ne la quittait pas des yeux, en se disant qu'elle mettait ses sentiments à rude épreuve.

33

Camille était auprès de Laurence, et Martine et Paul étaient au chevet de leur fille. Ils étaient là depuis une heure et mille interrogations demeuraient sans réponse. À première vue, les blessures de Laurence ne méritaient pas plus d'attention que celles subies lors de son accident avec Gabriel, qui n'avaient pas nécessité une hospitalisation. L'attitude de sa fille ne concordait pas avec les faits racontés. On lui avait caché quelque chose, pensait Camille.

Laurence lisait dans le regard de sa mère, ce regard investigateur auquel elle reconnaissait la même capacité qu'aux jours de ses écarts. Camille ne l'interrogerait pas directement, mais elle continuerait de poser sur elle ce regard qui allait droit au fond de l'âme.

– On dirait que la vie s'acharne contre moi, dit-elle.

– Contre nous tous. La famille entière est touchée par ce qui arrive. Georges avait raison de craindre pour nous. Il a essayé de me le faire comprendre. Des fois, on ne veut pas entendre. Quand il y a un risque de passer pour une vieille folle, on fait la sourde oreille, surtout quand ça dérange.

– De quoi parles-tu, maman ? Je ne te suis plus.

– C'est une drôle d'histoire, Laurence. Une drôle d'histoire. Quand tu es partie, j'ai demandé à Martine de me conduire au cimetière. Je m'ennuyais de Georges. Ça me faisait du bien de me retrouver avec lui. Je lui parlais et j'avais l'impression qu'il me répondait. Puis quand Mélanie est partie à son tour, Martine passait son temps à la maison à me rebattre les oreilles avec sa peine et son inquiétude. J'ai peut-être été trop dure avec elle, mais je l'ai secouée sévèrement. Ça n'a plus été pareil après. Elle m'en a voulu et, pour me punir, elle m'a servi le même discours au sujet de Georges. Je ne lui ai plus demandé de m'accompagner au cimetière. J'aimais mieux prendre un taxi et demeurer avec Georges le temps que je voulais, sans dépendre de personne. La semaine dernière, il faisait très froid, mais j'y suis allée quand même. Georges m'a semblé tellement vivant. J'aurais voulu le couvrir pour qu'il ne gèle pas sous la neige. Il m'a dit de le laisser reposer en paix et de penser à moi, de refaire mes forces parce que j'en aurais besoin avant longtemps.

Laurence croyait à ce genre de communication entre des êtres qui avaient été très proches durant leur vie. Cette communication s'avérait parfois plus facile qu'avec les vivants. Camille ouvrait la porte aux confidences. Comme au lendemain de la mort de Georges, elle ne céderait qu'après avoir été mise au courant de tout.

– Maman, l'autre soir au téléphone, tu disais vouloir m'aider. Tu te souviens de ma réponse ? Je t'ai seulement demandé de m'aimer malgré mes folies.

– Tu en doutes ?

Laurence avait tourné la tête du côté du mur. Sa main avait agrippé celle de sa mère.

– Ce que j'aurais dû te dire, c'est que j'étais enceinte, et maintenant… Maintenant, mon bébé… est mort, maman.

Camille mordit sa lèvre et plissa le front. Sa réaction tardait à venir. Son silence la surprenait davantage que le fait qu'elle fût enceinte.

– Tu as gardé cela pour toi quand rien ne pouvait me faire plus plaisir que de savoir que ma fille attendait un enfant !

– Parce que c'était l'enfant de Gabriel, maman. De Gabriel ! Tu comprends ce qu'il représentait pour moi ?

Camille se voyait démunie devant la fatalité. Gabriel était venu à Montréal, leur avait dit Philippe, et était reparti pour l'Australie. Laurence ne semblait pas être au courant ; en faire mention risquait d'aviver sa peine. Il fallait taire la nouvelle pour le moment.

– Tu m'as dit que Marc est venu cette nuit. Il était déjà au courant au sujet du bébé ? demanda-t-elle à sa fille.

– Marc sait tout. C'est pour cela que nous avions rompu définitivement. Il n'était pas capable d'accepter le bébé, et moi je voulais garder cet enfant. Je le voulais de toutes mes forces et il est mort.

– Ton bébé est mort. Gabriel est loin et Marc est revenu pour te secourir. Je me demande ce que Georges dirait de tout ça. Moi, j'en perds mon latin. Ma pauvre Laurence, ce n'est pas demain qu'on va démêler tout ça.

Transportée d'un sentiment à l'autre, Laurence en vint à se qualifier injustement d'égoïste. Mélanie était entre la vie et la mort, et elle s'apitoyait sur son sort, disait-elle en oubliant son propre discours. N'avait-elle pas été la première à ramener Mélanie à sa réalité, à lui démontrer la légitimité de son trouble ? Sa sévérité tendait à la punir d'une faute commise par amour, par dépit peut-être.

Camille proposa qu'elle se lève et qu'ensemble ils aillent au chevet de Mélanie ; rien ne l'obligeait à rester au lit. L'infirmière ne lui avait-elle pas dit qu'elle quitterait l'hôpital le jour même ? Laurence hésitait.

– J'ai peur de voir Mélanie et j'ai encore plus peur de la réaction de Martine, dit-elle. Si elle n'est pas venue me voir, c'est qu'elle m'en veut. Je la connais.

– Si tu la connais si bien, tu peux te mettre à sa place. Vous lui avez caché tant de choses. Elle s'inquiétait pour Mélanie, mais elle n'aurait jamais pensé qu'elle courait d'aussi grands risques et avec ta bénédiction.

– Elle n'avait pas ma bénédiction. Tout le monde semble oublier que Mélanie est majeure !

– Ce n'est pas à moi qu'il faudra dire ça. Je ne t'ai encore accusée de rien. Tu l'as remarqué, j'espère.

Il y eut un mouvement à l'entrée de la chambre. Deux infirmières discutaient en regardant du côté de Laurence. L'une d'elles entra avec un papier.

– Je vous apporte votre libération, madame Auclair, dit-elle en souriant. Vous serez bien mieux à la maison pour reprendre des forces. Avec votre mère à vos côtés, vous serez sur pied dans quelques jours.

Laurence prit le papier et le replia avant de le tendre à sa mère. Glissant ses jambes hors du lit, elle lui demanda de lui apporter ses vêtements. Son expression changea. Elle n'allait pas mettre ces vêtements souillés du sang de son avortement, de cette saleté qui avait recueilli ses premières larmes. Camille avait déjà sorti du sac contenant les vêtements de Laurence un chemisier et un pantalon.

Laurence sourit.

– Marc a pensé à tout. Il est passé à l'appartement pour prendre des vêtements propres. Il est gentil. Trop gentil, dit-elle.

Camille ne fit aucun commentaire et l'aida à se préparer. Elle attendait que sa fille lui dise si elles iraient voir Mélanie ensemble avant de partir.

* * *

Martine et Paul prenaient un instant de répit dans le corridor. La fatigue et l'inquiétude se lisaient sur leurs visages. Paul avait demandé à sa femme si elle désirait se rendre à la chambre de sa sœur. Sa réponse se faisait toujours attendre. Son attention s'était portée sur le jeune homme qui avançait vers eux en se déplaçant à l'aide de béquilles; ce jeune homme qui avait deviné qu'ils étaient les parents de Mélanie.

— Monsieur et madame Boyer, je suppose, dit Gilbert en assurant son équilibre pour tendre la main d'abord à Paul.

— Vous êtes Gilbert Martel, reprit ce dernier.

Gilbert acquiesça et se tourna vers Martine. Il semblait chercher chez elle une ressemblance avec Mélanie, mais n'en trouvait aucune. Mélanie aurait facilement pu être la fille de Laurence, mais pas de cette femme qui le dévisageait.

Quelque peu décontenancé par la froideur de l'accueil, Gilbert s'engagea dans des propos incohérents. Quand Laurence et Camille arrivèrent à leur tour, Paul alla vers elles.

— Comment est-elle? s'enquit Laurence.

L'état de Mélanie était stable. Il suffisait d'être patient, le temps faisait son œuvre, dit Paul avant que le silence retombe comme un mur les isolant les uns des autres.

Gilbert libéra un espace à Laurence afin qu'elle s'approche de la porte entrouverte. En apercevant Mélanie et tout l'attirail l'entourant, elle ne put contenir ses larmes. Incapable de faire un pas dans cet espace trop incertain, elle restait à distance quand une voix de femme rompit le silence.

— Tu vas t'en tirer à meilleur compte qu'elle avec ton bras en écharpe.

Camille fusilla Martine du regard. Elle parlait sans savoir. Sa douleur avait cédé la place à une sourde rancœur. Paul retint sa femme. Il était inutile de creuser davantage le fossé les séparant.

— Tu as raison d'avoir de la peine, Martine, dit Laurence. Je sais ce que tu ressens.

— Mélanie est ma fille, Laurence.

— Mélanie est ta fille, et moi je ne peux pas comprendre ce que ressent une mère qui risque de perdre son enfant, n'est-ce pas ? Et parce que Mélanie est ta fille, tu as tous les droits sur elle ?

Laurence chercha un endroit pour s'asseoir. La sueur perlait sur son front. Camille s'approcha et Gilbert s'offrit à aller chercher de l'aide, mais Laurence refusa. Elle ne désirait plus qu'une chose : rentrer chez elle le plus tôt possible.

— Quelqu'un sait ce qu'on a fait de ma voiture ? demanda-t-elle.

— Marc s'est occupé de la faire conduire à son garage, dit Gilbert.

— Je vais prendre un taxi, alors. Ce sera tellement plus simple.

Un coup d'œil dans la direction de Martine et Paul lui fit deviner que tout ne serait pas aussi simple. Elle s'adressa à sa sœur, qui évitait son regard.

— Il va falloir qu'on se parle, n'est-ce pas ? Venez dormir chez moi. Je peux vous recevoir tous dans mon appartement.

— Nous dormirons à l'hôtel, dit Martine.

Camille se dressa comme une tigresse entre ses deux filles.

— Jamais je n'aurais pensé voir ça. La vie nous déchire et vous en remettez. Eh bien, bravo ! Comme réussite, on ne peut pas demander mieux. Je m'en vais avec Laurence, et vous deux, ne vous avisez pas de refuser son invitation. Nous avons à parler en famille, et très sérieusement.

L'autorité maternelle avait tranché comme au temps des disputes enfantines. Gilbert regarda les trois femmes, puis l'homme qui se tenait en dehors de la discussion. Il se faufila doucement jusqu'au lit de Mélanie, qu'il regarda un moment avant de se retirer sans attirer l'attention.

34

LA TEMPÉRATURE s'était adoucie. Un nouvel été des Indiens, disaient les uns. Un moment de répit avant d'hiverner, disaient les autres. Camille respirait difficilement. L'air de la grande ville avait de ces odeurs qui lui répugnaient. Depuis leur descente du taxi, elle suivait Laurence en s'interrogeant sur les raisons qui incitaient certaines gens à choisir de vivre en un pareil lieu.

L'ascenseur s'ouvrit. La mère et la fille se retrouvèrent devant la porte de l'appartement de Laurence. Un tour de clef dans la serrure et le parfum du corridor avait fait place à un autre plus épicé, plus sucré. Les fleurs de Gabriel embaumaient l'appartement. Elles étaient toujours là et bien en vue, ces fleurs rouges sang. On aurait dit que quelqu'un les avait mises en évidence après avoir remis de l'eau dans leur vase.

Marc était passé par là. Il avait vu les roses et la carte…

Un serrement au cœur ralentit Laurence. Camille aussi vit la carte et, dessus, les bleuets; seulement des bleuets et du feuillage, sans aucune signature. Qui à part Gabriel pouvait lui avoir fait parvenir ces roses rouges? se dit-elle. Laurence n'avait fait aucune allusion à sa présence en ville. Peut-être l'ignorait-elle, peut-être ne désirait-elle pas en parler? Toute cette histoire était tellement confuse. Quand lui expliquerait-on ce qu'elle ne comprenait pas?

Laurence toucha un pétale largement ouvert.

– Gabriel est venu à Montréal et il est reparti sans que j'aie eu la chance de lui dire de rester, dit-elle tristement.

– Nous le savions, mais je n'osais pas en parler la première. Tu sais que jusqu'à hier Gabriel était encore sous l'impression que tu avais repris une vie normale avec Marc. Il n'a appris votre séparation que quelques heures avant de partir pour l'Australie, quand il a téléphoné à Philippe de l'aéroport.

– Pour l'Australie? Tu as bien dit l'Australie? C'est à l'autre bout du monde! Qu'est-ce qu'il fait là-bas?

Camille ne savait que ce que Paul lui avait raconté. D'après Philippe, Gabriel prenait des vacances avant de reprendre le boulot. Personne n'avait jugé important d'en connaître davantage. Tout cela s'était passé très peu de temps avant de recevoir l'appel qui les pressait de venir à Montréal. Seules Mélanie et Laurence avaient compté ensuite, mais à présent Camille aurait souhaité être en mesure de renseigner sa fille.

Laurence l'interrompit.

– Ça sert à quoi d'essayer de rattraper ce qui nous échappe? J'ai l'impression d'avoir soufflé sur un pissenlit en pleine maturité et de courir pour ramasser ce qui vole au vent.

– Tu ne penses pas qu'une bonne tasse de thé bien chaud nous ferait du bien, à toutes les deux? Après, j'aimerais que tu me dises où je vais dormir.

Laurence regarda l'escalier. Elle s'imaginait Mélanie telle qu'elle était à son départ. Revêtue de ses vêtements tristes et coiffée de son petit chapeau enfoncé. Camille allait-elle dormir dans son lit ou laisser la place à Martine et Paul? Laurence espérait vraiment qu'ils viennent.

– Tu vas dormir avec moi dans mon grand lit, dit-elle.

Camille sourit. L'idée lui plaisait. Il serait bon de se sentir tout près de sa fille, et, comme dans le temps, de redevenir celle qui calme et réconforte.

Elles en étaient à leur deuxième tasse de thé lorsqu'on sonna à la porte. Les deux femmes attablées dans la cuisine se regardèrent. La même pensée les habitait. Ils étaient venus. Laurence dit à Camille d'ouvrir et, quelques secondes plus tard, Paul se présentait à la porte. Martine le suivait, pas très certaine de vouloir être là.

Gilbert a dit vouloir rester un moment avec Mélanie, dit Paul pour expliquer sa présence. Camille, qui trouva l'idée excellente, se chargea de faire les honneurs de la maison.

– Laurence est encore faible. Il faut qu'elle reste assise ou allongée le plus possible. Venez vous joindre à nous.

Ils la suivirent. Laurence s'était levée pour venir à leur rencontre. Une crampe au bas-ventre la fit grimacer, mais elle se ressaisit aussitôt. Il eût été malvenu d'attirer l'attention sur elle quand l'atmosphère était déjà tendue.

– Vous avez mangé? s'enquit-elle en engageant la conversation.

Ils étaient allés chacun leur tour à la cafétéria de l'hôpital. C'était d'ailleurs à cet endroit que Paul avait rencontré Gilbert et qu'ils avaient établi un plan, d'expliquer Martine, qui cherchait encore l'attitude à adopter. Sa présence chez sa sœur ne signifiait pas son retour à de meilleurs sentiments. Laurence avait voulu qu'ils parlent, et elle était là pour cela. Pour ce qui était de rester, elle verrait.

Paul était mal à l'aise. Son jugement sur les événements était plus nuancé que celui de Martine, qui blâmait Laurence pour son silence sur le genre de vie que menait Mélanie. Sa fille avait couru des risques sous le regard complaisant de sa sœur, disait-elle. La rage et la déception l'habitaient tour à tour, aussi violente l'une que l'autre.

– C'est comme tu voudras, Martine. Nous allons discuter et je ne te retiendrai pas si tu veux toujours partir ensuite.

Paul se tenait devant la porte. Il n'avait aucune envie de les voir se déchirer. Il annonça qu'il retournait passer la nuit avec Mélanie. Martine le laissa partir. Il leur serait plus facile de discuter entre elles, sans ses interventions surtout. La jeune femme en jupe de laine noire et pull blanc jetait un regard tantôt sur sa sœur, tantôt sur le décor. Une pointe d'envie rallumait son amertume. Elle ne put s'empêcher de signaler que ce qu'elle voyait ne ressemblait pas à sa petite maison.

– Je sacrifierais tout ça pour une petite chambre dans un logement à prix modique, reprit Laurence. À quoi servent les belles choses si le cœur est vide ?

La réflexion la saisit. Martine porta un nouveau regard sur la femme pâlotte qui tremblait au point d'en échapper la tasse qu'elle portait à ses lèvres. Camille vint près de Laurence, prit sa tasse et la déposa sur la table à côté. Malgré une folle envie de rester, Camille annonça qu'elle montait faire sa toilette pour la nuit.

Aucune parole ne fut prononcée avant que le bruit de l'eau du bain leur parvienne. Laurence gagnait du temps ; elle réfléchissait à sa défense. Elle s'allongea dans le fauteuil en jugeant inutile de révéler les raisons l'obligeant à tant de précautions.

– Tu m'en veux pour ce qui arrive à Mélanie. Tu crois que j'aurais pu éviter le drame, n'est-ce pas ?

– Mets-toi à ma place, Laurence. Je la croyais en sécurité, surtout depuis qu'elle vivait avec toi.

– Martine! Tout ça est un accident. Un mauvais coup du sort. Jolie aurait pu être abattue n'importe où dans la rue. Mélanie tentait de sauver cette fille. Elle a passé beaucoup de temps auprès d'elle. C'est triste à dire, mais elle a mis sa vie en danger à cause de son grand cœur.

– Tu n'avais pas le droit de me cacher la vérité. Je dois savoir tout ce qui se passe dans la vie de ma fille.

– Vraiment? Tout savoir?

Des images venaient à l'esprit de Laurence. C'était presque ridicule. Martine faisait valoir son droit de tout savoir quand elle ignorait le viol de sa fille et son avortement; quand on lui avait caché sa descente dans la chute lors de leur excursion. «À quoi bon inquiéter maman?» avait dit Mélanie au sujet de la descente dans les rapides. Pour le viol et l'avortement, il y avait toute la famille à protéger, sauf elle, bien entendu, qui se débattait avec un problème gros comme la terre, énorme comme son incapacité d'accepter l'amour d'un homme.

Laurence n'avait plus envie de rire. Elle pleurait à chaudes larmes. Que dire? Que taire? Accepter les accusations ou se défendre quand elle avait tellement mal tout à coup, quand un soudain afflux de sang mouillait ses vêtements?

Elle se leva et Martine vit.

– Laurence! Qu'est-ce qui t'arrive? cria-t-elle.

– J'ai perdu mon bébé, Martine. Dans l'escalier, le bandit m'a frappé au ventre et je suis tombée, et… mon enfant est mort. J'étais enceinte de quatre mois.

Quatre mois, répéta Martine. C'était ce qu'on avait dit hier. Il y avait quatre mois que Georges était mort, quatre mois que Laurence aurait dû être mariée. Elle se taisait comme si le fait de ne rien dire eût pu changer quelque chose à la situation.

Ameutée par les cris de Martine, Camille était apparue en haut de l'escalier. D'un coup d'œil, elle évalua la situation. Des complications s'annonçaient. Il fallait la ramener à l'hôpital de toute urgence.

— Appelle l'ambulance, dit-elle à son aînée.

* * *

Laurence était remontée à la salle d'opération et Camille somnolait dans un fauteuil. Martine avait rejoint Paul au chevet de Mélanie. Elle lui avait raconté ce qui s'était passé. Maintenant, tous attendaient que la nuit cède la place au jour. Il y eut un gémissement dans le lit. Mélanie donnait signe de vie. Martine se pencha au-dessus de sa fille. Paul tenait déjà sa main tremblante.

— Mélanie, dit-il, je suis là.

Mélanie ne réagit pas à la voix de son père. Elle appela Gilbert ; Gilbert avec qui elle se trouvait au moment de la fusillade. Puis elle sembla s'être rendormie. Il faudrait attendre encore pour communiquer avec elle.

Paul entraîna Martine un peu à l'écart. Il avait à lui parler de Gilbert.

— Tu sais, ce garçon est vraiment quelqu'un de bien. Il m'a raconté comment il avait rencontré Mélanie. Tu étais au courant de l'incident de la chute à l'Ours ?

— De quoi parles-tu ? Qu'est-ce qui s'est passé à la chute à l'Ours ?

— Je pense qu'il va falloir y aller doucement avec Laurence. On l'accuse sans tenir compte de son état des derniers mois. Elle a fait ce qu'elle a pu avec Mélanie et tu sais parfaitement que notre fille fait souvent à sa tête. Elle nous avait déjà échappé depuis un bout de temps. Ne fais pas celle qui n'a rien vu. On était occupé avec ton père et ta mère. Belle excuse! Pendant ce temps-là, notre fille s'éloignait et on lui en faisait le reproche sans chercher le pourquoi.

Paul parlait enfin. Lui qui, comme son père, avait trop souvent gardé le silence, disait des choses inquiétantes. Ne trouvant rien à ajouter, Martine n'allait pas se surprendre qu'il ne lui parle pas de l'incident de la chute à l'Ours.

Camille entra à ce moment pour leur apprendre que Laurence était revenue dans sa chambre et que tout allait bien. Elle pourrait rentrer à la maison dans le courant de l'après-midi. Martine en éprouva un réel soulagement; ses sentiments pour sa jeune sœur revivaient. Elle manifesta le désir d'aller la voir et Paul la laissa partir. Il avait sommeil.

Une heure s'était écoulée quand une main se posa sur son épaule. C'était celle de l'infirmière du service de jour qui l'invitait à sortir, le temps qu'elle fasse la toilette de Mélanie. Gilbert était déjà dans le corridor.

– Je n'ai pas fermé l'œil de la nuit. J'ai demandé à ma mère de me conduire. La pauvre femme ne comprend pas ce qui m'arrive, dit-il.

– Vous l'aimez donc tant que ça? dit Paul en prenant place à ses côtés.

– Mélanie me fuit. C'est peut-être à cause de ça qu'elle me fait cet effet. Je n'ai jamais ressenti un sentiment aussi fort pour une femme, avoua le jeune homme.

Les deux hommes ne trouvaient déjà plus rien à dire quand l'infirmière sortit de la chambre de Mélanie en souriant.

– C'est vous, Gilbert? dit-elle. Quelqu'un vous réclame ici.

Paul, plus rapide que Gilbert sur ses béquilles, le devança. Mélanie devait être consciente si elle appelait de nouveau Gilbert.

– Ma petite fille, dit-il.

– Papa! Qu'est-ce que tu fais là? Où est Gilbert?

– Je suis là, Mélanie!

– J'ai eu si peur, Gilbert. Qu'est-ce qui s'est passé? Jolie?

Elle se souvenait de la venue de Jolie, de ses cris, de la fusillade. Une profonde inquiétude s'empara d'elle. Mélanie ne pensait plus à son père, elle ne l'interrogeait pas au sujet de l'absence de sa mère. Elle ne se préoccupait plus que de Jolie.

Le silence de Gilbert était d'une telle éloquence tout à coup. La misère de Jolie était terminée et c'était peut-être mieux ainsi. Il y avait une larme au coin de la paupière de Mélanie, mais aucune tristesse. Il devait exister un paradis exprès pour les filles comme Jolie, se disait-elle. Paul et Gilbert respectèrent son silence.

– Qu'est-ce que j'ai? Pourquoi Laurence et maman ne sont-elles pas avec vous?

Paul s'assura que Gilbert ne révélerait pas la présence de Laurence dans ce même hôpital, et dit qu'elles se reposaient et qu'elles viendraient plus tard.

– Elles ont bien fait. Vous êtes assez de deux pour vous occuper de moi. Gilbert! Ta jambe? dit-elle.

– Ce n'est rien. Je serai sur pied pour danser à Noël.

– Noël, murmura Mélanie. Jolie aurait aimé être chez elle pour Noël. Gilbert! J'ai de la peine. Pourquoi tout ça? Pourquoi?

Gilbert prit sa main et la porta à sa poitrine. Il se pencha. Ses lèvres se posèrent tendrement sur ses lèvres fiévreuses. Sa réponse tenait dans ce geste.

– Je t'aime, lui murmura-t-il à l'oreille.

Mélanie posa sa main derrière sa tête et l'attira. De nouveau, elle tendit ses lèvres et attendit qu'il y pose les siennes. Ému, Paul sortit marcher dans le corridor.

35

MÉLANIE avait quitté Montréal. Elle était repartie avec ses parents et sa grand-mère, qui avaient prolongé leur séjour. Impossible de retourner là-bas en laissant sa fille derrière, avait dit Martine. Paul s'était arrangé pour le travail. On comptait les jours qu'il restait avant Noël lorsque Mélanie s'était dite suffisamment forte pour entreprendre le voyage.

Gilbert avait promis d'être avec elle pour cette merveilleuse fête, mais l'insistance de Camille s'était heurtée à la résistance de Laurence. Un besoin de solitude, avait-elle invoqué. Elle aussi ferait le voyage juste pour Noël. Comme Gilbert.

Depuis le drame, Marc passait souvent, à la sauvette entre deux rendez-vous. Laurence l'accueillait toujours avec joie. Ils étaient si calmes, tous les deux, et tellement près de retrouver ce qui les avait unis.

Il était seize heures quand la sonnerie de la porte annonça sa présence à l'entrée principale. Laurence lui ouvrit et alla à sa rencontre devant la porte de l'ascenseur. Marc était souriant.

– Entre, dit-elle.

Avec son teint rosé mis en valeur par un deux-pièces aux couleurs sombres, Laurence était particulièrement jolie, ce jour-là. Visiblement troublé, Marc avait l'impression de rentrer à la maison après une longue absence.

– Tu es jolie, Laurence. Très jolie, dit-il.

Elle sourit et lui retourna le compliment. Même après une journée de travail, Marc conservait son charme et une certaine fraîcheur. Le jeu n'allait pas durer, à moins de souhaiter se faire mal inutilement. Laurence le pria de la suivre. C'était un soir spécial, disait-elle.

– C'est la saison des célébrations. Si tu avais le temps de prendre un apéritif, nous pourrions en profiter pour parler sérieusement.

L'impression persistait. Marc jouait à celui qui était invité chez lui. Il attendait qu'elle l'invite à prendre place dans son fauteuil, tout en étant quelque peu distrait par un objet nouveau. Sur le meuble d'appoint, un minuscule sapin de Noël trônait entre des chandelles rouges et des cocottes de pin. Il sourit. La vue de ces petites choses l'amusait.

– Tu aimes? demanda Laurence.

– Tu n'as rien ménagé, à ce que je vois.

– C'est un petit sapin pour un petit Noël. Je trouve ça plein de sens. Comment c'est chez Fanny?

– Tu tiens vraiment à le savoir?

Laurence fit un geste de la tête qui marqua son hésitation. Puis elle répondit à la place de Marc.

– Si j'étais Fanny, moi aussi, j'aurais fait des extravagances. C'est merveilleux de fêter Noël avec l'homme qu'on aime.

– Laurence! Est-ce vraiment nécessaire?

– Je crois que c'est plus que nécessaire. C'est obligatoire d'en parler franchement. C'est d'ailleurs pour ça que j'ai voulu que tu restes.

Elle prépara deux consommations tout en continuant de parler. Les goûts de Marc n'avaient plus aucun secret pour elle. Elle lui tendit son verre et prit le sien ensuite. Debout devant lui, elle le regarda droit dans les yeux.

— Si nous buvions à l'avenir, dit-elle.

En rapprochant son verre, Marc vit que les yeux de Laurence étaient devenus plus brillants. Une larme s'était frayée un chemin entre ses paupières. Dans sa gorge, il y avait aussi ce quelque chose qui empêchait les mots de sortir, qui changeait sa voix. Son petit rire sonna faux quand elle leva son verre de nouveau.

— Et à nos amours, ajouta-t-elle.

Son geste ne fut pas suivi. Marc ne leva pas son verre à ses amours. Trop de fantômes habitaient encore son esprit. Trop d'incertitudes. Il valait mieux en rester là et porter un toast uniquement à l'avenir.

Laurence leva de nouveau son verre et le déposa sans y tremper ses lèvres. Le toast à l'avenir étant porté, elle désirait maintenant qu'ils en discutent, mais, avant tout, elle voulait lui témoigner sa reconnaissance de façon plus officielle. Marc avait été chic à son endroit depuis son retour. Sa délicatesse et sa disponibilité la touchaient énormément.

— Je me demande comment j'aurais pu retomber sur mes pieds si tu n'avais pas été là. Tu peux penser que ma famille m'a soutenue, mais avec toi c'était différent. Peu d'hommes auraient fait preuve d'autant de compréhension dans les circonstances.

— Laurence. Allons !

— Laisse-moi parler, Marc. Je suis consciente des difficultés que je t'ai fait vivre depuis notre mariage manqué, mais…

— Laissons ça, veux-tu ? On ne peut pas revenir en arrière.

– Je sais cela, mais les expériences doivent servir pour le futur. C'est là que parler d'avenir est important. Je voudrais tellement que tu trouves le bonheur. Marc, je te souhaite d'être très heureux avec Fanny. Fanny est une bonne fille ; un peu voyante, mais dans le métier c'est un atout, n'est-ce pas ?

Décidément, Laurence le surprenait. Elle tenait à parler de Fanny et affirmait même qu'il le fallait, car leurs relations futures en dépendaient. Marc ne croyait pas beaucoup à cette amitié dont rêvent tous les couples qui se séparent. Certains réussissent, d'autres à demi, mais la plupart des gens se déchirent, dit-il. Laurence prétendait que cette étape était franchie. Elle le sentait. Le sentiment qui les poussait l'un vers l'autre n'était plus qu'une belle amitié.

Marc protesta. C'était trop simple de parler ainsi.

– L'amour ne meurt pas facilement. Tu te trompes, Laurence. Tu es toujours dans mes pensées. Je t'aime encore.

Elle lui reprocha son manque de lucidité. Oubliait-elle que leur situation confirmait ses dires ? Marc avait raison de maintenir sa position. L'amour ne mourrait pas facilement. Qui mieux qu'elle connaissait sa capacité de renaître de ses cendres ? S'il avait manqué de lucidité, comme elle le disait, il n'aurait pas tellement attendu pour lui parler.

– Depuis ton accident, j'entre ici avec le même espoir au cœur. Tu es libre, Laurence. Maintenant que le bébé n'est plus là, toi et moi…

Elle se leva. Brusquement, elle lui tourna le dos. Marc venait de commettre une grave erreur. Comment avait-il osé lui parler de la sorte, croire qu'elle avait déjà oublié ?

– Il vaudrait mieux que tu partes, lui dit-elle.

– Laurence ! Excuse-moi. Oublie ce que j'ai dit.

Elle était implacable et tellement déçue.

– Bonsoir, Marc, dit-elle. Tu repasseras dans trois jours. Je serai partie avec mes affaires. Tu disposeras du reste à ta guise. De l'appartement comme des meubles.

Elle lui tendit son paletot et lui ouvrit la porte. Marc s'arrêta sur le seuil. Il la regarda longuement, mais elle ne leva pas les yeux sur lui.

Il sortit. Quelques secondes plus tard, les portes de l'ascenseur se refermèrent derrière lui. Laurence pouvait revenir à son fauteuil. Elle avait perdu un ami. En effet, Marc Olivier n'avait jamais été qu'un très bon ami. Cette certitude l'aidait à regarder en avant.

36

MÉLANIE semblait se réveiller progressivement d'un long rêve. Elle s'isolait des heures entières dans sa chambre. Souvent, elle en ressortait avec les yeux rougis. Martine avait promis de ne rien brusquer, d'user de patience pour regagner son estime et sa confiance.

Dans le village, on était au courant de l'aventure de Mélanie. Camille s'était occupée de la raconter à sa façon. Sa petite-fille était une héroïne. Grâce à elle, une jeune fille avait presque été tirée de l'enfer de la drogue. En somme, c'était sa grandeur d'âme qui avait failli lui coûter la vie. «La grande ville a de ces mystères», disait Camille pour clore toute discussion.

Tout le monde attendait impatiemment l'arrivée de Laurence et de Gilbert. Particulièrement Martine, qui, cette fois, comptait retenir sa sœur pendant un moment. Quant à Gilbert, s'il demeurait un parfait étranger pour Martine, il avait cependant déjà conquis Paul.

On était à la veille de Noël. Une tempête devait s'abattre sur le Saguenay dans les heures à venir. On craignait pour Laurence et Gilbert, qui, à cette heure, devaient rouler dans le parc des Laurentides. Les premiers signes de mauvais temps ravivaient le mécontentement de Camille. Laurence était impardonnable d'avoir attendu Gilbert quand rien n'empêchait ce jeune homme de venir par ses propres moyens.

Sa maison sentait bon le sapin, mais chez Martine c'était la tourtière qui embaumait l'air. Camille s'y trouvait déjà. Pierrette ne viendrait pas pour le réveillon cette année. Sa famille la retenait chez elle.

* * *

L'attente avait été si lourde et chargée d'inquiétude que l'arrivée de Laurence et de Gilbert créa un climat particulier. Réagissant la première, Mélanie alla vers Gilbert. Elle éprouvait un certain malaise à le recevoir chez elle. Laurence regardait son compagnon de voyage en se promettant de ne pas le laisser seul dans le monde de Mélanie.

– Nous avons besoin d'un bon remontant, dit-elle.

L'atmosphère se détendit rapidement et la soirée fut animée et agréable. On fit honneur à la cuisine de Martine. On ouvrit quelques bonnes bouteilles aussi. L'alcool aidant, les langues se délièrent. Camille sombrait parfois dans une profonde mélancolie. Son premier Noël sans Georges passait sans qu'on prenne vraiment conscience de son absence. Les vivants prenaient la place laissée vacante par les morts et probablement que c'était bien ainsi, après tout.

Mélanie ne quittait pas Gilbert des yeux. Des choses se passaient dans sa tête et dans son cœur. Elle était heureuse et triste à la fois. Ce fâcheux accident remettait tout en question, en particulier son entrée à l'université. On avait décidé d'attendre le trimestre d'automne. Le temps guérirait ses blessures physiques, agirait sur son équilibre émotionnel. Cette décision signifiait aussi qu'elle devrait vivre loin de ce garçon qui lui plaisait de plus en plus.

Laurence faisait semblant d'être heureuse. Elle riait beaucoup, une attitude qui sonnait faux et qui laissait croire qu'à tout moment surviendrait la débâcle. Selon Mélanie, qui savait de quoi elle parlait, Laurence n'avait pas encore fait le deuil de son enfant.

* * *

Le temps des réjouissances et de la boustifaille allait prendre fin avec le départ de Gilbert. Il y avait longtemps que Camille n'avait pas dressé autant de couverts sur la table de la cuisine; longtemps que la chambre de Jacques... Camille avait tenu à ce que Gilbert dorme dans le lit de son fils. Il était temps de chasser les fantômes et Gilbert possédait ce qu'il fallait pour mériter cet honneur. Aussi l'avait-elle adopté, chouchouté, accaparé, aux dires de Mélanie, et Gilbert s'était laissé faire.

Son départ était prévu pour le lendemain matin. Et Mélanie dissimulait mal ses émotions. Laurence la devinait frémissante et si fragile que le moindre faux geste risquait de faire surgir ses larmes. Cet après-midi-là, elle passa chez Martine en annonçant qu'elle allait marcher sur la route menant à l'autre rang. Mélanie et Gilbert exprimèrent le désir d'y aller avec elle.

Ils se retrouvèrent donc tous les trois comme à Montréal et un phénomène se produisit. Le froid rougissait leurs joues et leurs souffles devenaient colonnes de fumée. Mélanie riait aux éclats en lançant des balles de neige. Gilbert n'avait jamais entendu un rire aussi éclatant. S'étant arrêté, il la regardait.

— Ce que tu es belle! dit-il.

Laurence l'entendit. Ayant surpris le regard de Mélanie, elle prétexta une fatigue soudaine pour retourner à la maison.

— Je suis trop vieille pour marcher aussi loin. Allez, les jeunes! Continuez sans moi, dit-elle en badinant.

L'avaient-ils entendue? L'avaient-ils vue repartir vers la maison? Qui sait? Mélanie et Gilbert étaient bien dans leur bulle imperméable au froid et à tout ce qui n'était pas eux.

– Je t'aime, Mélanie Boyer, dit-il à la jeune fille qui s'était blottie contre lui.

– Je te remercie de m'aimer, Gilbert Martel.

L'amour de Gilbert était miraculeux. Son regard posé sur elle était tellement bon, si chaud, si doux. Mélanie sentait la vie couler en elle. L'estime d'elle-même lui était redonnée.

– Tu pars demain et je reste. Qu'est-ce qui va nous arriver? dit-elle.

– C'est une question de temps, de jours, pas une question de sentiments, tu sais. Dès que tu iras mieux, tu viendras me rejoindre. Il y aura une petite place dans mon nouvel appartement. Julien est au courant. Il fera le nécessaire en temps et lieu.

– Tu as bien dit : quand j'irai mieux. Et si je ne guérissais pas avant longtemps?

Ses discussions avec Laurence lui revenaient. Dans la voiture en venant de Montréal, et encore la veille dans le corridor, juste devant sa chambre, Laurence avait dit : «Je suis certaine que Mélanie t'aime, mais elle a été blessée. À toi de décider si tu es prêt à faire ce qu'il faut pour la guérir et la conquérir.» Mélanie venait elle aussi de sonder la profondeur de son amour et elle attendait sa réponse.

– J'ai tout mon temps, dit-il simplement.

Sans vraiment s'en rendre compte, ils avaient pris le chemin du retour en traçant de nouvelles empreintes sur la neige qui s'étendait à perte de vue. Mélanie tenait le bras de Gilbert serré contre son corps. Il avait posé sa main sur la sienne et retenait l'étreinte.

La porte était déverrouillée, mais Martine et Paul n'étaient plus à la maison quand ils rentrèrent. Un petit mot sur la table expliquait les raisons de leur absence. Ils reviendraient dans deux heures, peut-être plus.

– Tu veux que nous allions chez ta grand-mère ? demanda Gilbert.

– Non. Nous restons ici, toi et moi, et… Je t'aime, Gilbert ! Je t'aime !

Blottie dans ses bras, elle se laissait bercer ; elle se laissait aimer.

– Viens. Nous montons, dit-elle.

* * *

L'hiver s'était définitivement emparé de la région. On prévoyait qu'il s'éterniserait. Janvier avait élevé un mur de deux mètres entre la maison de Camille et celle de Martine. Paul y avait creusé un sentier. Le constant va-et-vient entre les deux maisons l'exigeait.

La paix revenait dans l'esprit de Martine. Sa fille reprenait des forces, elle riait. Sa sœur venait lui rendre visite tous les après-midi. Quelquefois, elles marchaient ensemble. Paul redevenait attentif et elle était bien près d'affirmer que Camille avait rajeuni. Sa musique s'entendait du chemin principal ; elle y mettait tellement de cœur.

Mélanie parlait d'avenir avec Laurence, jamais avec sa mère, de peur de lui causer des soucis inutiles. Le moment de lui annoncer son départ arriverait assez vite, car son expérience auprès de Jolie avait confirmé son choix de carrière. À l'objection de Laurence quant au danger se rattachant au travail de rue, elle répondait que ce métier-là s'apprenait comme tout autre. Laurence la laissait dire. La pire bêtise humaine n'était-elle pas de tuer les rêves et les ambitions ? D'ailleurs, elle enviait sa nièce d'avoir des rêves, alors qu'elle devenait une vieille fille pourvoyant aux besoins de sa mère et à la bonne humeur de sa sœur.

* * *

Vint février. Un projet refit surface dans l'esprit de Laurence. Un projet teinté de turquoise et de blanc cassé ; tout chaud comme les plages du Sud et productif comme un cahier rempli de croquis sur une table à l'ombre d'un palmier. Elle partirait par le premier avion et pour la première destination libre en cette saison d'affluence.

Une pensée magique. Si Mélanie venait aussi…

* * *

Mélanie n'irait pas à Cuba, mais elle accompagnerait Laurence jusqu'à Montréal. Gilbert l'attendait impatiemment depuis qu'il avait appris la nouvelle de son arrivée. L'éloignement leur pesait ; les appels téléphoniques ne remplaçaient pas le contact, les échanges de vive voix, de vif cœur.

Arrivée à destination, Laurence laissa Mélanie chez Gilbert et se retrouva ensuite au milieu de l'agitation de la grande ville. Elle aimait cette foule anonyme, mystérieuse, touchante. Son activité contagieuse la saisissant, son inaction lui pesa davantage. Elle avait encore envie de faire partie de ces gens pressés qui se rendaient ici ou là, qui avaient un endroit où aller. Il y avait une éternité que pareille chose ne lui était arrivée.

Une attente de deux heures et demie à l'aéroport lui paraissant amplement suffisante, elle décida de s'attarder un moment. Peu lui importait d'être assise dans la queue de l'avion, si cela lui permettait de passer devant l'atelier, de s'y arrêter peut-être… Cette pensée la bouleversa. Qu'irait-elle faire dans le sillage de Marc et de Fanny quand plus rien ne lui ressemblait dans ce lieu ? Sa vie était ailleurs que dans cette ville qui l'accueillerait peut-être encore un jour, mais que pour l'instant elle devait fuir, tout comme l'hiver et ses souvenirs.

37

L<small>E DÉCOLLAGE</small> fut retardé de quelques minutes, un passager manquant à l'appel. La tête dans une revue, ignorante du fait que l'unique siège libre se trouvait à côté du sien, Laurence souhaitait sentir bouger cet avion le plus tôt possible.

Il y eut un murmure. Des gens souriaient. Un homme qui se confondait en excuses s'était arrêté à ses côtés. Il rangeait son bagage à main dans l'emplacement prévu à cette fin au-dessus du siège libre. L'avion commençait à bouger.

– J'aurai tout essayé, dit-il.

Laurence se cala dans son fauteuil et ferma les yeux. Elle désirait jouir pleinement de la sensation de liberté que lui procurait le moment du décollage. La sensation escomptée se dérobait. Sa poitrine se compressait. Elle ouvrit les yeux et son regard croisa celui de l'homme, qui avait deviné son malaise.

– Vous n'aimez pas l'avion ? dit-il.

– D'habitude, oui. Je ne sais pas ce qui m'arrive.

– Vous voulez que j'appelle l'agent de bord ?

– Non ! C'est sûrement la fatigue. Ça va déjà mieux.

On avait atteint l'altitude désirée et la vitesse de croisière. Laurence avait décidé de se soustraire à toute conversation en refusant le plateau qu'on lui offrait. Son compagnon de vol lui fit remarquer qu'elle devrait prendre quelque chose, car à Cuba on trouvait difficilement de la nourriture en dehors des heures des repas, surtout le soir.

– Vous êtes habitué à ce genre de voyage ? s'enquit-elle.

– Nous y allions une fois par année au moins. Ma… ma fiancée aime Cuba.

De son hésitation avait transpiré une déception à peine dissimulée. Laurence se garda de toute remarque et accepta le repas proposé. On mangea en silence. L'agent de bord les débarrassa de leur cabaret, puis on éteignit les lumières. Un ciel étoilé apparut par le hublot.

– Elle a refusé de venir, dit l'homme. Quand je me suis présenté pour la prendre, elle m'a dit qu'elle avait annulé son billet. Je ne l'aurais jamais crue capable de me faire ça.

Il était émouvant de franchise. Laurence le regarda plus attentivement. Elle pensait à son billet obtenu à la dernière minute et à la passagère qui devait accompagner cet homme. Le hasard s'amuserait-il à jouer les trouble-fêtes ? Soudain, à cause de ce petit côté amusant de la situation, elle eut envie de poursuivre la conversation.

– Je m'appelle Laurence Auclair, dit-elle.

– Sylvain Rousseau. Très heureux de faire votre connaissance, fit l'homme.

Il n'avait associé son nom à aucun événement, ni à sa notoriété, et c'était bien. Qui avait besoin de savoir qui elle était et pourquoi elle fuyait le Québec ?

Ils arrivèrent à l'heure prévue, malgré le départ retardé. À sa sortie de l'avion, Laurence monta dans le transporteur, où Sylvain Rousseau se trouvait déjà. Elle se dirigea tout au fond du véhicule sans faire attention à lui. De sa place, elle le voyait parfaitement. Il avait beaucoup de charme, cet homme. Ses traits irréguliers et sa chevelure en broussaille lui rappelaient les durs à cuire des films de son adolescence. Il devait avoir son âge ou quelques années de moins, peut-être. Difficile à dire, se surprit-elle à penser avant de retourner à ses affaires.

* * *

L'hôtel était agréable et propre. Le décor de la chambre laissait à désirer. Quelle importance pour quelqu'un qui comptait n'y venir que pour dormir ? Ses vêtements accrochés dans la penderie et ses produits de toilette étalés sur le comptoir de la salle de bains, elle s'attarda un moment devant la porte-fenêtre. Qu'était-elle venue faire ici toute seule ? Qu'est-ce que le destin lui réservait sous ce ciel étranger, sans personne dans sa vie ? Un sourire sarcastique dérida ses lèvres. Avait-elle oublié qu'elle avait mis tout le monde à la porte de son cœur ? Une objection s'éleva. Cette affirmation était fausse, car elle n'arrivait pas à chasser Gabriel de ses pensées.

Elle eut envie de faire le tour des jardins, mais cette envie déclina rapidement. Demain, se dit-elle. Il fallait se réserver des surprises pour le lendemain.

* * *

Il y avait trois jours qu'elle était là, à la merci du soleil et du vent. Trois jours qu'elle fuyait les autres, qu'elle mangeait seule dans son coin, à une table donnant sur la mer. On la regardait. Intrigué, on la saluait poliment en échange d'un signe de la main ou d'un sourire. Laurence gardait le silence. Elle écoutait cette langue que parlaient les gens du pays.

Sylvain avait complètement disparu. Une insolation majeure le confinait dans sa chambre, avait-elle entendu dire par des clients de l'hôtel. Une réflexion avait suivi; cet homme-là courait vraiment après les ennuis.

Ses longues promenades la menaient de plus en plus loin des lieux fréquentés par les touristes. Les minuscules maisons cubaines la fascinaient, tout comme le petit monde qui grouillait autour. Elle suivait ces femmes jeunes qui marchaient sur l'avenue principale. Quelques-unes avaient le ventre plein de vie, énorme. Ce spectacle la déchirait; son ventre à elle était plat, désespérément plat, depuis que le destin avait décidé qu'elle ne connaîtrait jamais le visage de son petit.

Elle en était à sa deuxième promenade de la journée. Le jour baissait et la plage se vidait tranquillement. Des vagues énormes s'abattaient sur la sable comme des monstres grugeant la grève. Le vent s'amusait avec sa jupe et l'enroulait autour de ses hanches. Alors que ses pas traçaient une piste unique dans le sable blanc, quelqu'un la suivait à distance; un bambin qui s'amusait à mettre ses pieds dans l'empreinte des siens.

Cet endroit était magique. Une branche repliée en forme de banc surplombait la mer. Laurence s'arrêta devant ce paysage magnifique. Elle offrit son visage au vent et des larmes roulèrent sur ses joues.

– Pourquoi tu pleures? demanda une petite voix.

Surprise, elle essuya son visage et tourna la tête du côté du bambin aux yeux bleus qui la fixait étrangement.

– Je ne pleure pas. C'est le vent qui fait ça, répondit-elle.

– Tu racontes des mensonges. Je sais que tu pleures. Ton nez est rouge.

Ce qu'il était mignon avec ce regard intelligent, son teint bronzé et sa chevelure blonde, dont une mèche s'échappait et descendait sur son front. Laurence se retint de replacer cette mèche de cheveux. Cette familiarité appartenait à sa mère; il devait bien avoir une mère, cet enfant, ou quelqu'un qui le cherchait quelque part, se dit-elle en balayant les alentours du regard.

— Qu'est-ce que tu fais là, tout seul? lui demanda-t-elle.

— Je t'ai suivie. Ma mère dort tout le temps au soleil et elle ne veut pas me parler. Elle dit toujours que je dois la laisser tranquille.

— Mais dis-moi où tu habites. Est-ce que je peux te ramener?

— Ma chambre est là-bas. À ton hôtel. Je te vois tous les jours, tu sais. Toi, tu regardes toujours dans ton assiette. C'est maman qui le dit.

Il devait avoir cinq ans, ce petit touriste égaré sur la plage de Varadero. Laurence crut que le ciel lui faisait un cadeau en lui permettant de le ramener à sa mère.

— Nous rentrons. Viens, petit. Montre-moi le chemin, dit-elle avec une émotion certaine dans la voix.

— Je ne m'appelle pas petit. Je m'appelle Gabriel.

— Gabriel, c'est un joli nom, dit Laurence en remettant ses verres fumés. Un très joli nom.

* * *

Cet incident allait changer la vie de plusieurs personnes. Laurence venait de trouver des gens avec qui sympathiser. Jasmine et Carl Poissant formaient un couple gentil et quelque peu irresponsable. Les absences du garçonnet ne les avaient jamais inquiétés. Il revenait toujours, disaient-ils.

La première semaine passa. Des gens l'avaient reconnue. Maintenant que Sylvain savait qui elle était, il se tenait à distance, mais jamais très loin. Il la trouvait de plus en plus attirante avec son teint qui se colorait et sa chevelure libre sur ses épaules. Laurence Auclair ressemblait à ces femmes qui portaient ses créations. Sylvain Rousseau enviait le bambin, pour qui c'était facile d'attirer son attention, de lui toucher, de lui parler et de rire avec elle. Il usa d'un stratagème en chargeant le petit bonhomme d'un message pour elle. «Le monsieur dit que tu es belle. Moi aussi, je te trouve belle», dit l'enfant en livrant le message écrit à la main sur un bout de papier. Laurence se contenta de sourire et se remit à dessiner.

Depuis quelques jours, inspirée par la mer et le soleil, elle créait des nouveautés : des vêtements pour vacanciers. Une nouvelle ligne, avec un nouveau nom. En pastel, ou faite de tons chauds, la nouvelle collection de Laurence Auclair pourrait être baptisée : *Eau claire*. L'idée qui d'abord la fit sourire fit son chemin à mesure que de nouveaux croquis s'ajoutaient aux autres.

Le petit Gabriel passait beaucoup de temps en compagnie de Laurence et le temps s'écoulait trop rapidement. Pourquoi fallait-il rentrer dans la froidure de février? disait aussi Sylvain dans ses messages que lui livrait le petit Gabriel. Ce matin-là, il ne laisserait pas à Gabriel le soin de l'inviter à la fête de bienvenue donnée pour les nouveaux arrivants.

Une hésitation non motivée la poussait à lui refuser ce plaisir. Son prétexte : elle serait de très mauvaise compagnie, disait-elle. Ce que Sylvain réfuta. Sa présence suffirait à lui rendre la soirée agréable. Pour le reste, il verrait en temps et lieu, car personne ne pouvait résister bien longtemps au rythme endiablé de la musique cubaine.

Sylvain était déjà sur la terrasse depuis un moment quand elle l'aperçut de sa chambre. Quelque chose à l'intérieur d'elle la retenait de descendre auprès de lui. Tout à coup, elle pensa à Mélanie, à sa crainte des hommes. Le mal était-il contagieux? Pourquoi ne pas aller vers Sylvain? N'avait-il pas tout pour plaire aux femmes? Ses bonnes manières, son langage, sa réserve, ce qui n'était pas fréquent chez certains hommes voyageant seuls, ne lui avaient pas échappé. D'où lui venait cette envie subite de le fuir plutôt que de laisser le destin agir à sa guise?

Le petit Gabriel courait dans les allées malgré les consignes de ses parents. Il prenait plaisir à barrer la route aux porteurs, déjà très affairés avec les bagages des touristes qui quittaient l'hôtel. Ce qu'il était adorable, ce petit démon, murmura-t-elle tristement en quittant la fenêtre pour prendre une douche.

Il y avait affluence sur la terrasse lorsque finalement elle y descendit à son tour. La couleur de son teint et sa grande beauté impressionnaient; cela se voyait dans le regard des nouveaux arrivants, qui lui souriaient timidement. Elle chercha Sylvain. Il n'était nulle part aux alentours. Sa disparition ne l'inquiéta pas outre mesure, car ils n'avaient rendez-vous qu'à dix-neuf heures trente. Ce qui revenait à dire qu'elle disposait encore de dix minutes pour profiter de ce ciel magnifique. Après la disparition du soleil dans l'océan, des rouges, des bruns et des orangés se disputaient toujours une place dans le firmament. On aurait dit qu'un vent chaud et doux se levait expressément pour elle. Il caressait son visage. Sa mélancolie persistait malgré tout. Ni la musique, ni l'ambiance de fête, ni la certitude de ne pas passer cette soirée seule ne chassait complètement cette sensation de vide qui l'anéantissait.

Le petit Gabriel avait crié très fort. Il venait vers elle en courant. Il la cherchait, semblait-il.

– Qu'est-ce que tu fais là? lui demanda-t-elle.

– Je voulais te voir avant d'aller me coucher. Sylvain aussi voulait te voir. Il me l'a dit. C'est ton amoureux, Sylvain ?

Laurence sourit et passa sa main dans les cheveux du bambin. Sylvain n'était pas son amoureux, lui dit-elle, mais un touriste qui s'ennuyait de quelqu'un qu'il aimait : sa fiancée restée à Montréal.

L'enfant fit une moue dédaigneuse et, s'étant emparé de la main de Laurence, il la balançait sans égard pour les bonnes manières.

– La fiancée de Sylvain ne doit pas être aussi jolie que toi. C'est pour ça qu'il l'a laissée à la maison, dit-il.

– Il y a de drôles d'idées dans cette petite tête-là ! Petit coquin, va ! lança Laurence, amusée.

Il lui fallait retourner auprès de sa mère. La consigne semblait être sévère, cette fois. Il se leva sur la pointe des pieds pour embrasser Laurence. Elle le prit dans ses bras et le serra sur sa poitrine.

– Bonne nuit, Gabriel. Je t'attendrai ici demain. Tu viendras, n'est-ce pas ?

Il était déjà loin quand il lui répondit qu'il serait là le lendemain. Laurence se retrouva seule devant la mer à se battre contre la brise qui soulevait sa robe et ses cheveux. De la terrasse, Sylvain la regardait.

Un voix l'appela au loin. C'était le petit qui revenait en courant.

– Qu'est-ce que tu fais encore ici ? lui dit-elle. Cette fois, tu n'y échapperas pas. Ta mère va te gronder.

– Je retourne tout de suite. Regarde, c'est une commission pour toi ! Tiens. C'est ton cadeau.

– Un cadeau ? De qui ?

Le petit bonhomme reparti, Laurence restait là avec dans sa main une petite boîte de velours qu'elle n'osait ouvrir. Son regard se porta vers la terrasse. Sylvain s'y trouvait et il ne regardait plus qu'elle. Quelqu'un d'autre aurait traduit son attitude en invitation à le rejoindre.

Le couvercle de la boîte était levé. Une main sur la poitrine, Laurence défaillait. Le paysage s'évanouissait. Sa lèvre tremblait quand, de nouveau, elle ouvrit l'écrin. Deux petits diamants posés en gouttes de rosée sur trois bleuets en grappe formant une broche réapparurent.

Le nom murmuré n'était pas celui de Sylvain. Toute la délicatesse du monde, toute la gentillesse ne pouvait lui avoir suggéré pareil présent. Ces petits fruits bleus lui parlaient davantage de Gabriel, mais Gabriel était si loin, à l'autre extrémité du globe.

Une silhouette sortit de la pénombre. Figée, Laurence la regardait venir vers elle. Elle le trouvait superbe avec sa façon de se déplacer en traînant légèrement la jambe.

— Tu es venu, dit-elle quand il fut si près que la chaleur de son corps rejoignit le sien.

— J'ai fait un grand détour, mais je suis enfin arrivé, dit-il en la prenant dans ses bras.

— Mais comment tu as fait ? Qui t'a dit ?

— C'est à Mélanie et à son copain que nous devons cet instant, Laurence. Ils ont travaillé fort pour nous ménager ce rendez-vous. Mélanie a dit que c'était l'endroit rêvé pour te reprendre. Il paraît que d'ici tu ne pourras pas te sauver sans m'avoir donné la chance de te dire combien je t'aime.

— Je n'ai pas envie de me sauver, Gabriel. Je voudrais vivre ici le reste de mes jours.

— Si on commençait par rester les deux prochaines semaines ?

– Je retourne à Montréal demain, Gabriel.

– C'est tout arrangé. Tu dis oui et nous restons.

Laurence tendit ses lèvres vers celles de cet homme qu'elle aimait depuis sa plus tendre enfance. De la terrasse, Sylvain Rousseau les regardait. Il se félicitait de ne pas s'être manifesté quand il avait vu cet étranger charger le petit Gabriel d'un message pour Laurence.

Il entra seul dans la salle, car la fiesta débutait.

* * *

Mélanie entra à l'université l'automne suivant et y demeura jusqu'à la fin de son cours de sociologie. Sa sensibilité aux problèmes de ceux que la vie bousculait durement ne disparut pas totalement, même si le temps nuança ses ambitions. Son métier de journaliste éloigna progressivement Gilbert de sa vie. La rupture se fit lentement, harmonieusement. Mélanie garda toujours une place dans son cœur pour le garçon exceptionnel qui avait su la réconcilier avec l'amour en s'appliquant à réparer la bêtise d'un autre homme.

Martine et Paul reprirent leur petit train-train aux côtés de Camille, qui souhaitait devenir centenaire. D'ailleurs, elle en discutait souvent avec Georges.

À la collection *Eau claire* s'ajouta une collection de vêtements pour enfants car, l'année suivant son voyage à Cuba, Laurence donna naissance à un petit garçon aux cheveux bouclés comme ceux de son père.

Chaque année depuis, quand revient la saison des bleuets, le couple retourne dans sa région natale. Laurence vit des moments heureux en regardant son petit bonhomme courir sur la route de gravier et tremper ses pieds dans le ruisseau de son enfance.

Ce volume a été achevé d'imprimer
sur les presses de L'Éclaireur
à Beauceville
en avril 2001

Imprimé au Canada